i y i … v a r . . .

TİMAŞ YAYINLARI
İstanbul 2014

timas.com.tr

KOR
Aşkın Merkezi Mevlânâ'ya Yolculuk
Hasan Saraç

TİMAŞ YAYINLARI | 3606
Edebiyat Kitaplığı-Roman | 174

GENEL YAYIN YÖNETMENİ
Emine Eroğlu

EDİTÖR
İslâm Dalp

KAPAK GÖRSELİ
Umut Kebabçı

KAPAK TASARIMI
Ravza Kızıltuğ

1. BASKI
Eylül 2014, İstanbul

ISBN
ISBN 978-605-08-1685-3
9 786050 816853

TİMAŞ YAYINLARI
Cağaloğlu, Alemdar Mahallesi,
Alayköşkü Caddesi, No: 5, Fatih/İstanbul
Telefon: (0212) 511 24 24
P.K. 50 Sirkeci / İstanbul

timas.com.tr
timas@timas.com.tr
facebook.com/timasyayingrubu
twitter.com/timasyayingrubu

Kültür Bakanlığı Yayıncılık
Sertifika No: 12364

BASKI VE CİLT
Sistem Matbaacılık
Yılanlı Ayazma Sok. No: 8
Davutpaşa-Topkapı/İstanbul
Telefon: (0212) 482 11 01
Matbaa Sertifika No: 16086

KOR

Aşkın Merkezi Mevlânâ'ya Yolculuk

Hasan Saraç

To Heather,
with love,
Gülsen
2014

TİMAŞ

HASAN SARAÇ

Hasan Saraç 1951 yılında Ankara'da doğdu.

Ankara Fen Lisesi ve ODTÜ Bilgisayar Mühendisliği'ni bitirdikten sonra mesleki eğitimlerin yanı sıra 1985-1987 yılları arasında Harvard Business School yöneticilik programlarına katıldı.

Otuz yedi yıl boyunca değişik sektörlerde işveren ve/veya üst düzey yönetici olarak çalıştı.

Çapraz Oyun adlı ilk romanı 2010 yılında, *Zaman Gezginleri – Kerim ile Sibel* 2012 yılında, *13 Saat + 1 Ömür* 2013 yılında yayınlandı.

2010-2014 yıllarında *Edebiyat Haber* sitesinde yazar ve sanatçı portreleri ile kitap tanıtımları yayınlandı.

Yönetim danışmanlığı da yapan Saraç, zaman ve mekânın fantastik danslarına sahne olan yeni roman projeleri üzerindeki çalışmalarını sürdürmektedir.

www.hasansarac.net

İpek kızıma

Her gün bir yerden göçmek
Ne iyi

Her gün bir yere
Konmak ne güzel
Bulanmadan, donmadan
Akmak ne hoş

Dünle beraber
Gitti cancağızım

Ne kadar söz varsa
Düne ait
Şimdi yeni şeyler
Söylemek lazım

Mevlânâ

Vedalar gözüyle sevenler içindir

çünkü gönülden sevenler için ayrılık diye bir şey yoktur.

Mevlânâ

Yunus Efendi'nin beline sımsıkı sarılmışım... Yelesinden toynaklarına bembeyaz bir atın sırtında, dörtnala gidiyoruz.

Rüzgâr soluğumu kesiyor, saçlarım sağa sola savruluyor.

Hayatımda ilk kez böyle sarılmışım Yunus Efendime, kanatlanmış uçuyorum... İçim içime sığmıyor... Sanki bir hayal, bir rüya.

Alacakaranlıkta göğe yükselen asırlık ağaçların arasından, derelerin içinden geçiyoruz suları sıçrata sıçrata... Ağaçlar azalıyor, seyreliyor... Yokuş aşağı hızlanarak iniyoruz.

Daha sıkı sarılıyorum Yunus Efendime. Başımı sırtına dayıyorum.

Düze çıktıkça at yavaşlıyor... Bir nehir kesiyor yolumuzu... Taşlara, kayalara çarpıyor köpük köpük.

Duruyoruz kıyısında.

Nehrin ötesi hiç görmediğim kadar yeşil, uçsuz bucaksız... Sanki bizi çağırıyor... Ama nasıl geçeriz bu azgın nehri?

İşte, tam önümüzde bir köprü... Ahşap, daracık. Olsun, bir köprü bu.

Yunus Efendi atın dizginlerini bırakmış, ellerini göğe kaldırmış dua ediyor.

Ansızın bir ışık beliriyor gökyüzünde... Bize doğru yaklaşıyor hızla... Bir an geliyor, yanı başımızda, sanki havada asılmış duruyor.

Gözlerim kamaşıyor, bakamıyorum... Neresi burası? Bu ışık ne? Ürperiyorum.

Davudi bir ses yayılıyor semaya... İlâhi bir ses.

Gönül gözün açıktır senin, Cemal... Ama gidecek daha çok yolun var... Uzaklara, kendi içine... Uzun, çetin bir yol... Sabret, elbet sonun selamet.

Bu sözler bana mı? Nereden bildi adımı? Yunus Efendi'ye bakıyorum sorar gibi. O hâlâ dua ediyor.

Aşk ateşinde pişeceksin.

O ses... Benimle mi konuşuyor yine?

Henüz hazır değilsin... Haydi artık, veda et Yunus Efendi'ne.

Donup kalıyorum atın üstünde... Korkuyorum. Kalbim sıkışıyor. "Yunus Efendi! Yunus Efendi!" Bağırıyorum ama sesim çıkmıyor. Beline daha sıkı sarılmak istiyorum... Ama kollarım bir kuru dal gibi aciz.

İsyan ediyorum, çaresizce ağlıyorum.

Bu köprüden geçen çoktur Cemal, dönen yoktur. O köprü sana yasak bugün. Bırak geçsin Yunus Efendi... Kavuşsun Mevlâsına... Gör bak nasıl aşk ateşiyle tutuşmuş her yanı, alev alev... Vuslat heyecanı sarmış ruhunu.

O Allah'ın şanslı kullarındandır, ağlama Cemal.

Koyu bir karanlık çöküyor birden.

Atın sırtından iki büklüm iniyorum. Yüzüm yaşlardan sırılsıklam. Yunus Efendi'ye bakıyorum. Sanki görmüyor beni. Hatta tanımıyor... Yakınımda ama çok uzaklarda şimdi... Son bir gayret cüppesine sarılıyorum. Cüppe avuçlarımdan kayıp gidiyor.

Sonra at bir anda ilerlemeye başlıyor... Köprüden geçiyorlar.

Bense bu kıyıda tek başıma, yapayalnız.

"Yunus Efendi, bırakma beni! Yunus Efendi!

Ne olur beni de al... Beni de al yanına, yancağına..." Yine çıkmıyor sesim. Çıksa da duyuramam. Uzaktalar şimdi.

Ak bulutlar sema yapar gibi dönüyor gökyüzünde... Bir sis bulutu çöküyor nehrin üstüne.

Nehir... Sis... Yunus Efendi... İlk o beyaz yele kayboluyor sislerin arasında, sonra Yunus Efendi'nin ak cüppesi.

Dizüstü çöküp yere kapanıyorum... Hıçkırıklarımı zapt edemiyorum. Sarsıla sarsıla ağlıyorum... Ağlıyorum.

Korkuyorum, çok korkuyorum, neredeyim ben?

Neler oluyor?

Neden?

Tiz bir zil sesiyle sıçrıyorum yerimden.

Nefes nefeseyim. Kalbim yerinden fırlayacak gibi...

Başımı yavaşça kaldırıyorum yastıktan. Yutkunuyorum. Yüzüm sırılsıklam. Ağzım kupkuru. İçim karmakarışık. Bırakıyorum beyaz çarşafı terli avuçlarımdan.

Gölgeler uzuyor, çizgiler buluşuyor birer ikişer; şekiller netleşiyor. Yatakhanedeyim besbelli. Herkes kalkmış hazırlanıyor.

Derin, çok derin bir nefes alıyorum. Doğru ya, bugün cuma. Haftanın son ders günü!

Dinle neyden çün hikâyet etmede...
Ayrılıklardan şikâyet etmede...
Mevlânâ

Emanet

Lise son sınıftaydım. Yedi yıldır, köyümden kopup geldiğim, bir bakıma yuva bellediğim bu yatılı okulda diğer yetim öğrencilerle birlikte yaşıyordum. Çoğu babasını kaybetmiş; kimisi de benim gibi, hem anasını hem babasını.

Bazılarının hiç değilse teyzeleri, dayıları, amcaları var. Benim sadece babaannem vardı, o da ilkokulu bitirdiğim yıl göçtü gitti. Geriye, eskiden ayda bir evimize gelen ama yedi yıldır yüzünü göremediğim Yunus Efendi kaldı.

Tatillerde, hafta sonlarında İstanbul'da velisi olanlar evci çıkar, bizler okulda kalmaya devam ederdik. Kimileri imrenirdi onların bu özgürlüğüne, sıcak ev hayatının keyfini çıkarmalarına. Bense tenhalaşan yatakhanede rahatça kitap okuyabildiğim, neyimi üfleyeceğim bir köşe bulabildiğim için memnun bile olurdum.

Yine de cuma günlerini pek sevmezdim.

O günlerde öğleden sonra beden eğitimi dersi vardı. Boyum pek uzun olmadığından basket takımına seçilememiştim. Yeterince iyi zıplayamadığım için voleybol takımına da almamışlardı beni. Kaleci olmayı bile denemiştim ama besbelli benden daha iyisini bulmuşlardı.

Haftanın o günü geldi mi, bir kenara atılmış gibi garip hissederdim kendimi. O bağırış çağırış, koşuşturan atlayıp sıçrayan kalabalığa ait değilmişim gibi.

Hele sıra atlama kasalarına geldiğinde elim ayağıma dolaşır; ne yapsam ne etsem ne kadar çabalasam da her seferinde kasadan devrilip yana düşerdim. Hem yana düşerdim hem de komik duruma. Sonra da gülüşmelere katılır, kırılan onurumu bir nebze olsun kurtarmaya çalışırdım.

Keşke beni tek başıma bıraksalardı. Alsaydım ya neyimi, okşasaydım usulca. Çekilseydim bir gizli köşeye, üfleseydim doyasıya.

Hiç unutmamıştım çocukluğumda duyduğum ney sohbetlerini, hikâyelerini. O günlerden beri ney bir canlı varlık, vefalı bir dosttu benim için. Hisseder, düşünür, konuşur, feryat eder. Bırakırsan sus pus olur, küser… Tıpkı, Mevlânâ Efendimizin anlattığı gibi *Mesnevi*'sinde:

"Beni kamışlıktan kestiklerinden beri feryadımı duyan kadın erkek herkes, bu sesin tesirine kapılır inler"

Ve nasıl dile getirir o ney, hassas bir kalbe duyulan özlemi.

"Yâre duyulan özlemi, sana iyice açabilmem için ayrılık acısını derinden yaşayıp incelmiş, hassaslaşmış bir kalp isterim."

Sorsalar, nedir derdin? Neden yanar yakılırsın böyle, gizlenmiş bir köşede?

Ney cevap verir;

"Ben her toplulukta ağladım, inledim. Fena hallilerle de eş oldum, iyi hallilerle de.

Herkes kendi zannınca benim dostum oldu ama kimse içimdeki sırları araştırmadı."

* * *

Neyimi ilk defa elime aldığım o günü nasıl unuturum! Çocuktum daha, on yaşında bile değil... Köyde ilkokul üçü yeni bitirmiş, kavurucu yaz sıcağında, bahçede arkadaşlarımla oynuyordum. Herkesin Kerime Hatun diye çağırdığı babaannem öyle sık sık evin önüne çıkmaz, seslenmezdi. Onun yemenisini bağlamış pencereden baktığını görünce, sonra da kapıyı aralayıp beni çağırdığını duyunca, o çocuk aklımla bir tuhaflık olduğunu sezinlemiş, seke seke koşup gitmiştim yanına.

"Ne var babaanne?"

"Yunus Efendi geldi, seni görmek istiyor."

Ayda bir hatırlı bir misafir gelirdi evimize.

Babaannem kilerde özenle sakladığı süzme balı, üzüm sirkesi ve suyla karıştırmaya başlayınca anlardım o gün Yunus Efendi'nin geleceğini. O gelip de babaannem beni çağırdığında ürkek adımlarla odaya girer, sedirde bağdaş kurmuş oturan güleç ihtiyarın elini öper, "Nasılsın bakalım" diye sorduğunda babaannemin öğrettiği gibi "Şükürler olsun, iyiyim efendim" dedikten sonra da sessizce dışarı çıkardım. Yunus Efendi gitmeden bir daha içeri adımımı atmazdım.

En çok da babaannemin misafir gelmeden hazır ettiği sirkencübin şerbetinden arta kalanı içmek için sabırsızlanırdım.

Hatırlı bir misafir için yapıldığını bildiğimden mi nedir, bambaşka bir lezzet bulurdum bu şerbette.

Babaannemle Yunus Efendi saatlerce baş başa ne konuşur diye de merak ederdim bazen. Kimi zaman yanık bir ses yükselirdi evin içinden. O zaman pencerenin altına saklanır, o içimi titreten kısık feryadı dinlerdim gizlice. Bir keresinde sormuştum bu ses nedir diye. Babaannem de, "Ayrılık acısıdır evladım, aşkın feryadıdır" demişti, 'ney'dir o yakarışı dillendiren."

Başka da bir şey dememişti.

Kafama yazmaya çalıştıysam da aslında bu açıklamadan pek bir şey anlamamıştım. Ama bugün farklı bir ciddiyet vardı sesinde, yüzünde. İlk adımı içeri attığımda orta odadaki sedire baktım göz ucuyla. Sonra da neler oluyor der gibi bakışlarımı babaanneme çevirdim.

"Odanda bekliyor seni. Ellerini yıka da git."

Tuhaf bir ürperti gelip geçti içimden. Ellerimi yıkadıktan sonra bir süre öylece ayakta dikilip ardından yavaşça odama yöneldim. Kapı aralıktı. Derin bir nefes alıp babaannemin yaptığı gibi işaret parmağımı kıvırıp kapıyı tıklattım usulca.

"Gel bakalım delikanlı, gel bakalım Cemalim" dedi o kalın ama yumuşak ses, babaannemin "Pirim, üstadım" diye karşıladığı Yunus Efendi'nin sesi.

Baktım ki ak sakallı misafirimiz bembeyaz cüppesiyle odanın ortasına bağdaş kurmuş oturuyor, ben de aynısını yapıp karşısında bağdaş kurdum utana sıkıla.

Delikanlı mı demişti bana biraz önce? Her zaman evladım diye seslenmez miydi eskiden?

"Anlat bakalım, neler yapıyorsun?"

Bu soruyu da ilk kez soruyordu Yunus Efendi. Ne desem diye düşündüm, yutkundum. "Oyun oynuyordum mahallenin çocuklarıyla."

"Ya başka?" diye sordu bu sefer. İlk cevabı beğenmemişti galiba.

"Dördüncü sınıfa geçtim, aferin aldım öğretmenimden, bir keresinde sınıfa gelen başka bir öğretmen de aferin dedi bana."

Aslında Yunus Efendi köye her gelişinde zaten önce eve uğrarmış, sonra da okula. Nereden bilebilirdim ki.

"Aferin Cemalim" dedi. Etti üç aferin, dedim içimden.

"Peki, sonra ne yapacaksın?"

"Seneye yine okula gideceğim." dedim çekingen bir sesle. Ağzımdan çıkanı ben bile zor duyuyordum. Sonra aklıma güzel bir haber geldi.

"Okula yeni bir soba alacaklarmış artık üşümeyiz kışın."

"Çok iyi" dedi sakalının içinden gülerek. Sonra yine ciddileşti.

"Okulunu bitirmene iki yıl kaldı. Peki, sonra ne yapacaksın?"

Afalladım birden. Nereden bileyim! Hiç düşünmemiştim şimdiye kadar. Okula gideceksin demişlerdi, ben de gitmiştim. Oturduğum yerde başım öne eğildi. Yanaklarım yanıyordu.

Yunus Efendi'nin sesiyse yumuşaktı, sevecendi.

"İlkokul bitince ortaokul başlar, biliyorsun değil mi?"

Bilmez olur muydum? Bal gibi bilirdim aslında, her şeyden çakardım az biraz. Sonra da lisesi vardı bu işin. Büyük şehirlerde de üniversiteler vardı, adam olacaklar da oraya giderdi. Aklımdan geçenleri cesaret edip bir türlü söyleyemeyince bir sessizlik kapladı odayı.

Yunus Efendi kemikli elleriyle yerde duran kılıfı yavaşça aldı. Dikkatlice açıp okşar gibi dokunarak dışarı çıkardı o neyi. Heyecandan olsa gerek, odaya girdiğimde o kılıfı görmemiştim bile.

"Peki, bu nedir bilir misin?"

Ney olduğunu babaannem söylemişti ya. Hemen cevap verdim.

"Adı neydir efendim. Sesi başka hiçbir şeye benzemez."

Bu cevap hoşuna gitmişti galiba. Sakalının içinden gülümser gibi oldu ama duymamış gibi yaptı Yunus Efendi.

Ve bir masal anlatır gibi anlatmaya başladı:

"Bu elimde tuttuğum şey aslında bir kamıştır evladım. Bir vakitler Asi Nehri'nin sığ sularında huzur içinde yaşarmış. İşte oradan kesilip koparılmış, yerinden yurdundan uzaklara düşmüş, senin gibi yetim kalmış.

Sesindeki bu garip hüzün, özlemdendir. Bir sonbahar günü söküp ayırmışlar kardeşlerinden.

Önce içini boşaltıp iyice kurutmuşlar. Sonra usta ellerle delikler açmışlar gövdesinde.

Bir de açılan o delikleri aşk ateşiyle dağlamışlar.

İnlemesi, feryat etmesi bundandır... Aslında Yaradan'a seslenir ney her seferinde.

Ayrılık acısı, vuslat özlemi vardır her inleyişinde..."

Hâlâ anımsarım, her sözcük çocuk kalbime kor gibi düşüyor, o kamışı acı çeken bir canlıymış gibi düşünüyordum. Yunus Efendi o kadar ciddi bir yüzle, öyle hüzünlü bir sesle konuşuyordu ki kamışın iki ucunda duran şeyler nedir diye soramadım bir türlü.

Yunus Efendi konuştu yine:

"Al bakalım, elinde tut da biraz seni tanısın" deyip parmaklarının ucuyla tuttuğu kamışı bana doğru uzattı.

Nutkum tutulmuş gibiydi, yine de uzanıp iki elimle kavradım o görmüş geçirmiş neyi. Rüya görmediğimden emin olmuştum artık. Bir elimdeki neye baktım, bir de Yunus Efendi'ye. Sanki sakalının içinden gülümsüyordu bana.

"Bu ney bize aile yadigârı evladım. Babam bana emanet ettiğinde senin gibi çok gençtim. Dedem de babama gençliğinde vermiş onu. Bir zamanların en ünlü neyzeninin elinden çıkmış. Ney üflendikçe güzelleşirmiş Cemalim. Her neyzenin aşk ateşi bir daha dağlarmış o delikleri. Atalarımın üflediği neyde benim de emeğim var. Şimdi artık sıra sende..."

Yunus Efendi'nin anlattıkları çok karışık geliyordu bana. Elden ele geçmesini anlamıştım da... Nasıl oluyor da güzelleşiyordu üflendikçe? Aşk ateşi dediği şey de ne demekti?

Elimdeki bu delikli çubuk şimdi gerçekten benim miydi? İyi ama nasıl, neden? Ya ben, günü geldiğinde kime verecektim onu?

Yunus Efendi kafamın karıştığını fark etmiş gibi bakıyordu yüzüme. Ama sınıf öğretmenim gibi basit anlatmayı bilmiyordu galiba. Hiç tekrarlamadan devam etti sözüne:

"Zaman doldu Cemalim, neyimden ayrılma vakti geldi çattı. Her işi hayırlısıyla tadında bırakmak gerek. Birlikte çok yerler dolaştık. Kimi zaman tek başımıza seslendik yâre, kimi zaman rebaplara eşlik ettik. Nice kudümler tempo tuttu semazenlere, neyim nazlı nazlı inledi.

Allah böyle takdir etmiş, ne bir oğlum oldu benim ne de torunum. Sen bize kıymetli babanın, biricik annenin emanetisin. Ben de artık neyimi senin ellerine bırakıyorum."

Sanki sesi titriyordu. Çukura kaçmış kara gözlerinin dolduğunu görünce ben de yutmaya çalıştım boğazımdaki yumruyu. Söyledikleri karışıktı ama zamanla kudümleri, rebabları, Allah'ın takdirini öğrendikçe eski bir bilmeceyi çözer gibi çözecektim ne demek istediğini.

Çok geçmeden sözünü tamamladı Yunus Efendi.

"Unutma! Bizler nasıl gözümüz, gönlümüz, aşkımız, sevdalımız gibi sakındıysak bu neyi her şeyden, her musibetten, sen de aynısını yapacaksın."

Oturduğum yerde küçüldükçe küçülüyordum. Ne desem boş, ne yapsam boş...

Babaannem gibi sürekli dua ediyordum içimden. Allah'ım, ne olur bir soru sormasın bana... Ne olur hep o anlatsın ben dinleyeyim... Yunus Efendi elbet biliyordu kalbimden geçenleri. Yıllar önce o da yaşamıştı bu heyecanı. Belki izin almadan yanına bile yanaşamadığı babası, tıpkı kendisinin şimdi yaptığı gibi bağdaş kurup oturtmuştu önüne. Bir yetişkinmiş gibi anlatmıştı ona her şeyi. Belki de o da benim gibi bir anda büyümüştü "her şeyi" duyunca...

"Her şey" de o değerli, o aziz ismin, Mevlânâ'nın etrafındaki semazenler gibi dönüyordu şimdi içimde...

"Mevlânâ Efendimizin adını duymuşsundur, değil mi Cemal?"

Keşke hep böyle kolay sorular sorsa diye geçirdim içimden. Kim bilmezdi Mevlânâ kimmiş, ne kadar ulu ne kadar nurluymuş! Babaannem onu dilinden düşürmezdi ki hiç! Evet, bilirim, gibilerden başımı öne doğru eğdim. Yüreğimde kocaman bir ferahlık.

"İşte Mevlânâ Efendimizi en çok mest eden, en çok hüzünlendiren hep ney olmuştur evladım. Onun aşk sırdaşı, gözünün nuru, yol arkadaşı Tebrizli Şems de ney üflermiş her fırsatta. Tıpkı senin elinde tuttuğun gibi asil bir ney... Neyzenlerin nefesine gövdesiyle hayat veren, hüzne kapılınca Yaradan'a yakaran, feryat eden bir ney..."

Yunus Efendi sanki beni unutmuş, dalıp gitmiş, kendi kendine konuşuyor gibiydi.

"Bilir misin Mevlânâ ne demiş *Mesnevi*'sinde?

Dinle şu neyi bak neler neler söylüyor
O, yüceler yücesinin sırlarını anlatıyor,
Yüzü sarı, içi boş, başını havaya vermiş de
Dilsiz sözsüz, 'Hüda, Hüda' diyor.

Çok hoşuma gitmişti bu dizeler, yıllar sonra bulup ezberlemiştim.

Yunus Efendi durdu. Soluklandı. Kemikli ince parmaklarıyla sakalını sıvazladı. Hep yapardı bunu. Sonra devam etti sözüne:

"Sen şimdi ben üflerken bir dinle bakayım. Parmaklarımın neyi nasıl kavradığını, dudaklarımla nasıl kenardan üflediğimi seyret iyice. Sonra elbet sıra sana gelecek. Sen de bir ömür boyu benim gibi üfleyeceksin neyini."

Sözünü bitirince neyi iki eliyle kavramış, bir sevgiliye uzatır gibi dudaklarını, üflemeye başlamıştı usulca. Başı hafifçe eğik, gözleri kapalı... Pencerelerin altından gizlice dinlediğim o gizemli ses şimdi odama yayılıyor, içimde yankılanıyordu. Yüzüm alev alev yanarak,can kulağıyla dinliyordum Yunus Efendi'nin gönlünden kopan ezgileri.

Nasıl da uçuşuyordu parmakları ahenk içinde, nasıl da titriyordu dudakları neyin ağzında dua eder gibi...

Ney hiç susmasın, bugün hiç bitmesin istiyordum. Ama bir an geldi ney de sustu, Yunus Efendi de. Neyi yavaşça kılıfına soktu. Çukur kara gözlerini yüzüme dikti.

"Bugünlük bu kadar yeter Cemalim. Önce bir alışın bakalım birbirinize. Aceleye hiç gerek yok. Zamanla anlayacaksın nasıl üflemen gerektiğini. Derdine, dermanına, neyini ortak edecek, onunla haşır neşir olacaksın. Her gün dene, ne ses çıkarsa çıksın, üzülme. Hevesin kırılmasın, herkes zorlanır ilk başlarda. Bir sonraki gelişimde onu nasıl koruyacağını, ona nasıl bakacağını da öğretirim sana."

Ayağa kalkmış, tam kapıyı açıyordu ki ağır adımlarla geri döndü.

"Sakın ola Cemalim, sakın ola bu neyi evden dışarı çıkarmayasın. Kimselere bahsetmeyesin. Bir tek Kerime Hatun biliyor onu sana emanet ettiğimi." Sonra gözlerimin içine bakarak sordu:

"Anladın mı?"

Yüzümü ateş basmıştı yine. "Anladım" dedim duyulur duyulmaz bir sesle. Sonra bir rüyadan uyanırcasına silkinip oturduğum yerden ok gibi fırladım, koşup yanına vardım. Kuru bir yaprak gibi solgun, hafif, kemikli eline sarıldım Yunus Efendi'nin. Öptüm, başıma koydum.

Her şey üstüne gelip seni dayanamayacağın
bir noktaya getirdiğinde sakın vazgeçme
çünkü orası gidişatın değişeceği yerdir.
Mevlânâ

Tanışma

O gün bir daha odamdan çıkamadım. Dudaklarım kupkuru, ellerim sırılsıklam oturakalmıştım babaannemin dokuduğu yolluğun üzerinde.

Elimde tuttuğum neyi ne yapacağımı bir türlü bilememiş, kâh kılıfına koymuştum, kâh baş yastığımın üzerine. Seslenip yemeğe çağıran babaanneme aç olmadığımı, erken yatıp uyumak istediğimi söyledim güç bela, sesimi titretmeden. Hava kararıp da yatsı ezanı okunduğunda kalbim hâlâ deli gibi çarpıyordu. En sonunda başım önüme düşmüş, kıvrılıp yatıvermişim oturduğum yere.

Mahallenin horozu ötmeye başlayınca irkilip uykulu gözlerle bakındım etrafa. Ne kadar da derin uyumuşum! Babaannem beni yatağıma yatırmış, üstümü örtmüş. Hiç uyanmamış, hiçbir şey hissetmemiştim.

Yatağın üzerindeki neyin gölgesini görünce hatırladıklarımın rüya değil, gerçek olduğunu anladım. İçim kabardı yine. Ama bu defa sadece derin bir soluk alıp gülümsedim kendi kendime.

* * *

Mutfaktan gelen tıkırtıyla yeniden uyandım. Çok acıkmıştım. Tutmaç çorbasının kokusunu alınca hemen odadan dışarı fırladım. Yüzümü babaannemin hiç beğenmediği gibi 'yalap şalap' yıkayıp mutfağa koştum. Babaannem kızsa da bu laf komiğime gidiyor, onu söyletmek için yüzümü bile bile uyduruktan yıkıyordum bazen. Ama bugün zaten içim kıpır kıpırdı, yerimde duramıyordum.

Babaannemin sacın üzerinde ustalıkla çevirdiği bazlamaları görünce dayanamamış, kenarda sıcak sıcak bekleyenlerden birini katık edip çorbayı kaşıklamaya başlamıştım bile. Biraz da utancımdan, çorbayı bir türlü bitirmiyor, elimdeki bazlamayla kâseyi sıyırıp zaman kazanmaya çalışıyordum.

En nihayet artık bir lokma daha yiyemez hale gelince başımı sofradan kaldırıp kuşkulu gözlerle babaanneme baktım. O da bana baktı. Bakışı da yumuşaktı, sesi de.

"Yunus Efendi neyini sana emanet etmiş. Öyle söyledi bana, gitmeden önce."

Birden rahatlamıştım. Artık bir şey anlatmama gerek yoktu. Ne cevap vereceğimi bilemedim, başımı evet der gibi öne eğdikten sonra da bir koşu gidip odama kapandım yine.

Şöyle bir bakındım etrafıma. Gözetleyen vardı sanki!

Benden ve duvarda ağır aksak yürüyen örümcekten başka kimse yoktu tabii. Merhaba dedim örümceğe, sırrımı paylaşmak ister gibi. Duraklar gibi oldu, sonra hızla yürüyüp gitti. Ben de yatağın üzerinde duran neyi ürkek parmaklarımla okşamaya başladım. Bir yandan boyunu posunu süzüyor, bir yandan da o deliklere bakıyordum. Yunus Efendi'nin üstteki altı deliği, kamışın altına gizlenmiş son deliği parmaklarıyla nasıl açıp kapadığını hatırlamaya çalışıyordum. Boncuk boncuk terliyordu alnım. Elimin tersiyle sildim o teri, dudaklarımı öne doğru uzatıp neyi üflemeye çalıştım.

Bir gün önce içimi titreten o nağmeler şöyle dursun, pes perdeden tıslamamıştı bile.

Bir daha denedim, sonra bir daha, bir daha, bir daha...

Dudaklarımı ağızlığa çok yapıştırmadan kenardan usulca üflediğimde ilk defa bir karşılık verdi o yaşlı ney. "Hoş bulduk evlat, merak etme, sabırlıyımdır ben. Sıkma kendini, bırak zamana" der gibiydi...

* * *

Bir ay geçmişti aradan. Artık günün yarısını sokakta arkadaşlarımla, yarısını evde geçiriyor, soranlara babaanneme yardım ettiğimi, kitap okuduğumu söylüyordum. Oysa odama kapanıp neyimle hasret gidermekle, her gün farklı bir açıdan üflemekle, yeni denemeler yapmakla geçiyordu günlerim.

Bir sabah kalktığımda babaannemi yine süzme bala sirke karıştırırken buldum.

"Yoksa Yunus Efendi mi geliyor?"

"Öyle Cemalim. Haber göndermiş, öğle namazını köyde kıldıktan sonra bize gelecekmiş."

Bir anda midem kasıldı, nefesim sıklaştı. Ne kahvaltı edecek iştah kalmıştı bende ne sokağa çıkma isteği. Telaşla odaya koşup neyimi elime aldım. En azından üç beş farklı sesi birbirinin peşi sıra çıkarabilmek için günlerce uğraşmış, yine de becerememiştim. Son bir gayret üflemeye başladım. Telaşlandıkça ney benden uzaklaşıyor, her defasında daha cılız sesler çıkarıyordu. En sonunda hepten sustu.

Korku ve çaresizlikten ağlamaya başlamıştım, hıçkırıklarımı duyan babaannem odaya koştu.

"Neler oluyor burada? Neyin var Cemalim, ne bu hal?"

"Olmuyor babaanne, hiç üfleyemiyorum."

"Olmaz olur mu evladım! Ben kulaklarıma mı inanayım, senin şu haline mi? Kaç gündür üfleyip duran sen değil misin?"

"Peki, benim her gün çalıştığımı söyler misin Yunus Efendi'ye?"

Babaannem gülmeye başlamıştı. Sonra kaşlarını çatar gibi yapıp odadan çıktı. İçim biraz ferahlamıştı. Tek bir içten gülüş bin sözcüğe bedelmiş sahiden. O moralle aldım elime neyimi, yeniden üflemeye başladım.

Öğlen ezanıyla birlikte orta odaya koştum. Fena halde acıkmıştım. Babaannemin o bayıldığım ekşili ıspanaktan yaptığını görünce keyfim daha da yerine geldi. Bağdaş kurup oturduk sininin etrafına. Ispanaktan sonra şalgam turşusu yedik peynirli bazlamayla birlikte, ardından da zerdali hoşafını kaşıkladık bir güzel.

Karnımı doyurunca kapının önüne çıktım. Gözlerimi ufka dikmiş, ak sakallı Yunus Efendi'nin yolunu gözlüyordum. Heyecandan kalbim dışarıdan görülebilecek, duyulacak kadar hızlı atıyordu sanki.

Omuzları hafiften öne eğilmiş, ağır adımlarla eve yaklaşan misafiri görünce ne yapacağını bilemedim, koşarak içeri girip, "Geldi, geldi, Efendi geliyor" diye bağırdım. Sonra koştum gittim, odama saklandım.

Her zaman olduğu gibi babaannem çağıracak, ben de koşup Yunus Efendi'nin elini öpecektim. Bir bekledim, iki bekledim. Ses yok, seda yok. En sonunda odamın kapısı hafiften gıcırdadı, eşikte Yunus Efendi'nin silueti göründü. Yay gibi fırladım yerimden, koştum vardım yanına, "Ölenlerin sevabına evladım" diyerek başımı okşayan o mübarek elleri öptüm.

Yine yere bağdaş kurup oturdu Yunus Efendi, sonra da bana hiçbir şey demeden neyi eline aldı.

"Sana bu kamıştan bahsetmiştim öyle değil mi?"

İlk badireyi atlatmış, sıkı bir sınavdan geçirilmeyeceğimi anlamıştım. Derin bir nefes aldım.

"Evet efendim. Kamış Asi Nehri'nden yola çıkmış, sizinle Anadolu'yu dolaşmış."

Yunus Efendi çocuk gibi güldü sakalının içinden.

"Benden önce de babamla, ondan önce de dedemle dolaşmış Anadolu'yu" dedi. "Ben yokken birlikte hoşça vakit geçirdiniz mi bakalım?"

Oturduğum yerde boynumu büktüm sessizce. Babaannemden işin aslını çoktan öğrenmişti anlaşılan. Herhalde biliyordu nasıl her gün çalıştığımı.

"Öyleyse kamışın iki ucundaki halkaları da merak etmişsindir" dedi yine gülümseyerek.

Ben de başımı salladım evet diye.

"Bu halkalara 'parazvâne' denir, unutma. Kimi gümüştendir kimi alpakadan. Senin neyinin parazvânesi 18 ayar altındır Cemalim. Kamışın uçlarını korur, ömrünü uzatır. En önemlisi de şu üflediğin ağızlığı takarken kamışın çatlamasını önler."

Kaç gündür dudaklarımı bir o yandan, bir bu yandan değdirmeye çalıştığım o siyah parçayı gösteriyordu bana.

"Peki, buna ne derler bilir misin?"

Bal gibi biliyordu bilmediğimi, yine de bekledi biraz. Sonra "Bu parçaya 'başpâre' denir" dedi bir sır verir gibi.

"Başpâre aslında baş parçası demektir. Kamışın en başına takıldığı için de bu ad verilmiş ona."

İşte bu hoşuma gitmişti. En kolayı buydu, başta olduğu için başpâre demişler!

"Sence neden yapılmış bu parça?"

Hay Allah, bunu hiç düşünmemiştim. Ama çok sert bir şey olduğu belliydi.

"Sert bir ağaçtan" diye atılıverdim. Kendim bile şaşırmıştım cesaretime, sonra da utanmıştım.

"Güzel düşünmüşsün Cemalim. Bazı başpâreler gerçekten sert bir ağaçtan oyulur. Şimşir ağacı, abanoz ağacı... Hatta fildişinden bile yapıldığını duymuştum. Ama bu kamışımıza en güzeli, en değerlisi yakışır diye düşünmüşler, yaşlı bir manda boynuzundan oymuşlar onu."

"Manda boynuzu mu?"

"Evet öyle, ne kadar yaşlısı olursa o kadar iyi. Öyle sert olur ki ne zaman aşındırabilir ne de toz toprak."

Bu işe çok şaşırmıştım. Ölü bir mandanın boynuzuna üflediğimi bilsem korkar mıydım acaba? Bir ay boyunca haşır neşir olmamış olsak korkardım belki ama artık etle tırnak gibi olmuştuk bile.

"Hiç üfledin mi bakalım bu neyi?"

Yüzüne sevecen bir gülümseme yayıldı. Çukur gözleri iyice kaybolmuştu kırışıkların arasında. Bana bu kadar emek harcayan bir büyüğümü üzmek istemedim. Ezilip büzülmeyi bir yana bırakıp cevap verdim:

"Üfledim efendim. Çok üfledim. Birkaç ses bile çıktı ama o kadar işte..."

Göster bakalım marifetini dese benim daha beter zorlanacağımı, belki telaştan bildiğimi de unutacağımı anlamıştı Yunus Efendi. Gözlerimin içine baktı.

"Kimi zaman aylarca tek bir ses vermez neyler sahibine. Birkaç farklı sesle selamladıysa ne mutlu sana! Geçen ay dediklerimi unutmadın değil mi? Öyle birkaç hafta, birkaç ay değil, belki birkaç yıl geçmeden kendi kıvamını bulamazsın. Her şey gibi bu da bir sabır ve sebat meselesi..."

Sonra birden aklına gelmiş gibi konuyu değiştirdi.

"Peki, bunca zaman üfledin, bazı günler tek başına bir köşede senin dönmeni bekledi, hiç ona hatırını sormayacak mısın? Derdine biraz derman olmayacak mısın?"

Sustum. Ama galiba kocaman bir soru işareti vardı yüzümde. Yine güldü sakalının ak telleri arasından.

"Biraz karışık geldi, değil mi? Öyleyse en başından anlatayım. Yıllar önce, bu kamışa sen artık bir ney oldun deyip çok iyi baktılar ona. Türlü yağlarla yağladılar, gönlünü aldılar, okşadılar. Artık bu ney yaşını başını aldı. İlk zamanlardaki kadar çok ilgi gerekmez. Ama senede üç dört kere olsun onu rahatlatmak gerek."

Lafın burasında Yunus Efendi ayağa kalkıp dışarı çıktı, biraz sonra da bir elinde maşrapa, öbüründe bir leğenle geri döndü. Leğeni ortaya koydu, bağdaş kurup oturdu. Elindeki neyin üzerine usul usul yağ dökmeye başladı.

"Bu benim döktüğüm susam yağıdır Cemalim. Bazı yerlerde daha kolay bulunduğu için fındık yağı ya da badem yağı da kullanılır. Zeytinyağı biraz ince kalır bizim yaşlı neyimize."

Tek eliyle ortasından tuttuğu kamışın deliklerinden içeri, başpâresinden aşağı, ince bir sicim gibi akıtıyordu yağı. Kamıştan süzülen yağ da ortadaki leğene doluyordu. Bir süre sonra neyi usulca leğenin ortasına yatırdı. Her yanı susam yağıyla kaplanmıştı artık.

Şaşkınlıktan ağzım bir karış açık kalmıştı. Yunus Efendi görmezlikten gelip devam etti anlatmaya.

"Şimdi bırakalım da neyimiz yağıyla hasret gidersin biraz. Akşama doğru, ben gittikten beş altı saat sonra neyini leğenden çıkartır, ince bir bezle silersin. Leğendeki yağı maşrapaya geri boşaltıp sonra da neyini boş leğenin üzerine dik olarak koyarsın. Bırak kendi haline, içindeki yağ rahat rahat aşağıya süzülsün. Böylece gözenekleri dolar, aylardır kuruyan bedeni ferahlar."

Yunus Efendi'nin önünde neyi üflemek zorunda değildim artık! Yağa batan ney gibi ben de huzura kavuşmuştum.

"Önümüzdeki hafta okulun başlıyormuş Cemalim. Dersleri-ni sakın ihmal etme. İnşallah, bu ney ömür boyu dostun ola-cak senin, acele etmene gerek yok. Ona çok fazla vakit ayırıp derslerine çalışmazsan beni üzersin."

Sonra yerinden kalkıp başımı son bir defa okşadı ve ağır adımlarla odadan çıkıp gitti.

Nereye gidiyordu acaba? Onun da bir evi var mıydı bizim-ki gibi? Peki, bizim neyimiz oluyordu Yunus Efendi? Ne çok soru birikmişti kafamda!

İçimi çekip leğendeki neye baktım bir yanıt bekler gibi...

Sen yalnızca bir damla değilsin okyanusta,
sen damladaki muazzam okyanussun.
Mevlânâ

At arabasının arkasına oturmuşuz yan yana, gidiyoruz Yunus Efendi'yle. Hava soğuk, rüzgârlı... Sımsıkı sarınıyorum kabanıma.

Nereye gidiyoruz?

Oraya, diyor Yunus Efendi.

Ne var orada?

Bir okyanus.

Ne okyanusu?

Huzur.

Neden gidiyoruz?

Dönüp bakıyor bana, yüzü ışıl ışıl.

Zamanı gelmiş de ondan.

İki at koşulmuş arabaya ama tam göremiyorum onları. Dizginlere asılmış, elinde kamçı, dev gibi bir arabacı... Omuzları geniş, upuzun kuzguni saçları...

Kim bilir nereye götürüyor bizi. Ama Yunus Efendi var yanımda. İçim rahat… Kucağımdaki neyi sımsıkı tutuyorum…

Yeşilliklerin arasından gidiyoruz. İzler görüyorum yolun üstünde…

Daha önce de geçen olmuş bu yollardan…

Gülüyor Yunus Efendi.

Olmuştur elbet.

Pek konuşmuyor, dalgın… Ak sakalını sıvazlıyor durmadan... Bir ceylan sürüsü geçiyor yanımızdan. İçlerinden biri yaklaşıyor. Adımları ürkek. Gözleri kocaman. Bir bana bakıyor, bir Yunus Efendi'ye, en sonunda da arabacıya…

O an donup kalıyor ceylan, heykel gibi… Sonra birden arkasını dönüyor, kaçıp gidiyor uzaklara.

Yol bitmek bilmiyor. İçim daralıyor, ne olacak bilmiyorum. Ama muhakkak bir şeyler olacak…

Güneş batıyor yavaştan. Karşımızda sarp dağlar. Tepeleri karlı, yamaçları yemyeşil… Biz yaklaştıkça uzaklaşıyorlar sanki. Bir an geliyor, tümüyle kesiyor bir dağ önümüzü… Geçit vermiyor… Belki döneceğiz geri…

İnşallah diyorum… Dua ediyorum…

Ama… Boydan boya yarılıyor o koca dağ birdenbire. Sanki keskin bir bıçak saplanıyor böğrüme. İçimi boydan boya yırtıyor korku. O dağ gibi…

Dönelim, dönelim, ne olur… Sesim boğazımda tıkanıp kalıyor…

Bir kamçı darbesiyle fırlıyoruz ileri, kişneyip sarsılıyor atlar. Tam önündeyiz o yarığın şimdi... Daracık bir geçit... İki yanı dimdik kayalar...

Dev adam iniyor arabadan. Ağır ağır yürüyor bana doğru. Her adımında yer gök sarsılıyor, taşlar dökülüyor sarp yamaçlardan. Simsiyah bir pelerin var üstünde. Bir de gölge vurmuş yüzüne, atlar gibi o da görünmez olmuş.

Elbet sen de bir gün buradan geçeceksin. Ama şimdi değil, bugün değil.

İn bakalım arabadan!

Sesi boğuk, bir uğultu gibi...

Ya Yunus Efendi?

O benimle geliyor.

Ne var öte yanda?

Bir gün gelecek, sen de öğreneceksin...

Derken bir sır paylaşır gibi alçaltıyor sesini:

Bu yarıktan geçebilen fani çok azdır *Cemal. Yalnızca seçilmişler. O şanslı kullar...*

Kimdir onlar?

Haddini bilenler.

Sesi bir gelip bir gidiyor... Tam duyamıyordum söylediklerini...

Hakk'a tapanlar, kul olmayı becerenler...

Çok uzaklardan geliyor şimdi ses.

Erenler...

Bir şeyler daha söylüyor, duyamıyorum. Kulaklarım uğulduyor.

Yunus Efendi istedi, ben de göresin diye getirdim. Şimdi dön bakalım geldiğin gibi, ilk başladığın yere.

Ama çok uzaktayım. Nasıl bulurum yönümü? Nasıl giderim bunca yolu geri?

Ağlıyorum korkudan, çaresizlikten...

Burada zaman yoktur Cemal, mekân da yoktur, bilmez misin?

Ama nasıl? Tek başıma mı?

Kaderin bu, böyle yazılmış... Yüreğini dinle yeter... O bilir nereye gideceğini!

Bir kamçı sesi yankılanıyor dağlarda. Bir perde iniyor gözüme. Etrafa bakınıyorum, son bir umut...

Yok. Yunus Efendi gitmiş!

* * *

Gözlerimi açtığımda kendimi yatağımda buluyorum yine. Yüzüm sırılsıklam. Ter mi gözyaşı mı kim bilir?

Yatakhanedeyim besbelli... Bu kez zil çalmadan uyanmışım, gecenin bir yarısı. Neden diye söyleniyorum içimden, neden görüyorum bu tuhaf rüyaları? Bazen ferah, çoğu kez karabasan... Bir anlasam...

Sınıfta çok sevdiğim bir arkadaşım var. O da benim gibi yetim, o da benim gibi Konyalı. Ona danışıp derdimi anlatmayı düşünüyorum, ondan bir derman bulmayı.

Sonra aklıma o sure geliyor. Yusuf Suresi:

Hani Yusuf babasına, "Babacığım! Rüyamda on bir yıldızı, güneşi ve ayı gördüm. Gördüm ki onlar bana boyun eğiyorlardı" der.

Babası da, "Yavrucuğum! Rüyanı kimselere anlatma. Yoksa sana tuzak kurarlar. Çünkü şeytan, insanın apaçık düşmanıdır" diye cevap verir.

En iyisi diyorum, şimdilik bende kalsın gördüklerim. Belki bir gün anlarım bu rüyaların ne demek olduğunu...

Caminizde saygıyla eğildiğiniz, tapınağınızda diz çöktüğünüz, kilisenizde dua ettiğiniz zaman hep aynı şekilde seviyorum sizi. Çünkü siz ve ben tek bir dinin çocuklarıyız ve o bizim ruhumuzdur, özümüzdür.

Halil Cibran

Bir Işık

Aslında her şey 5 Haziran Perşembe günü sabahın erken saatlerinde başlamıştı.

Üstünde eşofmanı, koltuğuna kurulmuş elindeki kitabı okurken o aşina telefon sesiyle irkilmiş, bir an boş vermeyi düşünse de ekranda tez hocasının adını görünce açma tuşuna basıvermişti.

"Günaydın Tim, hayrola, beni bu saatlerde pek aramazdın?"

"Haklısın Evelyn ancak bu kez acil bir durum var. Ofisime en erken ne zaman gelebilirsin?"

'Acil durum' tabirini hiç sevmezdi Evelyn.

O her zaman sakin kafayla karar vermeyi, tatsız sürprizlerden olabildiğince kaçınmayı tercih ederdi. Bereket Tim'in sesinde bir telaş, bir kaygı yok gibiydi.

"Tamamdır Tim, hemen geliyorum" dedikten birkaç dakika sonra üzerine bir tişörtle kot pantolon geçirmiş, omuzlarına inen dalgalı saçlarını üstünkörü tarayıp hızla dışarı çıkmıştı.

Bir an için evinin bahçesinde duran spor arabasına yöneldi, ardından 'ne kadar acil olabilir ki' diye söylenerek emektar bisikletine atlayıp Cambridge Üniversitesi Felsefe Fakültesi'nin yolunu tuttu.

Profesör Tim Price, aynı zamanda Felsefe Fakültesi'nin de dekanıydı. Evelyn başkalarının yanında ona "profesör" ya da "Dr. Price" diye hitap etse de neticede Tim Amca bir aile dostu ve babası Sir Edward Chatfield'in eski bir öğrencisiydi.

Sanat tarihi ve felsefe eğitimini Londra Üniversitesi'nde tamamlayan Evelyn, babası emekli olup Amerika'ya yerleştikten sonra, doğup büyüdüğü Cambridge'e geri dönüp doktoraya başlamıştı. Son üç yıldır da "Mistisizm ve varoluşçuluk" konulu tezi üzerinde çalışıyordu.

İki yanında asırlık ağaçlar dizili dar sokaklardan, kırmızı damlı çift katlı evlerin arasından geçip on dakikada fakülte binasına ulaştı, bisikletini kaldırımdaki onlarca bisikletin arasına bıraktıktan sonra hızlı adımlarla ikinci kata çıktı.

Koridorun sonundaki masasında oturan fakülte sekreteri Susan günaydın bile demeden "Seninki içerde bekliyor" diye fısıldayıp eliyle kapıyı gösterince, Evelyn de "Bakalım yine ne var" diye mırıldanıp usulca kapıyı tıklattı.

"Girin lütfen!"

Evelyn gülümsedi, 'acil durum'da bile asla lütfensiz konuşmazdı Tim Amca.

Bir duvarı tavana kadar yükselen bir kitaplıkla kaplı loş odasında, dağınık masasının üzerindeki kâğıtları karıştırıyordu Tim Price. Evelyn'i karşısında görünce yüzü aydınlandı. Çocukluğunu bildiği öğrencisinin alımlı bir genç kıza dönüşmesi, her görüşünde yeniden şaşırtıyordu profesörü.

"Harikasın, ne çabuk geldin! Bir kahve ya da çay içer misin?"

"Hayır, teşekkürler" dedi Evelyn. Şu acil durumu ne kadar çabuk savuştururrsa o kadar iyiydi.

Tim Price, gözlüklerinin üstünden genç kıza gülümseyerek önünde duran iki koltuktan birini işaret etti.

"Otursana" dedi her zamanki sakin sesiyle. "Ee, söyle bakalım, yeni bölümü yazmaya başladın mı?"

Sabah sabah evimden apar topar getirttikten sonra şu sorduğa soruya bak, diye söylendi içinden Evelyn.

"Henüz değil ama şimdilik programda bir gecikme yok. Hâlâ çözmem gereken şeyler var kafamda. Umarım birkaç güne kadar yeni bölüme geçip anlaştığımız gibi aralık ayında tezi teslim edeceğim."

Evelyn, çabuk çabuk konuşuyor, 'beni sırf bunları sormak için çağırmadın herhalde' der gibi sabırsızca gözlerini deviriyordu. Neyse ki hocası da sözü fazla uzatmaya niyetli değildi.

"Moskova Üniversitesi'nin her yıl haziranda düzenlediği 'Dinler Felsefesi' konulu konferanslardan sana hiç bahsetmiş miydim?"

"Bir kere bahsettiğini hatırlıyorum hatta geçen sene bizden bir konuşmacı gitmişti galiba."

"Evet, haklısın, Profesör Hutchinson, Katolik Kilisesi ve Aydınlanma Çağı hakkındaki konuşmasıyla epey ilgi toplamıştı. Bu yıl bir bildiri sunmasak da fakültemizden Dr. Roger Taylor konferansa katılacaktı. Ama sekiz aylık hamile eşi aniden rahatsızlanıp bu sabah hastaneye kaldırılmış. Yerine bir başkasını göndermemiz gerekiyor."

Profesör bir an durup soluklandıktan sonra baklayı ağzından çıkardı.

"Bu konferansa katılmanın sana farklı bir bakış açısı kazandıracağını düşünüyorum, ne dersin?"

Demek acil durum buymuş, kendilerine yeni bir kurban arıyorlarmış, diye içinden geçirdi Evelyn. Acil durumlardan hoşlanmadığı gibi 'kurban' olmak da işine gelmiyordu hiç. Hele şu sıralarda! Hemen atağa kalktı.

"Bu toplantıya katılırsam tezim ne olacak?"

Bu soruyla birlikte Prof. Price'ın keyfi yerine gelmişti bile. Koltuğuna rahatça yerleşip 'ne olur ki' der gibi elini havaya salladı.

"İkimiz de gayet iyi biliyoruz ki Evelyn, sen bu arayı çok rahat kapatırsın. Bu toplantıyı da öyle hafife alma, alanında isim yapmış pek çok değerli akademisyen katılıyor konferansa."

Evelyn işi yokuşa sürmeye devam ediyordu.

"Ya seyahat masrafları?"

"Uçak biletini biz alıyoruz. Her gün için de makul bir yolluk ödenecek elbette ancak Moskova'da otel fiyatları uçuşa geçti diyorlar, cebinden bir fark vermen gerekebilir."

Aslında ikisi de bunun sorun olmayacağını biliyordu. Soylu Chatfield ailesinin son varisi olan babası, kızına her ay yüklü bir ödeme yapıyor, Evelyn de bu paranın çoğunu harcayamadan banka hesabına yatırıyordu.

Bu emrivakiden kaçış olmadığını anlamıştı. Teslim bayrağı çekmeden önce son bir deneme yaptı:

"Ya vize konusu ne olacak? Bildiğim kadarıyla vize almadan Rusya'ya gitmenin bir yolu yok."

"O konuda tasalanma" diye cevap verdi hocası. "Biraz önce rektörlükten biriyle görüştüm, senin için devreye girecekler, uçak ve otel rezervasyonların için de Susan sana yardımcı olacak."

Genç kız içini çekti.

Moskova dışında tüm kapılar tutulmuş gibiydi...

* * *

Evelyn, o konuşmadan beş gün sonra Heathrow Havaalanı *Business Class* salonunda oturmuş, tabletinden konferans programını inceliyordu.

Teninin duru beyazlığını vurgulayan kestane rengi saçlarını yine üstünkörü taramıştı ama üstünde kırk yılda bir giydiği beyaz bir ipek bluz ve ham ketenden bej bir etek vardı. Her yaştan erkeğin delici bakışlarını üzerinde hissediyordu ve o rahat tişörtlerini, kot pantolonlarını daha şimdiden özlemişti...

Tüm gayretlere rağmen cuma akşamına kadar vize işlemleri tamamlanamamış, pasaportuna ancak bir gün önce kavuşabilmişti. Bu durumda 10 Haziran Salı günü başlayan konferansa da bir gün gecikmeyle katılabilecekti.

Bu arada, kızının Moskova'ya gideceğini eski meslektaşlarından öğrenen babası, Evelyn'i hafta sonu Boston'dan arayıp iyi yolculuklar dilemişti. Ama dört yıl önce yaşadıkları gerginlikten sonra hiçbir şey eskisi gibi değildi artık.

Neden böyle olmuştu? Taparcasına sevdiği babası neden ihanet etmişti kızına? Neden onca yıllık eşini terk edip neredeyse kızı yaşındaki sevgilisiyle çekip gitmişti? Hem de okyanusun öbür kıyısına, ta Amerika'ya...

Evelyn ruhunun sanki sertçe atılan bir taşla bir sırça fanus gibi dağıldığını hissetmişti. Ama babasına ne kadar kırgın olsa da onun bir nevi ayrılık hediyesi olan iki katlı beyaz evde yaşamaya devam ediyordu.

Telefonda konuşurlarken babası yıllar önce Moskova'ya yaptığı bir seyahatten söz etmiş, havaalanının kasvetli koridorlarını, sonu gelmez pasaport kuyruklarını anlatmıştı kızına. İyi de olmuştu zira Moskova'da uçaktan inip de oldukça modern ve düzgün bir havaalanıyla karşılaşınca sevinmişti Evelyn. Kendisini çıkışta karşılayan sürücüyle birlikte trafiğe takılıp Radisson Royal Hotel'e ancak iki saatte varınca da keyfi kaçmış, yüzü fena halde asılmıştı.

Hava mevsime göre hayli sıcaktı. Arabadaki klima da tam bozulacak zamanı bulmuştu! Saçlarının dibi ıslanıyor, keten eteği buruştukça buruşuyordu. Neyse ki güç bela vardıkları otel son derece konforluydu. Ilık bir duş, serin çarşaflar, soğuk bir soda iyi gelmişti genç kadına.

Ertesi sabah, uykusuna kıyamadığı için acele bir kahve ve kruvasanla yetinip, yine aynı sürücüyle yollara düştü. Klimanın çalışıyor olmasına çocuk gibi sevinmişti ama trafik bir gün öncesini aratmıyordu. Geniş caddelerden, büyük meydanlardan geçip, hayli uzun bir yolculuktan sonra Moskova Üniversitesi'ne ulaşabildiler.

Evelyn ancak bir süre üniversitenin bitmez tükenmez koridorlarında dolandıktan sonra aradığı salonu buldu. Kaydını yaptırıp kalabalığın arasına karıştığında, kendisini akademik bir etkinliğe katılan bir bilim insanından çok, üniversitesini temsil etmekten sorumlu bir iyi niyet elçisi gibi görüyordu.

Konferans programını uçakta incelemiş, en çok da programın ilk gününde, yani o havadayken gerçekleşen bir sunum dikkatini çekmişti. Onu da kaçırdığına göre bu kadar yolu boşuna gelmiş sayılabilirdi.

İlk kahve molasında, danışmadaki görevlilerden birine Profesör Rustam Akmatova'yı nasıl bulabileceğini sordu. Bakü doğumlu Azeri profesör uzun yıllardır Moskova Üniversitesi'nde öğretim üyesiydi. Bir gün önce yaptığı konuşma ise "Tasavvuf Felsefesi ve Sufizm" adını taşıyordu.

Danışmada oturan bir Rus delikanlısı, "Siz hiç merak etmeyin, ben birazdan hocamızı bulur sizinle tanıştırırım" diyerek hızla gözden kayboldu. Çok geçmeden de sağ ayağı hafifçe aksayan, ufak tefek, kır saçlı, bal rengi gözlerinin içi gülen bir adamla birlikte geri döndü.

Profesör, Evelyn'in elini babacan bir tavırla sıkarken Evelyn sadece dudaklarıyla değil gözleriyle de gülen ne kadar az insan tanıdığını düşündü.

"Merhaba hanımefendi, adım Rustam, size nasıl yardımcı olabilirim acaba?"

Evelyn bir an için söze nasıl başlayacağını bilemedi. Bir ihtimal, konuşmalarını dinlemeye hazırlanan meraklı öğrencilerin arasında kendisini huzursuz hissediyordu.

Rustam Akmatova genç kadının tedirginliğini hemen sezmişti. Hafiften koluna girmiş, bir yandan da "Bu ihtiyar hocayı ayakta bekletmek istemezsiniz herhalde, şu ilerdeki koltuklara oturmaya ne dersiniz?" diyordu.

Sakin bir köşede karşılıklı oturdular. Evelyn minnetle gülümsedi. Sevmişti bu babacan adamı.

"Öncelikle bu zarif manevranız için teşekkür ederim Profesör."

"Rica ederim, böylece ben de biraz dinlenme fırsatı bulmuş oldum." Bir an durakladı. "Ne de olsa Sibirya'da geçen askerlik yıllarımdan kalma izler bazen hayatımı zorlaştırıyor."

Bir yandan da oturduğu yerden sağ ayağını işaret ediyordu. Evelyn ne diyeceğini bilemedi. İlk defa geldiği bir ülkede, farklı konular açıldığında ne tür bir tavır takınması gerektiğini hiçbir zaman kestirememişti. Konuşmak ihtiyaç olabilir ama susmak bir sanattır, diye düşündü. Goethe mi söylemişti bu sözü? Her neyse, susmayı tercih etti. Bu tedirgin sessizlikte Akmatova yetişti imdadına.

"Neyse, siz benim gevezeliğime bakmayın, buyurun sizi dinliyorum."

Evelyn derin bir nefes aldı.

"Öncelikle bana zaman ayırdığınız için çok teşekkür ederim, Profesör. Adım Evelyn Chatfield. Cambridge Üniversitesi'nde doktora öğrencisiyim ve bir bakıma bizim fakülteyi burada ben temsil ediyorum diyebiliriz."

"Ah, evet, şimdi anladım. Son anda katılımcının değiştiği bilgisi bana da ulaşmıştı, biz de yeni misafirimiz kim olacak diye merak ediyorduk. Demek sizin katılmanızı uygun buldular."

Evet, kurban olarak beni seçtiler, demek isterdi Evelyn ama kabalık etmenin âlemi yoktu.

"Evet, haklısınız. O şanslı katılımcı benim işte. Ne yazık ki vize işlemleri geciktiğinden ancak dün akşam gelebildim Moskova'ya. Bu yüzden de çok arzu ettiğim halde sunumunuzu izleyemedim. Yazılı metni konferansın kapanışında dağıtacaklarmış, ilk fırsatta okuyacağım."

Bir an durakladı, çocukluğundan kalan reddedilme korkusu her zaman kâbusu olmuştu. Kendini zorlayıp devam etti.

"Yine de, hazır buradayken bir ara sizinle karşılıklı konuşabilmeyi çok arzu ederdim. Mümkün olabilir mi acaba?"

Neredeyse babası yaşındaki bu görmüş geçirmiş hocanın sıcak gülüşü, sakin tavırları genç kadını yüreklendirse de sorusuna ne cevap alacağını kestiremiyordu.

"Gün bittiğinde mütevazı apartman dairesine çekilip tek başına çorbasını içen yaşlı bir adamım" dedi profesör, başını dostça sallayarak. "Kısacası, sana ayırabileceğim vaktim var. Ancak organizasyon komitesindeki görevim nedeniyle gün boyu hep ortalarda görünmem, irili ufaklı bir sürü sorunla ilgilenmem gerekiyor. İstersen program bittiğinde dışarıda bir yerlerde buluşup hafif bir akşam yemeği yiyebilir, dilediğin konuları tartışabiliriz."

Bu alçakgönüllü samimiyet Evelyn'i iyice rahatlatmıştı. O da masmavi gözlerinin içine kadar gülümsedi.

"Madem öyle, sevgili Profesör, izin verirseniz sizi kaldığım otele davet edeyim bu akşam" derken sesinde tereddüt ve cesaret birbirine karışıyordu. "Duyduğuma göre bir de Acem restoranı varmış ikinci katta. Belki gençlik yıllarınızda Bakü'de yediğiniz yemekleri hatırlatan bir mutfakları vardır."

Oh, söylemişti işte!

Profesör genç doktora öğrencisinin beklenmedik daveti karşısında yine içtenlikle güldü.

"Hangi otelde kalıyorsun, Evelyn?"

"Adresini ezbere bilemiyorum, sanırım adı Radisson Royal Hotel."

Profesörün gözlerinde bir anımsama ışığı görmeyince bir deneme daha yaptı genç kadın. "Yanılmıyorsam eski adı Ukrayna Oteli'ymiş."

Yaşlı hocanın kırışık, esmer yüzünde bambaşka bir ifade belirmişti şimdi.

"Ahh, *Gastinitsza Ukraina*! Bir zamanların en görkemli oteliydi. Demek adını değiştirmişler. Çoktandır gitmemiştim oraya, şimdiki halini ben de görmek isterim." Bir an duraklayıp devam etti: "O halde kaçta buluşalım?"

"Program saat altıda bittiğine göre akşam sekiz gibi desek?"

"Bence de gayet uygun, buradaki işlerim bitince metroyla gelirim. O saatlerde trafik hayli yoğun olur o bölgede."

Bir gün önce havaalanından otele gelirken yaşadıkları sıkıntıyı hatırlayınca Evelyn profesörün ne demek istediğini anlamıştı. Ama Kiril alfabesi dedikleri o tuhaf şekilleri çözemeyeceğine göre, metro istasyonlarında kaybolmaktansa takside trafik çilesi çekmeye mahkûm sayılırdı.

* * *

Akşam olduğunda Rustam Akmatova metro ile Kievskaya'ya kadar gitmiş, çoktandır uğramadığı bu tarihi istasyondaki görkemli avizelerin, duvarları boydan boya kaplayan mozaik işlemelerin arasından çıkış kapısına yönelmişti bile.

Dışarıda hava gayet güzeldi. Gecenin serinliğinde o çok sevdiği minik parkın içinden yürümüş, öte yana ulaştığında, iki yanı ağaçlı ünlü Kutuzovski Caddesi'ni geçip İngiliz misafirin kaldığı otelin giriş kapısına varmıştı. Binanın taştan örülmüş dış cephesi, göğe doğru yükselen kuleleri eskiden olduğu gibi göz kamaştırıyordu. Otelin kapısından içeriye adım attığında ise dünyanın her yerinde görebileceği tipik beş yıldızlı otellerden birine geldiğini fark etti üzülerek.

Mihrap yerindeydi ama binanın ruhu değişime kurban gitmişti anlaşılan. "Sanat, uygarlıkların imzasıdır" sözünü anımsadı. Ruskin miydi söyleyen? Ya beş yıldızlı otel lobileri hangi uygarlığın imzasıydı? Belki de ben çağın gerisinde kaldım diye düşündü hüzünle.

Daha resepsiyona varmadan Evelyn'in asansörden çıkıp kendisine doğru geldiğini gördü. Sanki gözleri daha parlak, çilli yüzünün hatları daha yumuşaktı şimdi. Gökkuşağı renklerine benzeyen fuları da solgun tenine canlılık veriyordu. Sabahki eğreti gülüşlü, resmi tavırlı, tedirgin öğrencinin yerine muzip bakışları, baktıkça güzelleşen anlamlı hatlarıyla çekici bir genç kadın gelmişti sanki.

Sıcak bir tokalaşmadan sonra Farsi Restoran'ın bulunduğu kata çıktılar. Otelin en küçük odasında konaklamanın günde altı yüz doları bulduğunu bilse arkasına bile bakmadan oradan kaçabilirdi Profesör. Neyse ki akşam yemeğinin parasını ödemek zorunda kalmayacaktı. Onun katkısı, menüyü incelerken kafası karışan Evelyn'e danışmanlık yapmakla sınırlıydı. Bunu da layıkıyla yapıyordu zaten.

Daha sipariş ettikleri yemekler sofraya gelmeden sohbete koyulmuşlardı.

"Demek bu otelde daha önce kaldınız?"

Profesör 'şaka mı ediyorsun' der gibi güldü.

"Hayır Evelyn, daha önce bu otelde hiç kalmadım. Zaten o yıllarda Moskova'da yaşayan bir profesörün bu otelde kalması hayal bile edilemezdi. Ama Bakü'den üst düzey bürokratlar ya da bazı politbüro üyesi dostlarım Moskova'ya geldiklerinde resmi görevli olarak bu otelde kalırlar, ara sıra beni de davet ederlerdi; otelin restoranlarında birlikte yemek yerdik. Kırk beş yıl içerisinde yalnızca iki kere üst katlara çıkıp bir odayı görme fırsatım oldu."

"Şimdiki haliyle kıyaslanınca düşünüyorum da o zamanlar her şey çok farklıydı herhalde."

"Ne demezsin! Özellikle antika mobilyaların yarattığı atmosfer görülmeye değerdi. Dünya Savaşı'ndan muzaffer çıkan Stalin, belki de gücünün bir dışavurumu olarak Moskova'yı baştan aşağı yeniden inşa etmişti. O zamanlar yapılan binaların en gösterişlilerinden biri bizim Moskova Üniversitesi, diğeri de işte bu otel binasıdır."

"Sanırım o yıllarda pek dinden, tasavvuftan bahsedilmezdi Moskova'da, ne dersiniz?"

Görmüş geçirmiş profesörün yüzünde bu kez buruk bir tebessüm belirdi.

"Doğrudur, hatta Puşkin Müzesi'nin karşısındaki tarihi kiliseyi yıkıp yerine yüzme havuzu bile yapmışlardı. Gazetelerde, televizyonlarda bu konular hiç tartışılmazdı ama özellikle taşrada yaşayan halkın dine olan bağlılığı yüz yıllık baskı ve suskunluğa rağmen gücünü hiçbir zaman kaybetmedi, direndi."

Genç kadının samimi bir merakla dinlediğini görünce birkaç şey daha eklemek istedi Akmatova.

"Biliyorsunuz bu bölgede ana akım, Ortodoks Hıristiyanlığıdır. Ama batı bölgelerinde Rus Yahudileri, güney eyaletlerde ise Yahudilerden sayıca çok daha fazla olan Müslümanlar yaşardı. Onların da komünizm döneminde dinlerine bağlılıklarını sürdürdüklerini biliyoruz. Ancak gerçek anlamda tasavvufi düşünceyi yaşatacak, geliştirecek ortam hiç olmadı diyebilirim. Bizler de üniversitelerde tasavvufu bir tarafa bırakmış, siyasi doktrinler üzerine teorik araştırmalar yapıyor, Batı dünyasındaki gelişmeleri takip ediyorduk."

Üniversite, araştırma gibi sözcükler Tim Amca'yı anımsatmıştı Evelyn'e.

"Belki kendisini tanıyorsunuzdur, bizim fakültenin dekanı Tim Price, mistisizm üzerine epey çalışmıştır."

"Haklısınız, gerçekten de Prof. Price bu alanda oldukça ünlü bir isim. Tasavvufa gelince tahmin edebileceğiniz gibi böylesine derin, ilâhi bir felsefeyi birkaç cümleye sığdırmak zor değil, neredeyse imkânsız. Ama belki birkaç anahtar kelime ve kavram, sizde daha fazlasını öğrenme arzusu uyandırabilir."

Evelyn kulak kesilmişti. Akmatova devam etti.

"Dinimizin kuralları daha ziyade görevlerimizi, sorumluluklarımızı belirler, tasavvuf ise bizim gönül bağımızdır, ilâhi aşkın yoludur."

"Biraz daha açar mısınız lütfen konuyu?"

Rustam Hoca bir süre düşündü. Karşısında gözleri parıldayarak oturan genç kadının keskin bir zekâya ve yaşına göre güçlü bir entelektüel birikime sahip olduğu şüphe götürmezdi. Yine de basit tanımların başlangıçta daha yararlı olacağına karar verip elinden geldiğince sadeleştirerek anlatmaya başladı.

"Bilirsiniz, İslâm dininin ilk şartı mümin olmaktır. İman sahibi yani mümin olmak ise temelde namaz kılmak, oruç tutmak, muhtaç olanlara sadaka vermek gibi, bir Müslümanın üzerine farz olan ibadetleri içeriyor.

Peki, bu görevleri yerine getirmek kâmil bir insan, iyi bir kul olmak için gerçekten yeterli midir? Yaradan'a giden yolu tümüyle keşfedebilmiş, gönül kapılarımızı yeterince açabilmiş olur muyuz o zaman?"

Evelyn gözlerini 'gönül kapıları' gibi kocaman açmış dinliyordu.

"Tasavvuf her şeyden önce 'ben' olma iddiasından, hırslarımızdan arınmayı öğretir bizlere. Nefsimizi kontrol etmeyi sağlar. Başka bir deyişle, ilâhi aşka ulaşabilme, kul olabilme uğruna çıkılan yolculuğa verilen addır tasavvuf. Dikkat ediniz. Yalnızca dinin kurallarına uymak, öte yandan yaşadığımız dünyanın nimetlerinden ve sorumluluklarından kaçma anlamına gelmemeli bu söylediklerim. Tasavvuf hiçbir zaman dünyayı terk etmez. Aksine; aklın bilim, yüreğin Allah ile meşgul olsun ister. Dürüst, şefkatli, alçak gönüllü, çevresine yararlı birer insan olabilmek değil midir önemli olan? Aslında tasavvuf gönül bilgisidir, edeptir."

'Gönül bilgisi', 'edep'... Evelyn'in o güne kadar duymadığı, tam kavrayamasa da şimdi içinde bir yerde titreşimler yaratan, yankı bulan sözlerdi bunlar...

Bu sözler tanımlanırsa sanki evrenin gizemi, hayatın şifresi çözülecekmiş gibi yoğun bir heyecanla sordu:

"Edep derken?"

"Edep haddini bilmek, o hadde katiyen tecavüz etmemektir. İyi huylu olmak, yardımsever olmak, kul hakkına saygı duymak, insanları ve diğer canlıları koruyup kollamak aslında bizim ruhumuza da iyi gelir, bizlere huzur verir. Kısacası, tasavvuf aslında edepten ibarettir bile diyebiliriz."

Dile kolay, diye düşündü Evelyn. Gel de hayat kavgasının içinde, dünyada onca kötülük, yalan dolan, öfke dolanırken yap bunu. Melek miyiz biz?!

Ama Rustam Hoca devam ediyordu anlatmaya:

"Unutmayın, bizler başkalarına iyilik yaparken aslında kendimize iyilik etmiş oluruz."

Birden durakladı, derin bir nefes aldı.

Yıllardır okuduğum, yaşadığım, tartıştığım onca şeyin birikimini, tortusunu üç beş cümleye sığdırmak ne zormuş, diye düşünüyordu. Bir yıl boyunca verdiğim derslere bile sığmazken. Hele de başka bir toplumdan, farklı bir kültürden gelmiş bir yabancıya...

Ama pes etmeyecekti.

"Bakınız, aslında Allah ile kul arasında hiçbir perde yoktur dinimizde. Buna karşılık kul ile Allah arasında ne yazık ki pek çok perde örülüdür. Kibir, öfke, bencillik... Hepsi bir başka engel... Nefis de bir başka perdedir, esasında tasavvuf bu kara perdeyi aradan kaldırır. 'Nereye dönerseniz dönün, Allah'ın yüzü oradadır' der Kur'an-ı Kerim. Nura ulaşmak, ancak yüreği aşk ile doldurmakla mümkündür.

İçimizdeki hazineleri tasavvuf aynasında görürüz biz. İşte ünlü Sufi düşünürümüz, Mevlânâ'mız, sekiz asır önce insanlara bunları ve çok daha fazlasını öğretmeye çalışıyordu."

Genç kadının berrak mavi gözlerinde soru işaretleri belirdiğini fark etti birden. Hemen toparlandı.

"Mevlânâ adı size bir şey ifade etmedi galiba. Bizler Mevlânâ, Hazreti Mevlânâ, Pir, Hüdavendigâr gibi farklı adları kullanırız ama şimdilik Batı dünyasının alışık olduğu adla 'Rumi' diyelim isterseniz."

Evelyn'in yüzü içten bir ışıkla aydınlandı.

"Şimdi anladım... Rumi. Evet, bilmez miyim. Hatta şiirlerinden bazı dizeleri okuyup özel notlarımın arasına eklemiştim. İslâm dünyasının en ünlü şairlerinden, öyle değil mi?"

Rustam Hoca güldü.

"Şair mi dediniz? Evet, Rumi'nin şiirsel bir dille yazılmış birçok eseri vardır. En çok bilineni de *Mesnevi*'dir. Bu yüzden Mevlânâ'ya ya da sizin onu bildiğiniz adla Rumi'ye, Batı'da şair gözüyle bakıldığı da doğrudur.

Ama o bir şair olmaktan öte bir İslâm bilgini, dünya çapında bir mutasavvıftır. Anadolu topraklarında gerçek kimliğine kavuşan çok değerli bir filozoftur.

Her şeyden önce de Yaradan'ın aşkıyla yanıp tutuşan bir yolcudur. Bir aşk yolcusu... Tüm hayatını vuslat özlemiyle, Allah'ına kavuşma, onunla bir olma yoluna adamış bir yolcu. Aslında hepimiz birer yolcu değil miyiz? Başı sonu belli bir hayatta, farklı yollar seçen yolcular..."

"Siz Mevlânâ sözcüğünü tekrarlayınca hatırladım. Bir de Mevlevilik vardı öyle değil mi?"

Rustam Akmatova sıcacık gülümsedi.

"Evet, tabii. Mevlânâ'nın yolundan gidenlere Mevlevi denir."

Birden Evelyn'in, çilav gömlekli pilicine henüz dokunmamış olduğunu fark etti Rustam Hoca. Gerçi kendisi de İran usulü yoğurtlu çorbasını epey ihmal etmişti.

"Ama siz yemeğinizi yemiyorsunuz," dedi dostça bir sitemle "bu yemekleri her yerde bulamazsınız."

Genç kız ise anlatılanları dinlemekten yeterince hoşnut görünüyordu. Güldü.

"Sohbet doyurucu olunca yemeğe gerek kalmıyor hocam."

Sonra konuyu başka bir zemine çekti usulca.

"Size bir doktora öğrencisi olduğumdan bahsetmiştim. Tez konumu Tim Price ile birlikte belirlemiştik. Şu sıralar 'Mistisizm ve Varoluşçuluk' üzerine çalışıyorum.

Çalışmalarını izlediğim Batılı felsefeciler, kuramlarını aklın ve iradi gücün üzerine inşa ediyorlar. Aydınlanma Çağı'ndan beri Batı felsefesinin merkezini insan ve onun iradesi oluşturuyor. Siz bu akımlara nasıl bakıyorsunuz, yazılanları, söylenenleri nasıl değerlendiriyorsunuz?"

Artık tartışmalı konulara, kaygan zeminlere doğru yol aldıklarını hissetti Rustam Hoca. Ne de olsa Batı dünyasının bu konulara bakışı çoğu kez oldukça farklıydı.

"Haklısın Evelyn. Dediğin gibi Batı'nın yaklaşımı insanı daima kâinatın merkezine koyuyor, hayatı doğumdan başlatıp, ölümde bitiriyor. Ne geçmişi var, ne ahireti. Ve tümüyle 'ben' kavramına dayanıyor.

Hatırlarsan sözlerimin başında 'tasavvufta aklın bilim, yüreğin Allah ile meşgul olması esastır' demiştim. Eğer tüm yaşamı, insani erdemlerini, kişisel özürlerimizi yalnızca 'bilim' ile açıklamaya kalkarsak, o zaman 'imana' yer ve zaman kalmıyor. Tek başına aklı ön plana çıkarınca, ne yazık ki ilâhi aşktan uzaklaşıyoruz, gönül zenginliğini kaybediyoruz..."

Profesörün gözlerinde tarifi güç bir parlaklık belirdi. Zayıf, yorgun yüzü bir anda ışıldamıştı sanki.

"İnsanlar yaşadıkça görüyor ki" dedi ağır ağır, "tutunabilecekleri bir dal, güçlü bir inanç bağı, bir mihenk taşı olmadan huzura ermeleri çok zor. İbadet de dini gelenekler de iman alevini besleyen, onu sürekli kılan öğeler değil midir?"

O güne kadar hep aklıyla öğrenen Evelyn, akıldan çok duygulara hitap eden bu 'gönül bilgilerini' kavramakta da reddetmekte de zorlandığını hissetti.

Tam bir şey sormak üzereydi ki başlarında sessizce, sabırla dikilen genç garson araya girdi.

"Devam ediyor musunuz?" diye sordu garson çekingen bir sesle.

"Arzu ederseniz tatlı ve kahve menümüzü getireyim?"

Rustam Hoca'yla Evelyn birbirlerine bakıp gülmeye başladılar. Henüz yarısını bile yiyemedikleri yemekler soğumuş gitmişti önlerinde. Garson yanlış anlamasın diye profesör 'kendi halimize gülüyoruz' kabilinden bir şeyler söyledi.

Evelyn ise tabağını hafifçe iterek, "Sadece bir kahve içebilirim" dedi ve Profesöre bakıp devam etti.

"Ne yazık ki yolculuklarda iştahım artacağına, azalıyor."

Şimdi de garsonla göz göze gelmişlerdi.

"Bir fincan sütsüz, şekersiz filtre kahve lütfen..." Sonra da Profesöre dönüp, "Ne olur siz bir tatlı alın" dedi, "Bir kâse çorba bile içmediniz. Çok lafa tuttum sizi."

"Kim kimi lafa tuttu?" diye güldü Profesör, "İşte günün bilmecesi!"

Sonra ciddileşip, "Her akşam bu kadar yerim ben" dedi, "zaten Mevlânâ da 'az yiyin' buyurmuş."

Sonra da bir kahkaha atıp ekledi.

"Gerçi bir de 'az konuşun' demiş ama..."

Evelyn'in kahvesi, kendisinin limonlu çayı geldikten sonra şaşılacak bir hızla kaldığı yere döndü Rustam Akmatova.

"Bakınız, İslâmiyet'in yayıldığı asırlarda Anadolu'da, Ortadoğu'da, Arap Yarımadası'nda, Kuzey Afrika'da ve hatta Asya'da, Müslümanlığın nasıl yorumlanıp uygulanacağını planlayan Vatikan benzeri otoriter bir merkezi yapı oluşmamıştı.

İslâm âleminde çok farklı dini felsefelerin doğmasına, serpilmesine, çeşitli görüşlerde toplulukların, tarikatların ortaya çıkmasına olanak veren de bu serbestlik, bu düşünce ve uygulama özgürlüğüdür."

Rustam Hoca bu kadar kısa zamanda birkaç fırça darbesiyle ortaya çıkarmaya çalıştığı resmin yeterli olamayacağını biliyordu. Ama bu genç doktora öğrencisinin zihninde, gönlünde bir ışık yakabileceğini ummaktan da kendini alamıyordu.

Kronik hocalık sendromu, diye düşündü.

Evelyn, sessizliğin uzadığının farkındaydı ama profesörün yorulmuş olabileceğini düşünüyor, soru sormuyordu. Sonunda Rustam Akmatova konuştu:

"İşte Mevlânâ bu bereketli topraklarda yetişmiş ulu bir çınardır."

Konuştukları her şeyin özüne, kalbine dönmüşlerdi. Bütün diğer bilgiler bu yüce adın yanında önemsiz birer ayrıntı gibi kalıyordu.

"O, dini insanlara sevdirerek öğreten bir ruhani lider, evrensel çapta bir şair, filozof, kendini yüce Yaradan'ın yoluna adamış bir Müslüman'dı.

İstersen bu konuda işine yarayacağını düşündüğüm bazı belgeleri, kaynakları, tarihte iz bırakmış diğer bilgelerin adlarını sana daha sonra ulaştırabilirim."

Evelyn, profesörün göz ucuyla saatine baktığını gördü. Bakışlarını karşı duvarda asılı duran antika saate çevirince yerinden zıplayacak gibi oldu. Gece yarısına sadece dakikalar kalmıştı...

"Çok sevinirim profesör. Bu gece sizi çok yordum, bağışlayın. Eğer sizin için de uygunsa yarın akşam yine buluşalım mı? Böylece ben de elimdeki notları bir düzene sokar, yarın sorularımı ona göre sıralarım..."

Saatler on ikiyi vururken, Rustam Hoca izin isteyerek ayrılmış, Evelyn ise ziyan olup gideceğine inandığı bir günün tam da hayal ettiği gibi dopdolu bir sofra sohbetiyle sona ermesinden mutlu, on sekizinci kattaki odasının yolunu tutmuştu.

Kederlenme. Kaybettiğin her şey
bir başka şekilde sana döner.

Mevlânâ

Bedel

Her şey bir tesadüfle değişmemiş miydi hayatımda?

Ya Kapalıçarşı'da gittiğim o son kuyumcu da dördüncü sikkemi öbürleri gibi terazide tartıp cebime üç-beş kuruş koyarak beni başından savsaydı? Ya o kuyumcunun beni gönderdiği Sarraf İhsan, parmaklarım titreyerek uzattığım o sikkeyi mercek altında inceleyip de "Bu sikkeye ne verdiler?" diye sormasaydı? Ya daha önceki kuyumcuların gram hesabına göre ödeme yaptığını öğrenince başını iki yana sallayıp "ayıp etmişler" demeseydi?

* * *

"Kim verdi sana bu sikkeyi?" diye sormuştu gözlerimin içine bakarak.

"Hiç kimse" dedim korka korka.

Beni bir hırsız mı zannetmişti yoksa?

"Babaannem öldüğünde çeyiz sandığının içindeki torbadan çıktı bu sikkeler. Beş taneydiler, şimdi yalnızca iki tane kaldı elimde. Sikkelerin kime ait olduğunu, nereden geldiğini bilmiyorum ne yazık ki. Söyleyenim de olmadı."

Ne de olsa yetim olduğumu her önüme gelene söylemekten çekiniyordum. Bir tür korunma önlemi. Ne olur ne olmaz.

Elindeki parçayı incelemeyi sürdüren sarraf, bir yandan da kendi kendine konuşuyordu.

"Üstündeki eski yazıyı ben de sökemiyorum ama 24 ayar saf altın bu. Antika değeri bile olabilir."

Süklüm püklüm dikiliyordum önünde. İkide bir de alnıma düşen inatçı saçları geriye itip duruyordum. Başını kaldırdı, sikkeyi andıran yuvarlak gözlerini kısarak sordu.

"Neden satıyorsun sikkelerini?"

İçimde kabaran isyanı bastırmaya çalıştım. Mecbur olmasam satar mıydım hiç! Hem de babaannemden kalan son hatırayı. "İnsan zora düşmeyegörsün!" böyle derdi babaannem. Biraz acılı bir sesle...

Yunus Efendi beni İstanbul'daki yatılı okulun imtihanına sokmuş, kazanınca da elimden tutup otobüse bindirmişti on yıl önce. Elime de biraz para tutuşturmuş, "İdareli harca evladım, sana verdiğim neyi de sakın yanından ayırma" diye tembihlemişti sıkı sıkı.

Neyimi kimselere emanet etmezdim ama beş parasız kalınca mecbur olmuştum sikkeleri satmaya. Ortaokulu, liseyi yatılı okumuş, üniversite sınavlarına bile girmeden doğrudan askere yazılmıştım aradan çıksın diye.

Asker dönüşü ilk kazığı bölükten tanıdığım bir 'tertip' atmıştı bana. Birlikte mobilya işi yapalım diyerek beni kandırmış, sattığım iki sikkenin parasıyla aldığımız kullanılmış tezgâhı bir başkasına devredip ortadan kaybolmuştu. Üçüncü sikkeyi de yine bir mobilya atölyesinde çırak olarak işe başladığımda kiraladığım daracık odanın sahibine depozito niyetine vermiş, sonra da geri alamamıştım bir türlü. Geçen ay yine işsiz kalmıştım, bu kez de ekmek parası uğruna bir emaneti daha satmaya çalışıyordum işte.

"Mecbur kaldım, yoksa hiç satar mıyım ailemden kalanları. İş arıyorum ama bulamadım daha."

Sesim tarazlanmaya başlayınca hemen sustum. Tepeden tırnağa süzüyordu şimdi beni.

"Ne iş yaparsın sen, tahsilin var mı?"

"Orta okulu, liseyi yatılı okudum. Notlarım da çok iyiydi. Biraz param olsa üniversiteye gidecektim ama askere gittim mecburen, sonra da mobilya işinde çalıştım. Ne iş olsa yaparım aslında. Elim işe yatkındır."

"Yeter ki bir mesleğim olsun" diye de ekledim en sonuna.

"Sen şöyle otur bakayım şuraya" dedi, yanındaki çırağa da dükkân sana emanet, der gibi bir işaret çakıp kapıya doğru seğirtti.

Bir anda gözden kaybolmuştu.

"Nereye gitti dükkân sahibi" diye sordum taburede oturan çırağa. O da olsa olsa yirmi yaşlarında, uzun saçlı, benim gibi esmerdi. Öte yandan meşin bilekliği, havalı spor ayakkabıları, yazılı bezeli tişörtüyle bambaşka bir tip…

"Ne bileyim ben, bizim patron çok konuşmayı sevmez. Gitti işte."

Sikkeyi de yanında götürdüğüne göre değerini biçecek birileriyle görüşmeye gitmiş olmalıydı. Epeyce bekledim. Ümidimi kesmek üzereyken Sarraf İhsan geri döndü.

"Bak delikanlı, bu sikke en çok dört Cumhuriyet altını ediyor..."

Ne diyeceğini şaşırmıştım. Bu daha önce bana ödenenlerin neredeyse beş katıydı.

Böyle bir parayla en az üç ay geçinebilirdim!

"Allah senden razı olsun hocam. Ver o zaman parayı, helalleşelim" deyivermiştim hiç düşünmeden.

"Peki, paranı cebine koyunca ne yapacaksın bakalım, bir kutlama filan?"

Göz ucuyla da beni süzüyordu Sarraf İhsan.

"Olur mu hiç? Önce karşıma seni çıkardığı için Allah'ıma şükredip kaldığım yerden iş aramaya devam edeceğim."

"O zaman," demişti Sarraf İhsan, "sana bir tavsiyem olacak."

Önünde duran kâğıda bir isimle adres yazıp uzattı bana.

"Beyazıt kapısından çık, Terzibaşı Sokağı'na git hemen, 12 numaralı apartmanda bir kuyumcu atölyesi var. Atölye sahibi Sarkis Usta'yı bul. Unutma, adı Sarkis Mahçupyan. Bak buraya da yazdım. Benim gönderdiğimi söyle. Duyduğuma göre ekibine bir çırak arıyormuş. Usta güvenilir adamdır, elinden tutarsa seni bırakmaz."

İşte böyle başlamıştı kuyum atölyesindeki serüvenim.

Her kaza kendi kaderini doğururmuş. Son üç yıldır gece gündüz, haftada altı gün çalışıyordum o dört odalı, basık tavanlı atölyede.

Patronun sağ kolu olan Artun Usta on beş yılda kazandığı deneyimi usul usul aktarıyordu bana. Verilen her işi yüksünmeden yapıyor, hayli dikkat ve sabır isteyen bu sanatı öğrenmek için ter döküyordum. Kimseye bulaşmadan sessizce çalıştığım için en nihayetinde, Artun Ustamın seviyesine henüz erişemesem de atölyenin ayrılmaz bir parçası olmuştum.

Maddi hayata meyledenler için hayat, deniz suyuna benzer; içtikçe susarlar, susadıkça içerler..

Mevlânâ

Dinle

İkinci gece bir kez daha buluştuklarında otel lobisinin kuytu bir köşesine çekilip sanki birkaç dakika önce ayrılmışlar gibi, kaldıkları yerden devam ettiler sohbetlerine.

Evelyn bir önceki gün aldığı bölük pörçük notları toparlayıp laptopuna kaydetmeye çalışmış, bazı konuları yeterince deşip netleştirmediği için de kendine kızmıştı. Bu kez aklından geçenleri sektirmeden sormaya kararlı bir havada oturmuştu koltuğuna.

"Dün gece, İslâm dünyasındaki düşünce akımlarından, tasavvuftan örnekler vereceğinizi vaat etmiştiniz, hatırladınız mı?"

Rustam Hoca hemen cevap vermeden kaşlarını çatıp ince sakalını sıvazlayarak biraz düşündü.

"Malum, insanoğlu var oldukça felsefi sorgulamalar, düşünsel ve ruhani arayışlar, yani genel anlamıyla 'tefekkür', varoluş bilincinin ayrılmaz bir parçası olacaktır.

Bizler, yani tasavvufi düşünceyi benimsemiş olanlar, bu tefekkür yeteneğinin yalnızca insana bahşedildiğine inanırız. Ama kibir, öfke, kıskançlık gibi baştan çıkartıcı dürtüler de yine ademoğluna has özellikler değil midir?

Hayvanlar yalnızca içgüdüleriyle hareket ettikleri için bildiğimiz anlamda günah işlemez, gün gelip öldüklerinde ise geriye yalnızca toprağa karışacak bir beden kalır.

Oysa tasavvufi anlayışta ölüm, günahıyla, sevabıyla biz insanlar için 'vuslat' dediğimiz bir birleşme, yani Yaradan'a kavuşmadır. Son nefesin verilmesiyle birlikte ruhumuzun bedenimizden, bir bakıma esaretten kurtulmasıdır. Benliğimizin yok olması, ruhumuzun azat edilmesidir."

Ruhun özgürlüğe kavuşması umudu Evelyn'e iyi gelmişti. Hafifçe gülümsedi. Rustam Hoca ise konuşmaya devam ediyordu.

"İslâm dininin yaygınlaşmasıyla birlikte kutsal kitabımız Kur'an-ı Kerim'deki ayetlerin derin anlamlarına, öğretilerine açıklık getirmek başlı başına bir araştırma alanı olmuş. Fıkıh, tefsir, hadis gibi dallarda yürütülen çalışmalar zamanla pek çok tasavvufi düşünce akımının gelişmesine de imkân sağlamış. Buna paralel olarak edebiyat, tıp, matematik gibi farklı alanlarda da ilerleme kaydedildiğini biliyoruz."

Bu noktada tam bir hoca tavrıyla ani bir soru sordu Akmatova.

"İbn-i Sina adını hiç duymuş muydun Evelyn?"

Genç kadın biraz utanarak, "Hayır" diye yanıtladı.

Rustam Hoca güldü.

"Ya Avicenna adını?"

Evelyn "Elbette" dedi telaşla.

"İkisi aynı kişi aslında" dedi Rustam Hoca, muzip muzip. "Siz Batılılar Avicenna dersiniz, bizler gerçek adıyla İbn-i Sina. On üçüncü yüzyılda yaşayan İbn-i Sina yalnızca bir filozof değil aynı zamanda tıp alanında çok önemli buluşlara adını yazdıran bir bilim adamıydı. Kendisi edebi eserleri kadar Da Vinci'den iki asır önce anatomi dalında yürüttüğü çalışmalarıyla da tanınır.

Aslında şimdi zihnime üşüşen öyle çok isim var ki. Ama sen bunlara o zengin üniversite kütüphanenizden, hatta internetten rahatça ulaşabilirsin. İstersen bir başlangıç listesi bile verebilirim sana. Şimdi ise kişilerden çok kavramlar üstünde dursak diyorum, ne dersin?"

Evelyn, karşısındakini engin bilgisiyle boğmak yerine onu yormamaya çalışan, nazikçe danışarak konuşan bu alçak gönüllü hocaya giderek daha çok saygı, hatta hayranlık ve sevgi duyuyordu. Kendi babası çekip gitmişti, karşısında ise iyi bir baba olabilecek ama çocuğu olmayan sevecen bir adam vardı. Kader dedikleri bu muydu? Her şeyin bizim bilmediğimiz bir nedeni mi vardı? Mevlânâ'nın böyle sorulara cevabı var mıydı?

Duraksamasının biraz uzadığını fark edip telaşla cevap verdi.

"Haklısınız... Siz bilirsiniz... Evet, öylesi daha doğru olur sanırım."

Rustam Hoca, Evelyn'in hızlı bir zihin-gönül turu atıp döndüğünü sezmişti ama belli etmedi. Gülümseyerek "O zaman

Mevlânâ dışında şimdilik yalnızca tek bir kişiye yoğunlaşmak daha iyi olacak" dedi.

"Bak ne demiş eşsiz halk şairi Yunus Emre:

Beni bende demen, bende değilem.
Bir ben vardır, bende benden içeri."

Evelyn'in bu bir çift kısa, sade dizenin anlamını derinlemesine hissetmesini bekleyip sözlerine devam etti Rustam Hoca.

"Yunus Emre *'bir ben vardır, bende benden içeri'* derken cismani varlığımızın ötesindeki manevi varlığımıza yani özbenliğimize dikkat çekiyor. Tasavvufi düşünce, temelini işte bu benliğin üzerine kurmuştur. Bizleri diğer canlılardan ayıran en önemli özellik, ruhumuzun ölümden sonra varlığını sürdürüyor olması.

O ruh, bizler hayattayken içinde bir de benlik taşıyor. Nefsimizi taşıyor. İşte bize tüm günahları işleten, sevapları kazandıran, hayatımıza yön veren hep nefsimizdir. Çoğu zaman şükretmeyi dahi beceremeyen, sürekli kendi kafasının dikine giden nefsimiz... Mevlânâ;

Hakk'ı arar isen gönlünde ara,

Kudüs'te, Kâbe'de, Hac'da değil

derken, önemli olanın beden değil ruhun yolculuğu olduğunu, insanların kendi gönüllerine yaptığı yolculuğun da yolculukların en anlamlısı, en hayırlısı olduğunu hatırlatıyor bizlere..."

Evelyn pek aşina olmadığı bu kavramları aklıyla bir çırpıda özümsemekte zorlansa da yüreğinde usulca kıpırdadığını hissediyordu.

"Anladığım kadarıyla bu yolculukta nefisle mücadele büyük önem taşıyor. Peki, nefsimizi eğitmenin bir yolu var mı sizce?"

Rustam Hoca yine bal rengi gözlerinin içine kadar gülümsedi.

"Olmaz olur mu, elbet vardır... Tasavvufun özü budur desek yanılmış olmayız. Tartıştığımız konu işte bu nedenle *Mesnevi*'nin pek çok yerinde işlenmiştir. Haddini bilmek, nefsi köreltmek, kul olmayı kabullenmek...

Bu yol hakikat yoludur, edep yoludur. Bir o kadar da uzun ve meşakkatli bir yol. Uzun ama anlamlı bir yolculuk..."

"Peki, sizce *Mesnevi* içerik olarak nesilden nesile aktarılan bilgi ve tecrübelerin birikimini yansıtan bir eser mi yoksa Mevlânâ'nın kendine özgün felsefesini mi yansıtıyor?"

Evelyn, sorunun net bir yanıtı olamayacağını az çok biliyordu aslında ama konuyu biraz daha açmak, derinleştirmek istiyordu.

Sınıfta da durmadan soru soran bir öğrenciydi zaten. Bazen öğretmenleri yoracak, diğer öğrencileri bezdirecek kadar... Ama Rustam Hoca soru soran öğrencileri severdi. Kendisini yeniden düşünmeye zorlayan sorulardan hoşlanırdı. Bir an kaşlarını çatıp uzaklara daldı. Sonra tane tane konuşmaya başladı yine.

"Bu soruya kesin ve kısa bir cevap verebilmek ne mümkün! Ancak Mevlânâ'nın geçmişini biraz daha anlatarak sana yardımcı olabilirim belki.

Mevlânâ'nın ilk mürşidi yani hocası, kendi babası Sultan-ı Ulema Bahaüddin Veled idi. O dönemin sultanları kendisini 'alimlerin sultanı' olarak kabul ettikleri için vermişler bu adı. Sultan-ı Ulema'nın da elbet bir yetiştireni, hocası vardı. Özetle, kuşaktan kuşağa aktarılan bir birikimden, giderek zenginleşip güçlenen bir felsefeden bahsediyoruz.

Mevlânâ babasının ölümününün ardından, ondan aldığı özel eğitime bir süre de Seyyid Burhaneddin'in talebesi olarak devam etmiş ancak otuz dört yaşına geldikten sonra şeyhlik makamına erişebilmiştir.

Bu da yetmemiş, en nihayet Şems-i Tebrizi ile yaptığı derin sohbetler, yaşadığı içsel yolculuklardan sonra, 'Hamdım, piştim, yandım' diyerek *Mesnevi*'yi yazmaya koyulmuştur."

"Demek ki *Mesnevi,* Mevlânâ'nın olgunluk çağını yansıtıyor!"

"Öyle de diyebiliriz. Aslında Mevlânâ'nın pek çok eseri vardır. Ama *Mesnevi,* Mevlânâ'nın son eseridir ve Mevlevi inancının temel kitabı sayılabilir."

"Profesör, o tarihlerde Anadolu toprakları Batı dünyasında *Rum Diyarı* diye adlandırıldığından, bizler kendisini 'Rumi' olarak anıyoruz. Siz ise 'Mevlânâ' adını tercih ettiğinizi söylüyorsunuz. Mevlânâ kelimesi de Rumi gibi özel bir anlam taşıyor mu?"

Rustam Hoca hiç duraksamadan cevap verdi.

"Mevlânâ aslında 'efendimiz' demektir. Şeyh olduğu için müritleri, yani onun bilgeliğine hürmet edip peşinden giden takipçileri kendisine Mevlânâ demişler. Bir rivayete göre de bu adı kendisine uygun gören kadim dostu, gönül ve yol arkadaşı Şems'tir."

"Onun namı sınırları aşar, o dünya çapında bir bilgedir" dememişti Rustam Hoca ama böyle olduğunu aklı ve yüreğiyle anlayıp hissetmişti genç kadın.

"Hocam, Şems nasıl oluyor da Mevlânâ'nın hayatında bu kadar önemli bir rol oynuyor? Bilebildiğim kadarıyla oradan oraya dolaşan dervişin biriydi Şems. Ve birlikte oldukları süre de öyle pek uzun sayılmaz."

Bir çift nazar boncuğu gibi yusyuvarlak açtığı gözlerini Rustam Hoca'nın sıcacık ela gözlerine dikmiş bekliyordu.

"Doğru söylüyorsun Evelyn. Mevlânâ ile Şems yalnızca iki kez buluşabildiler hayatları boyunca, yalnızca birkaç yılla sınırlıdır birliktelikleri. Ama her zaman öyle değil midir? Bir ilâhi ışık yalnızca bir an dokunduğu yeri yakar da geçer. Birlikte geçen sürenin ne önemi var?

Mevlânâ tek başına bir hazinedir, bilgedir, kâmil insandır. Ama yüreğinin derinliklerinde hissettiği ve kendisinin de söylediği gibi henüz yeterince 'olmamıştır' Şems'le tanışana kadar. Nasıl anlatsam... Bir an için kışın ayazda tek başına ormanda yürürken kaybolduğunu düşün. Neredeyse donmak üzeresin. Derken bir kulübe çıkıyor karşına. Son bir umut kapıyı açıp giriyorsun içeri. Bir de bakıyorsun ki çıralar, odunlar yan yana dizilmiş, koca bir şömine hazır bekliyor seni.

Peki, nasıl yakacaksın o odunları, nasıl başlatacaksın o ilk ateşi?

İşte Şems o ilâhi aşkın, ateşin ilk kıvılcımıdır. Her gördüğünü, her söyleneni yüreğiyle kavrayabilen, her detayı sorgulayan, aynı zamanda da ezbere dayalı bilgilere, boş lâflara prim vermeyen özgür ruhlu bir dervişti Şems. Sahte şeyhlerin, ermiş olduğunu iddia edenlerin başlarındaki sarıktan, büründükleri süslü kaftanlardan ziyade, kafalarının içinde ne olduğuna bakar, her seferinde hüsrana uğrayıp yoluna devam ederdi. Bir bakıma susuz çöllerde vaha arayan bir bedeviydi Şems.

Ne zaman ki Mevlânâ ile karşılaştı, o zaman parladı gözleri. Birlikte halvete girdiler günlerce. Dünya âlem bir yana, zamanı durduran Şems ile Mevlânâ hemhâl oldular defalarca.

İşte o zaman yandı Mevlânâ'nın ateşi! İşte o günden sonra ışığıyla karanlığı aydınlattı, ateşiyle gönülleri tutuşturdu Mevlânâ."

Evelyn soluğunu tutmuş dinliyordu. Rustam Hoca yüzüne vurmasa da Şems için 'dervişin biri' dediğine utandırmıştı onu. Olanca nezaketiyle, Mevlevilerin o ruhani aşk âleminde materyalist dünyanın sahte değerlerine, rütbelere, maddi varlığa, madalyalara yer olmadığını en kestirme yoldan anlatmıştı. Çilli solgun teni biraz mahcubiyet, biraz heyecandan pembeleşse de o sormaya inatla devam etti:

"Peki, Mevlânâ *Mesnevi*'yi ne kadar sürede yazmış?"

"Yaklaşık 25 bin beyitten oluşan *Mesnevi*'nin yazımı on yıl kadar sürmüş" diye başladı anlatmaya Akmatova.

"İlk 18 beyit Mevlânâ'nın kendisi tarafından kaleme alınmış. Ama gerisini, yani neredeyse *Mesnevi*'nin tümünü en yakınlarından biri saydığı Hüsamettin Çelebi kayda geçirmiş.

Mesnevi için bir bakıma Kur'an-ı Kerim'in yorumudur diyebiliriz ya da Mevlânâ'nın Yaradan'a ulaşma yolculuğunda müritlerine çizdiği yol. O yol sayesinde Anadolu topraklarında pek çok tarikat zaman içinde eriyip giderken Mevlevilik, Batılıların tabiriyle Sufilik, hâlâ ve giderek artan bir hızla dünya üzerinde yayılıyor."

Evelyn nihayet aşina olduğu bir noktaya gelmenin heyecanıyla sordu;

"Bu yayılmada dünyaca ünlü sema ayinlerinin de bir rolü olabilir mi?"

Rustam Hoca içten gelen bir gülümsemeyle karşıladı bu soruyu.

"Sufilik, daha önce de konuştuğumuz gibi aslında bir inanç, ibadet şeklidir; dini ve felsefi bir düşünce tarzıdır. Gerçek sufi, sema yapmak için Mevlevi olmaz, Mevlevi olduğu için sema yapar. Gönlü kabardığında, derin bir düşünceye daldığında Mevlânâ'nın saatlerce sema yaptığı bilinir. Kendisi maddi âleme veda edip Rabbine kavuştuğunda yerine geçen oğlu Sultan Veled, babasını anmak için başlatmış toplu sema ayinlerini. Bir asır sonra da ayinlerin kuralları belirlenmiş ve bu yapı günümüze kadar devam etmiş.

Biraz önce sorduğun yaygınlık konusuna gelince sema ayinleri, özellikle Yaradan'a kavuşma, yani düğün gecesini temsil eden Şeb-i Arus, gerçekten de ritüelleriyle, müziğiyle, tarzı ve kıyafetleriyle dünyanın dört bir tarafından insanın katıldığı çok estetik bir gösteri niteliğindedir. İzleyenler üzerinde olağanüstü bir etkisi vardır ve hissedilen bu güçlü ilâhi enerji, senin de belirttiğin gibi, semanın yaygınlık kazanmasında önemli bir rol oynamıştır..."

Akmatova, bir hocalık refleksiyle, karşısındaki genç kadının gözlerindeki ilgi ve dikkatin hâlâ yerinde durup durmadığını kontrol etti. Sonra usulca konuyu esnetip genişletti:

"Bu arada semanın bir vazgeçilmezi de ney'dir. Zira Mevlânâ'nın felsefesinde ney, kâmil insanın da bir sembolüdür. Aşk derdiyle yanıp tutuşur, inleyip durur. Benzi sararmış, içi boşalmış, bağrı dağlanarak delikler açılmıştır bedeninde. Tıpkı Yaradan'ın 'üflediği nefesle' hayat bulan insanlar gibi...

Geldiği yere özlem duyan ve delik deşik olmuş sinesinden çıkan feryat ile insanlara sırlar fısıldayan bir dosttur 'ney'. Bu sebeple, Şeb-i Arus'un da ayrılmaz bir parçası olmuştur."

Rustam Akmatova, inleyen ney ile acı çeken faniyi birbirine bağlayan ilâhi yolun heyecanına kapılıp soluk almadan konuştuğunu fark edince durakladı. Belki de ilk kez, karşısındaki genç kızın anlayacağı ifadeler kullanmaya çalışarak değil yüreğinden geldiği gibi, zihninde semazenler dönerek konuşuyordu. Yine de sözlerinin samimi enerjisi Evelyn'i sarıp sarmalamıştı.

Gecenin en koyu, en gizemli saatlerine yayılan bu sohbet ilâhi aşkın anlamı, kaza-kader derken, '*Bişnev*!' yani 'Dinle!' sözcüğüyle başlayan *Mesnevi*'nin ilk 18 beyti ile sürüp gitti.

Moskova'ya akademik bir emrivaki ile gönülsüzce gelen genç kadın, o geceyi izleyen haftalarda ruhuna iyi gelen taze bir heyecanla, Mevlânâ ve Mevlevilik hakkında makaleler, eserler okuyacağını, kafasına bir şey takıldıkça bilgisayarından mesaj atıp Rustam Hoca'ya danışacağını asla tahmin edemezdi.

Hele yıl bitmeden İstanbul'dan bir trene atlayıp Mevlânâ'nın 'düğün gecesi' diye bilinen Şeb-i Arus'a, üstelik henüz hiç tanımadığı bir erkekle birlikte gideceğini söyleselerdi, şüphesiz gülüp geçerdi Evelyn...

Buluştuğun herkesten manevi bir gıda alırsın, manevi bir şey yersin. Kavuştuğun her güzel dosttan da bir şeyler alırsın.

Mevlânâ

Karşılaşmalar

Hızlı adımlarla perona girdim. Doğduğum, çocukluk anılarımı biriktirdiğim köye gitmek... Konya'yı görmek... Mevlânâ'yı ziyaret etmek...

Kaç yılın hayali gerçek olacak mıydı sonunda? Kıpır kıpırdı içim. Yunus Efendi'nin güvenini boşa çıkarmamış, hem liseyi bitirmiş hem de meslek sahibi olmuştum. Başım dik dönüyordum memleketime. Çok şükür!

İnternette resmini gördüğüm o yüksek hızlı tren tam karşımda duruyor işte. Şahlanmaya hazır bir küheylan gibi vakur ve heybetli... Perondakileri alacak, köprüler, tüneller aşırıp Konya'ya ulaştıracak.

Önce Beyşehir'e, oradan da Bayavşar köyüne gideceğim. Yorgun ama huzurluyum. Az sıkıntı çekmedim. Ama Allah güç verdi, sıkı sıkı sarıldım hayata. Önüme fırsatlar çıkardı, şükrettim. O da huzurla doldurdu içimi.

"İkinci vagon, dördüncü sıra, on beş numaralı koltuk" Kaç gündür cebimden çıkarıp çıkarıp kimselere göstermeden bu bilete bakıyorum. Küçük sırrımı ev arkadaşımla bile paylaşmadım. Ustama da köyüme, yaşlı bir akrabamı ziyarete gideceğimi söyledim. Aslında Yunus Efendi'nin izini sürmeye gidiyorum.

Kendisi gerçekten akrabam mıydı, emin değildim ama hep öyle hayal etmiştim. Babaannem hayattayken, 'pirim, üstadım' diye çağırırdı onu. Üflediğim neyi Yunus Efendi bana emanet ettiğinde daha on yaşındaydım. Üzerinden tam on üç yıl geçmiş...

Kapalıçarşı'daki tanıdık bir dükkândan dost fiyatına aldığım tekerlekli ufak valizi çeke çeke yürüyerek besmeleyle ikinci vagona bindim. Askerdeyken bindiğim trenlere hiç benzemiyor bu. Sinemalarda, televizyonlarda gördüğüm uçakların içini andırıyor daha çok.

Heyecandan olsa gerek, ilk gelen yolcu da bendim galiba. Çift sıra uzanan koltukların arasından yavaşça, keyfini çıkarta çıkarta ilerledim, dördüncü sıraya gelince yükümü üst rafa yerleştirip koltuğuma oturdum. Konya'ya yolculuk beş saat bile sürmez demişti bileti satan görevli.

Birer ikişer diğer yolcular da biniyor trene. Kalkışa neredeyse yirmi dakika var. Amma da ağırdan alıyorlar! İnsan hiç telaşlanmaz mı geç kalacağım diye korkmaz mı? Ben korkmuştum. Belki de hayatımda ilk kez bütçemi zorlayıp bu trene bilet aldığım için.

Artun Ustam, "Yakında kendi çalışma tezgâhını verecekler sana, benim gibi bir sadekâr olacaksın sen de" demişti ya...

Biraz da ondan cesaret almıştım. Bir nevi kutlama bu yolculuk benim için. Ve çok daha fazlası...

Hadi bakalım, birazdan yola çıkıyoruz!

Yavaş yavaş herkes yerini alıyor. Son olarak da koridorun sol tarafındaki iki koltuğa, tam da benim hizama, aralarında İngilizce konuşan bir çift yerleşti. Çoktandır kimseyle İngilizce konuşmadığımdan, okulda öğrendiklerimin çoğu uçup gitmiş ama telaffuzlarından anladığım kadarıyla adam Türk. Yanındaki kumral genç kadın ise bir yabancı olmalı. Bir ihtimal İngiliz ama o kadar da emin değilim. Eski bir dost ya da sevgili havası pek yok davranışlarında. Olsa olsa bir iş seyahatine çıkıyor bunlar.

Peki, yanımdaki boş koltuğun sahibi nerede acaba? Trenin kalkmasına neredeyse beş dakika kalmış, belki daha da az bir süre. Pencereden dışarı, perondaki telaşlı koşuşturmaya baktım.

Ah bu son dakikacılar! Kim bilir her birinin gecikme sebebi neydi... Ucu ucuna yetişenler için şu son birkaç dakika kim bilir ne kadar önemli...

Mesela elindeki şişkin seyahat çantasıyla adımlarını sıklaştırmaya çalışan şu yaşlıca kadın için. Kaç yaşındadır acaba? Babaannem geldi bir an gözümün önüne. İçim burkuldu. Bu yolcu onun kadar yaşlı değil galiba. Ya da açık başı, şehirli giysileriyle öyle gösteriyor. Hem de babaannemden daha enerjik, trenin merdivenlerine ha vardı ha varacak...

Yetişmekle kaçırmak, kazanmakla kaybetmek arasındaki çizgi ne kadar da ince! Ama yetişti işte. Üstelik benim vagonuma binmiş, tam da yanımdaki koltuğa doğru ilerliyor.

Yardımcı olmak için ayağa fırladım hemen.

"Çantanızı alayım."

"Zahmet olacak, evladım. Ama sağ ol, makbule geçer" dedi nefes nefese. "Saati iyi hesaplayamamışım" diye de ekledi mahcup mahcup.

Ne cevap vereceğimi bilemedim.

Bir yandan da kadının çantasını üst rafa yerleştirmeye çalışıyorum. Ağır görünen hafif bir çanta bu. Kadın da göründüğünden genç sanki.

Görünüş aldatıcıdır diye düşünüyorum. Artun Ustam ne çok söyler bu lafı! Her seferinde zihnime bir defa daha çakılır o söz. Ne çok yaşadım bu yanılgıyı şu kısacık ömrümde! Artık yanılmak istemiyorum...

Kabuğu kırılan sedef üzüntü vermesin sana,
içinde inci vardır.
Mevlânâ

Çağrı

Tren sanki bir zaman tünelinde hızla ilerliyor. İçindeki nice hayat da kendi bilinmezlerine doğru akıp gidiyor. An be an değişen manzarayı pencereden seyretmek çok hoş. Ama aklım ikide bir son günlerde yaşadıklarıma gidiyor. Sanki bir masanın üzerine yayılmış karmakarışık kâğıtları tek tek elime alıp ayrı ayrı dosyalara yerleştiriyorum zihnimde. Sanki geçmişi sıraya sokarsam düşüncelerim de düzene girecek...

Neredeyse üç yıldır aynı kuyum atölyesinde çırak olarak çalışıyorum. Patronum Sarkis Usta, daha ilk günden beni Artun Usta'nın yanına vermişti. Deneyimli bir sadekâr, gerçek bir sanatçı Artun Usta. Sanatının inceliklerini titizlikle, aşkla öğretiyor; bir yandan da beni deli gibi çalıştırıyordu. Eh, ben de elimden gelenin en iyisini yapmaya çabalıyordum. Artun Usta gibi birini bir daha nerede bulurum?

Her gece gözlerim yanarak parmaklarım acıyarak yatıyordum. Ama her sabah yeni bir hevesle canlanarak kalkıp koşar adım atölyeye gidiyordum.

"Aşk ve sabır" diyordu ustam... "Âşık olacaksın işine, olmadın mı sonu yoktur, çıkmaz sokaktır."

Aralık ayının başlarıydı. Paydos öncesi iki ustanın bir köşeye çekilmiş kendi aralarında fısır fısır konuştuklarını fark ettim. Ara ara kaçamak bakışlar fırlatıyorlar bana. Neler oluyor? Yoksa işime son mu verecekler? Harcadığım bunca emek boşa mı gidecek?

Bir şüphe çöreklendi içime. Nedensiz bir korkuyla karışıp büyüdükçe büyüyor.

Eve dönüp birkaç lokma bir şey yedim, öyle yorgundum ki soyunmadan yattım. Ama bir türlü gevşeyemiyordum, bir türlü bırakamıyordum kendimi derin bir uykuya... Neyse, sabaha karşı dalmışım, gün ışığı perdenin aralığından sızınca hemen uyanıp kalktım. Yüzüme soğuk su çarpıp kahvaltı etmeden evden çıktım. Atölyede kendimi ne kadar elimdeki işe vermeye çalışsam da o sahne bir türlü çıkmıyor aklımdan. Saatler geçmek bilmiyor, alnımda biriken terleri silerken ellerim ha bire titriyor.

Hele böyle bir işte, hassas parmaklara en çok ihtiyaç duyduğum anlarda ellerimin titrediğini görmek kahrediyor beni. Elim işte, gözüm etrafta. Şüpheyle süzüyorum ustaları, çırakları. Sanki inadına herkes işinde gücünde. Bir yandan eller çalışırken bir yandan da hafta sonu oynanacak maçların tahminleri yapılıyor her zamanki gibi. Dokuz kişiyiz atölyede. Onca sene, haftanın altı günü, sabahtan akşama aynı yerde birlikte çalışmanın rahatlığıyla aklına geleni söylüyor herkes. Bir tek ben susuyorum.

Akşam olup da paydos saati geldiğinde işini bitirenler peş peşe terk etmeye başladı atölyeyi. En sona üç kişi kaldık. Bir ben, bir Artun Usta, bir de yan odada tek başına çalışan cilacı Sabri. Bir ara ustamın ayağa kalktığını, cila odasının kapısını usulca kapattığını fark ettim. İşte o an geldi sonunda diye düşündüm. Kalbim makineli tüfek gibi. Duyulacak diye ödüm patlıyor.

"Gel bakalım" diyor Artun Usta. "Otur bakayım şöyle karşıma... Bugün kafan nerelerde bakayım? Yoksa bir derdin mi var?"

Ne cevap versem şimdi? Yalan söylesem olmaz. Boşboğazlık etsem hiç olmaz... Bir şeyler geveliyorum ağzımın içinde.

"Belki biraz başım ağrıyordur, yorgunumdur, ne bileyim usta."

Kendi söylediğime kendim de inanmıyorum ya! Usta gülüyor zaten, at bakalım gibisinden.

"Üç yıldır yanımda çalışıyorsun, bilmem mi senin baş ağrını? Yorgun halini..."

Cevap verecek takatim de yok artık. Öylece büküyorum boynumu, büzülüyorum oturduğum yere.

"Yoksa aşk meşk derdi falan mı?"

Bende bir telaş, bir telaş... Yerin dibine geçiyorum utancımdan.

"Aman usta, nereden çıktı bu şimdi böyle? Vakit mi var bu işlere..."

Gülüyor gevrek gevrek. Bir şey diyecek gibi oluyor, vazgeçiyor. Öksürüyor. Sonra dimdik bakıyor gözlerimin ta içine.

"Madem öyle, sadede gelelim biz de."

"Olur ustam. Dinliyorum."

"Üç yıl oldu mu başlayalı?"

"Oldu usta. Şubat ayında üç yıl doluyor."

"İyi işte. Artık senin de geleceğini düşünmenin vakti gelmiştir. Ne dersin?"

Benden cevap yok.

Ellerim buz gibi.

"Anlaşıldı, senin konuşmaya da niyetin yok bugün. Öyleyse ben diyeyim diyeceğimi. Bak Cemal, elbette biraz daha zamana, deneyime ihtiyacın var ama bu gidişle sen de benim gibi bir gün sadekâr olacaksın besbelli. Belki bir, hadi bilemedin iki yıl sonra. Bugüne kadar hep yanımda çalıştın, masamı paylaştın. Sarkis Usta ile konuşuyorduk dün. 'İşler durmadan artıyor, ya altından biz kalkacağız ya da başkaları kapacak yeni siparişleri' diyordu. Patron koridorun karşısında iki aydır boş duran daireyi kiralamaya karar vermiş. Öyle söyledi bana."

Ustam ateş almış gibi konuşuyor. Bir an soluklanıp devam ediyor anlatmaya:

"Tasarım ve cila bölümlerini oraya kaydırmayı düşünüyormuş. Biz de mıhlayıcılarla birlikte tam kadro buraya yerleşeceğiz o zaman. Bol bol yer açılıyor senin anlayacağın. Özetle, Sarkis Usta sana da bir özel çalışma masası ısmarlamayı düşünüyor. Böylece sen de kendi işine sahip çıkacaksın yakında. Bana fikrimi sordu, ben de 'Tamamdır patron, Cemal altından kalkar bu işin' dedim."

Gözünü yine gözüme dikip soruyor.

"Söyle bakayım, sen ne diyorsun bu işe?"

Birden elim ayağım boşanıyor. Ne diyebilirim ki?

"Sahi mi usta?" diye kekeleyip susuyorum. Yanaklarım alev alev yanıyor sanki. Ama sonra bir çözüldü ki dilim, ben bile şaştım.

"Allah razı olsun ustam. Her şeyi sen öğrettin bana, izin verirsen sana layık olmaya çalışırım elbet."

Artun Usta kıs kıs gülüyor oturduğu yerde.

"Bu tumturaklı lafları nereden buluyorsun bilmem, maşallah dilin de elin gibi işliyor. Hadi bugünlük bu kadar yeter. Şimdi git bakalım evine. Bu konuştuklarımız da aramızda kalsın. Haftaya Sarkis Usta kendi bildiği gibi anlatır her şeyi."

Sersem gibi çıktım dışarı. Serin hava biraz ayılttı beni. Ama onca yolu nasıl yürüdüm, ne zaman bindim tramvaya, nasıl geldim eve, hiç hatırlamıyorum.

Evin kapısını çalıp bekledim. Açılmayınca anahtarımı çıkardım cebimden. Ama anahtar bir türlü girmiyor deliğe. Hay Allah, hâlâ titriyor ellerim. Sonra fark ettim ki atölyenin anahtarıyla açmaya çalışıyormuşum kapıyı!

Yoksa gerçekten bir sadekâr mı olacaktım?

Bu sersemlikle nasıl olacaksam! Kendi kendime güldüm. Babaannemi hatırladım. 'Sabreyle işine, hayır gelsin başına' derdi hep.

Küçükken anlamazdım, meğer ne güzel sözmüş!

Ağzım kurumuş, bir bardak su içtim önce. İştahım da yok ki bir şeyler atıştırayım. Baktım Osman daha gelmiyor, ben de odama gidip sırt üstü uzandım yatağıma.

Ne konuştuysak ustamla, tavana bakarak kelimesi kelimesine tekrarlayıp duruyorum zihnimde. Ah, keşke Yunus Efendi yanımda olsaydı! Anlatsaydım olan biteni, sakallarının arasından gülüp, başımı okşasaydı, aferin deseydi bana. Aferin Cemal... Aferin oğlum...

İçim özlemle sıkışıyor, gözlerim yanıyor yine. Son mektubunu alalı neredeyse altı yıl oluyordu. Senede bir iki defa yazardı bana eskiden. Lise son sınıfa geçmeden almıştım son mektubunu. Gidememiştim ki köyüme. Soramamıştım kimselere, Yunus Efendi nerededir, neden bana yazmıyor diye.

İşin kötüsü, zarflara adresini yazmazdı, nerede yaşadığını bile bilmiyordum Yunus Efendi'nin.

Doğrulup oturuyorum yatağımda. O gördüğüm rüyaları düşünüyorum yine. At üstünde Yunus Efendi'yle birlikte dağ bayır yollara düştüğümüz o masalsı rüyaları. Tabii masal gibi olacak, rüya bu ya! Sahici değil ki. Ama yine de çok farklı her zamanki abuk sabuk rüyalarımdan. Zihnimde döne döne öyle çok yaşadım ki o rüyaları, her sahne hafızama nakşolmuş sanki, bir sadekâr işi gibi. Kimselere anlatamadığım, anlamını bir türlü çözemediğim o rüyalar...

Başucumdaki kitap rafına uzandım çaresiz. En üstteki rafta İstanbul'a uğurlarken Yunus Efendi'nin bana emanet ettiği babaanneme ait Kur'an-ı Kerim tercümesiyle *Mesnevi* ciltleri duruyor yanyana. Arttırdığım paralarla yıllar içinde aldığım kitapları ayrı tutuyorum onlardan.

Aldım elime Kur'an-ı Kerim'i, başladım okumaya. Zaman akıp gidiyordu. Sanki büyülenmiş gibi okuyor, okuyordum. Bir süre sonra yorgunluktan başım düşmüş yatağa.

Uyuyakalmışım.

Odanın kapısı aralandı. Yavaşça...

Biri söndürmüş ışığı. Etraf zifiri karanlık... Bir kıpırtı var sanki kapının eşiğinde. Göremiyorum... Hışır hışır sesler duyuyorum, o kadar...

Bir gölge kayıp geliyor, bağdaş kuruyor önümde... Nurani bir ışık parlıyor yüzünde... Bir mum yanıyor köşede. Titrek ışığında gölgeler oynaşıyor, sanki dans ediyorlar duvarlarda...

Ürperiyorum nedense. O gizemli gölge oturmuş odamın tam ortasına... Bir anlayabilsem... Kimdir bu gölge? Neden gelmiş? Nereden gelmiş?

Usulca doğruluyorum yatağımdan. Bağdaş kurup oturuyorum ben de...

Gölge adamın yüzü bir görünüp bir kayboluyor... Oturduğu yerde ak sakalını sıvazlıyor.

Eli kuru bir yaprak gibi solgun, kemikli... Bildim! Bu Yunus Efendi'nin mübarek eli... Yüreğim hopluyor.

"Yunus Efendi, sen misin?"

"Evet Cemalim, elbet benim. Sen çağırdın, ben de geldim işte."

Ben mi çağırmışım? Ne zaman, nasıl? Ne desem bilemiyorum... Bilmediğime aldırmıyorum.

Öyledir… Çağırmışımdır belki. O burada ya şimdi, ölsem gam yemem.

Bir ilkbahar esintisi usulca okşuyor yüzümü. İçimde bir sıcaklık, gönlümde bir ferahlık…

Ne mutlu bana! Hoş gelmişsin Pirim, efendim. Sefalar getirmişsin… Babaannem de tıpkı böyle derdi ona…

"Söyle bakalım Cemalim, neymiş öğrenmek istediğin?"

"Benim mi?"

"Elbette senin."

Neden bilmem birden ağlamaya başlıyorum. Yaklaşmıyor yanıma. Ama öyle sıcak bakıyor ki içim eriyor…

Yunus Efendi, diye hıçkırıyorum, yıllar önce rüyamda gördüm seni… Peş peşe iki gece… Soramadım kimselere. Bilemedim ne demektir.

"Neler gördün, hatırlıyor musun Cemalim?"

"Her şeyi hatırlıyorum Yunus Efendi, hem de dünmüş gibi."

"O halde bilirsin benim nereye gittiğimi…"

Susuyorum… Belki korkuyorum bilmekten…

Eyvah! O nurani ışık perde perde soluyor, sönüyor gözlerimin önünde… Titrek bir ışık kalmış geriye, o da söndü sönecek...

Bir gölge görüyorum yine… Alacakaranlığın içinde... Yine hop ediyor yüreğim. Bir başka ziyaretçi… Bağdaş kurmuş oturuyor önümde yine… Belli belirsiz yüzü... Hem aşina hem yabancı…

Yemyeşil bir ışık doluyor odanın her köşesine…

Allahım aklımı koru…

Yunus Efendi değil o gölge. Sırtında yeşil kaftanı, başında sikkesi var… Deruni bir ses yankılanıyor duvarlarda… İliklerime kadar ürperiyorum…

"'Doğduğun güne de, tekrar dirileceğin güne de hamd ve selam olsun' demiş Rabbimiz.

'İnsanlar uykudadır, ölünce uyanırlar' buyurmuş Peygamber Efendimiz."

Aman Allah'ım neler oluyor? Kim bu? Benimle mi konuşuyor? Başım ellerimin arasında… Huşu içinde can kulağıyla dinliyorum.

"Yunus der ki

'Yunus öldü diye salâ verirler,

Ölen hayvan imiş, âşıklar ölmez…'

Bre gafil, bilmez misin bunları da, sorarsın hâlâ o rüyalar ne söyler sana?"

Gözlerim bulanıyor, elimle ovuşturmak istiyorum kıpırdayamıyorum… Utancımdan küçüldükçe küçülüyorum… Bir toz zerresi olsam da kaybolsam bu yüce ziyaretçinin önünde...

Ne desem şimdi? Belli ki itiraf etmem gerek, bilip de bilmezden geldiğimi, görmek istemeyince çocuklar gibi gözümü kapattığımı…

Bilirim efendim o rüyaların anlamını.

O mektupların ardı arkası kesilince bir ateş düştü içime. O zaman anladım. Lâkin yüreğim elvermez... Kabullenmek istemem. Ayrılamam Yunus Efendi'den. Ne olur, affedin... Bağışlayın... Mevlânâ Hazretleri...

Sesim bir yabancının sesi gibi: Sanki içimde benden başka biri var. Benden büyük, benden güçlü, benden akıllı...

"'Esirgeyen ve Bağışlayan Allah'ın Adıyla' diye başlar her iş, her cümle. Kulu bağışlamak bize düşmez evladım... Onu Yaradan bilir. Hatırla; 'Ölümümden sonra benim kabrimi yerlerde arama, benim mezarım arif kişilerin gönlündedir' demiştim müritlerime, yoksa unuttun mu?

Yunus Efendi de erenlerdendir, o köprüden geçenlerdendir. Sen onu yerlerde değil gönlünde ara."

O yüce makama, Mevlânâ makamına yüz sürdüm... Hiç gitmesin, içimde yaktığı ışık hiç sönmesin, yüreğim ölümden öte, ölümden güçlü bir sonsuzluğa açık kalsın istedim... Heyhat!

Yeşil ışık solup sönüyor, terk ediyor odamı... Kararıyor etraf yeniden... Kederimden yere kapanmışım. Ne desem boş, ne yapsam boş...

Kalakalıyorum karanlığın ortasında. Tek başıma... Ah Yunus Efendi... Neredesin şimdi? Tam pes etmişken tam ümidimi kaybetmişken Yunus Efendi'nin gölgesi düşüyor yine odanın ortasına...

Şükürler olsun, şükürler olsun... Yine kavuşuyorum Yunus Efendime... Yunus Efendi diyorum, sesim titrek...

"Rüya gördüğümü hatırlıyorum Yunus Efendi. Her şeyi hatırlıyorum. Mevlânâ Hazretleri uyardı, gafletten uyandım..."

"Doğru söylersin Cemalim... Meraklanma, gözüm üstündedir."

Sonra o çok sevdiğim sımsıcak gülümsemeyle ışıyor yüzü:

"Yok eğer, kavuşmak da istersen cancağıma, bir gün gelmek istersen yancağıma; o zaman ara beni!"

O nurani ışık da ağır ağır sönüyor şimdi... Sanki tek bir cümle asılı kalıyor havada... Salınıyor usul usul...

"Yok eğer, kavuşmak da istersen cancağıma, bir gün gelmek istersen yancağıma; o zaman ara beni!"

"Yunus Efendi... Yunus Efendi... Dur, ne olur gitme... Nasıl bulurum seni? Nasıl kavuşurum cancağına? Nasıl gelirim yancağına?"

Gölge kayıyor... Kayıyor... Uzaklaşıyor.

Çaresizce kıvranıyorum. Ne olur bir şey söyle, son bir şey... Ne olur, böyle bırakıp gitme beni!

Yüzüm yaşlardan sırılsıklam...

Yunus Efendi'nin gölgesi kayboluyor. Sessiz... Belirsiz... Sonra... Sonra, bir fısıltı okşuyor kulağımı... Çok uzaklardan gelip yüreğimin içinde uğuldar gibi...

"Ne yerde ara beni, ne gökte... Yalnızca gönlünde ara... Olmadı, doğduğun yerde ara...

Mevlânâmızın kabrine git Cemalim, beni bir de orda ara..."

* * *

İşte şimdi binmişim Konya trenine, geliyorum yancağına Yunus Efendim... Gidiyorum doğduğum yere, Rabbim kabul eyleye!

Zaten her bilen kişi, aklen bilir ki hareket edenin bir hareket ettiricisi vardır. Sen onu gözünle görmüyorsan eserleri görünüyor ya...
Onlara bak da anla!

Mevlânâ

Merak Çiçeği

Bir gece önceden İstanbul'a gelip doğruca oteline yerleşmiş, Swissôtel'in terasından Boğaz'ın nefes kesen manzarasını izlerken hafif bir şeyler atıştırmış, sonra da odasına çekilmişti. Gece yarısına kadar teziyle ilgili bir kitap okuyup fazla direnmeden koyu ama kısa bir uykuya teslim olmuştu.

Oldum olası seyahat ederken az yemek yer, az uyurdu. Sabah gün doğarken kalktı, büyülenerek Boğaz'ın eşsiz uyanışını seyretti bir süre. Sonra çabucak duş alıp giyindi. Krem rengi bir bluzla lacivert yünlü pantolonunu giyerken yine bol tişörtüyle soluk kotunu özlediğini hissetti. Ama kendini sıradan bir turist gibi göremiyordu. Bu kez 'gönülsüz' olmasa da bir bakıma 'görevli' gibiydi hâlâ.

Odasına getirttiği demli Türk çayı ile peynirli küçük sandviçleri bitirip, eşyalarını toparladı. Üzerine içi kürklü deri ceketini giyip aşağıya indi.

Heyecanlı hatta biraz tedirgindi.

Tanımadığı bir erkekle birlikte hiç bilmediği bir ülkede özel bir yolculuğa çıkıyordu...

Çıkış işlemlerini tamamladıktan sonra kendisine yardımcı olan güler yüzlü kıza elinde tuttuğu kâğıdı uzattı.

"Şu karşıdaki koltuğa oturup birisini bekleyeceğim. Ne yazık ki kendisini şahsen tanımıyorum. Adı şu kâğıtta yazıyor. Yardımcı olursunuz değil mi?"

Sonra da kendisini biraz ötedeki o davetkâr deri koltuğun kucağına bıraktı. Şimdi artık dilediğince gözlem yapabilirdi.

Uyumlu renklerle döşenmiş ferah lobide önünden gelip geçen çiftleri, spor ceketli, kravatlı tipleri, havalı eşofmanları çekmiş sabah koşusuna çıkan sportmen otel müşterilerini izliyordu sessizce. Bir gözü de kapıdan girenlerdeydi.

Ne var ki beklediği kişinin yaşını bilmiyordu. Nasıl biri olduğu hakkında da en ufak bir fikri yoktu. Otelin geniş kapısından içeri adımını atan ilk adam oldukça yaşlıydı ve elindeki kocaman valizle yeni bir otel müşterisini andırıyordu daha çok. Sonra çoluk çocuklu bir aile içeri girdi. Çocuklar amma da şamatacıydı!

Ardından uzunca bir bekleyiş...

Ya içeri girerken kapıdaki görevli kıza dik dik bakan şu takım elbiseli adama ne demeliydi? Otuz beş kırk yaşlarında, uzun boylu, atletik yapılıydı. Özenle taranmış parlak siyah saçları ve çatık kaşlarının altında kara elmas gibi ışıldayan öfkeli gözleriyle daha çok Hollywood filmlerinde sert adam rollerine çıkan aktörlere benziyordu. Etrafına üstünkörü bir göz attıktan sonra resepsiyona doğru ilerledi.

Şimdi de o kıvırcık saçlı güler yüzlü resepsiyonistle konuşuyordu. Kız başıyla kendisini işaret edince ağır adımlara yaklaştı.

"Miss Chatfield?"

Sesi soğuk, bakışları ilgisizdi.

Tavırları bir Hollywood yıldızından çok, sette prova yapan çokbilmiş bir tiyatro oyuncusunu andırıyordu…

"Benim" diye cevap verdi Evelyn, ayağa kalkarak.

"Sen de Mustafa olmalısın."

"Evet" dedi genç adam, kızın dostça bir gülümsemeyle uzattığı eli formalite icabı sıkarken.

"Mustafa Koçak. İstanbul'a hoş geldin."

Adamın yüzündeki bıkkın ifade hiç değişmiyordu. Bir toplantıda, ya da akademik etkinlikte ilk defa tanıştığı bir erkek bile çok daha nazik davranırdı Evelyn'e. Bazıları aristokrat kimliğinden ya da zekâsından etkilenirdi. Hepsi bir yana, kendine özgü çekici fiziğiyle erkeklerin başlarını döndürmeye öylesine alışkındı ki...

Demek Türk erkekleri böyle diye geçirdi içinden.

"İstersen hemen yola çıkalım, bu saatlerde İstanbul trafiğine hiç güvenilmez, bir tıkandı mı treni bile kaçırabiliriz."

Moskova'nın trafiğini hatırladı Evelyn. İstanbul daha beter olabilir miydi?

"Kaç dakika sürer istasyona gitmek?"

"Her şey yolunda giderse bir saati geçmez. Aslında trenin kalkmasına daha iki saat var. Ama ne olur ne olmaz."

Soğuk ama tedbirli diye düşündü genç kadın, soğukluğu da umurumda değil, yılışık biri olmasından iyidir. Çantasının omuz kayışını düzeltirken resmi bir edayla gülümsedi.

"Haklısın, ben hazırım zaten."

Çok geçmeden otel kapısının önünde bekleyen metalik gri arabaya binip yola çıkmışlardı.

"Hızlı tren istasyonu karşıda, yani Anadolu tarafında. Biz ise Avrupa yakasındayız. Birazdan Boğaz Köprüsü'nün üzerinden geçeceğiz."

Böyle dedikten sonra tüm söyleyecekleri tükenmiş gibi bir düğmeye dokunup radyoyu açmış, dikkatini de tümüyle yola vermişti Mustafa.

Anlaşılan sohbet burada bitti diye düşündü Evelyn.

Hiç olmazsa çalan müziği sevmişti. İlk defa geldiği, hakkında çok şey duyduğu bu tezatlarla dolu mega kenti izlemeye başladı sessizce. Boğaz Köprüsü'nün üzerine çıktıklarında, önceki gece ışıklar içinde, sabah da büyülenerek uzaktan seyrettiği manzaranın tam ortasına düşmenin heyecanıyla çantasına davranmış, fotoğraf makinesini valizde bıraktığını fark edince de kalayı basmıştı kendine.

Ne salaklığı kalmıştı ne unutkanlığı...

Bir saati epey geçen suskun ve sakin bir yolculuktan sonra arabayı büyük bir otoparka bırakmışlardı. Şimdi ikisi de ellerinde birer tekerlekli mini valiz, istasyona yürüyorlardı iki yabancı gibi.

Öyleydiler zaten.

"Biletler bende" dedi sonunda Mustafa. "Yerimiz ikinci vagon, dördüncü sırada."

"Peki, kaç saat sürecek tren yolculuğumuz?"

"Sanırım beş saat kadar."

...

İşte bu kadar diye söylendi içinden Evelyn. Anlaşılan sohbetimiz saatleri sormak ve yerleri tarif etmekle sınırlı kalacak iki gün boyunca. Eh, bu da bir şey...

Hızlı adımlarla perona girdiler... Mustafa biraz önden gidiyor, yaşamsal önemde bir şey yapıyormuş gibi ciddi bir tavırla kâh elindeki biletlere kâh vagonlara bakıyordu. Sonra da onun valizini alıp merdivenden çıkması için yana çekildi. Bu beklenmedik nezaketin temelinde basit bir refleks mi yoksa kabalık sınırlarında dolanan soğukluğu telafi niyeti mi olduğunu kestiremedi Evelyn.

İki valizle vagona giren Mustafa pencere kenarındaki koltuğu da yabancı misafirine ikram etti. Valizleri yukarı yerleştirince yerine oturdu ve somurtmaya devam etti.

* * *

Çok geçmeden tren hareket etmişti. Her vagon birbirinden ayrı, her yolcu birbirinden farklı... Yine de hepsi aynı trende tutsak. Ne çok hayat ne çok hayal yüklüydü bu tren!

Arkasına yaslanmış, pencerenin dışında hızla akıp giden fabrikalara, depolara, bodur ağaçlara, kâh görünüp kâh kaybolan asfalt yollara, siyah, beyaz, gri arabalara bakıyordu dalgın dalgın.

Bir akşam önce Atatürk Havalimanı'na geldiği andan beri bu kıpır kıpır manzara sanki hiç değişmiyordu. Cambridge'in sakin, huzurlu, bir o kadar da durağan ve hüzünlü havasından sonra bu bitmez tükenmez hareket ve enerjiden şimdiden yorulmuştu Evelyn.

Ne işim var benim buralarda, diye geçirdi içinden. Yoksa anlamsız bir maceraya mı atılmıştı bu yolculuğa çıkmakla?

Rustam Hoca'ya o kadar güvenmese göze alabilir miydi bu yolculuğu? Cambridge'deki rahat evinde tek başına oturmuş tezinin dağınık uçlarını toparlamaya çalışırken ekranına düşen bu daveti kimden gelirse gelsin, elinin tersiyle iterdi bir an bile düşünmeden.

Ne var ki Rustam Hoca'dan gelmişti o mesaj!

"Sevgili Evelyn, sanırım vakit geldi.

Bence ilk fırsatta Konya'ya gidip Mevlânâ ile tanışmalısın. Naçizane tavsiyem bu ziyareti yaklaşmakta olan Şeb-i Arus törenlerine denk getirmendir."

Bir zorlama yoktu bu mesajda. Ancak üslubu ne kadar nazik, önerisi ne kadar yumuşak bir tonla ifade edilmiş olursa olsun satır aralarında gizlenmiş bir ısrar, dostça ama kesin bir beklenti vardı.

İlk kez bir yaz gecesi Moskova'da başlayan sohbetlerini düşündü. Bir sonraki akşam, kaldıkları yerden devam etmiş, konuları derinleştirirken dostluklarını da pekiştirmişlerdi bir yandan. Sohbet zihnini beslerken ruhunu da sarıp sarmalamıştı. O zamana dek tanımadığı türden bir merak, bir beklenti, bir huzur umudu kıpırdamıştı içinde.

Konferans bitince Cambridge'e dönen Evelyn, kafasına takılan konuları internetten sürekli paylaşmıştı Profesör Rustam Akmatova ile. O da hep aynı sabır ve özenle yanıtlamaya çalışmıştı tüm soruları.

Derken zaman akıp geçmiş, ekim ayının sonlarında, bu davetle birlikte Evelyn'in yüreğinde pırpır kanatlı kelebekler uçuşmaya başlaşmıştı.

İşte şimdi, yanında ilk kez birkaç saat önce tanıştığı, bir bakıma hiç tanımadığı bir erkekle, yani Rustam Hoca'nın İstanbul'da yaşayan yeğeniyle, bir bilinmeze doğru yol alıyordu büyük bir hızla.

Tren hareket ettikten sonra bir süre ne yapacağına nasıl davranacağına karar verememişti. Birkaç nazik soru mu sormalıydı? Rustam Hoca'dan mı söz etmeliydi? Ama yanında oturan adamın hiç oralı olmadığına, daha da beteri, oturduğu yerde inatla somurttuğuna iyice kanaat getirince, Evelyn de tabletini açmış, Rustam Hoca'yla yaptığı ilk yazışmaları yeniden okumaya dalmıştı.

Nasıl da akıp gitmişti zaman! 7 Temmuz Pazar günü evde otururken yazmıştı bu notu:

"Profesör Akmatova,

Moskova dönüşü size gönderdiğim mesajın üzerinden neredeyse iki hafta geçmiş. Vakit buldukça önerdiğiniz kaynaklardan yararlanıyor, her defasında Mevlânâ hakkında daha önce hiç rastlamadığım ilginç bilgilere ulaşıyorum. İtiraf etmeliyim ki engin bir denize yelken açtığımı ancak yeni yeni kavrayabiliyorum..."

Böyle başlamıştı yazısına. Birkaç farklı konuya değindikten sonra da şöyle sormuştu:

"...Malum, bütün dinlerde, felsefelerde itiraf etmenin, bağışlanmak için yakarmanın, merhamet dilemenin ayrı bir anlamı, ritüeli var. Kimileri mum yakar, kimileri tütsü. Kimileri papazın önünde diz çöküp günah çıkartır, kimileri yatmadan önce yatağının köşesinde dua eder.

Müslümanlıkta günahları itiraf etmenin adabı nedir acaba? Bir anlamı, değeri var mıdır? Mevlevilik bu konuya nasıl yaklaşır? Buradan yola çıkarak pozitif ilimle iman etmenin arasındaki ilişkiyi nasıl açıklarsınız?"

Çok da beklememişti Evelyn. Birkaç gün sonra cevabı gelmişti Moskova'dan. Üç dört yeni kaynak önermişti Akmatova, ardından da o sorunun cevabını eklemişti yazısına.

"Sevgili Evelyn, öncelikle sana anlamlı bulacağını umduğum bir anımı aktarmak istiyorum.

Çok değer verdiğim bir meslektaşım benim de katıldığım bir konferansta tasavvuf üzerine bir konuşma yapıyordu. Konferansın düzenlendiği salonu değişik ülkelerden gelen bilim adamları, yazarlar ve araştırmacılar doldurmuştu. Ben de salonun arka sıralarından birinde oturmuş, konuşmayı dinliyordum. Tam toplantı sona eriyordu ki bizim sıranın başında oturan bir adam ayağa kalkıp bir soru sordu. Sesi yaşlı ve yorgun çıkıyordu.

Hiç unutmuyorum. Arkadaşıma, 'Bir insan, hayatı boyunca işlediği günahlarla nasıl baş edebilir?' diye sormuştu.

İtiraf etmeliyim ki sorunun yalınlığı ve samimiyeti beni de etkilemişti. Şimdi ben de herkes gibi arkadaşımın bu soruya nasıl bir cevap vereceğini merak ediyor, nefesimi tutmuş bekliyordum. Dostumun kürsünün önünde birkaç kere gidip geldiğini hatırlıyorum.

Düşünüyor olmalıydı.

Epey bir zaman geçtikten sonra, nasıl diyeyim, adeta sufi bir derviş edasıyla anlatmaya başladı.

'Öncelikle bu soruyu sorduğunuz için teşekkür ederim. Basit gibi görünen ancak açıklaması hayli zor bir konuya değindiniz. Bana yalnızca pozitif ilmin alanına giren bir soru sorsaydınız ve o konuda bilgi sahibi olsaydım, işim çok daha kolay olurdu. O konuda bizzat bir araştırma yapmış olmasam özgün bir keşifte bulunmuş olmasam bile, deneyimli bir öğretim üyesi olarak size net bir cevap verebilirdim. Yapacağım tek şey size bir ışık tutmak olacaktı.

O buluşu yapan kişi, o ışığı yakan bilim adamı bir başkası olsa da ben o deneyimi size kolayca aktarabilirdim. Önemli bir keşfin, bilimsel bir araştırmanın sonuçlarını size yansıtabilirdim.

Lâkin benim bu çabam sizi bir ilim adamı yapmazdı. Özetle bilim ışığınızı ben yakamazdım. Kimse yakamazdı... Unutmayın, pozitif ilmin ışığını herkes yakalayamaz. Tanrı bu gücü pek az sayıda insana bahşetmiştir. Üstün zekâ gerek. Mantık ve muhakeme gücü gerek. Disiplinli çaba gerek. Sezgi, yaratıcılık gerek. İşine tutkuyla adanmak gerek...

İşte pozitif bilimle, iman etmenin arasındaki en önemli fark burada!

Konu iman etmek olduğunda; iş sevgiye, gönül zenginliğine, ilâhi aşka gelince her şey bambaşka... Günahlarımızla başa çıkma noktasında yüreğinin en derin yerinden içtenlikle yakaran herkese bir kapı açılabilir. O ilâhi aşkın gücü öylesine uçsuz bucaksız, öylesine kucaklayıcıdır ki her insan kendi ışığını yakabilir.

Tanrı bizlere, yeryüzünün tüm insanlarına, bu eşsiz hazineyi bahşetmiş. Hiç kimse yoktur ki içinde bu sevginin bir katresi olmadan doğsun. Yaradan'ın sarsılmaz adaleti de işte tam buradadır.

Allah, aşk ateşinin tohumlarını kullarına eşit dağıtır. Kim ki gönül kapılarını ardına kadar açar, Yaradan'a tüm varlığıyla iman eder, sevginin sonsuz gücüne inanır; o hem kendi gönlünü hem çevresini aydınlatır. Bu ışığın, bu ateşin içinde kötülükler yok olup gider.

Günahlarımız gerçek bir pişmanlık, yürekten bir tövbeyle bağışlanır. O kapı samimiyetle çalmayı bilen her kula açıktır...

İlâhi aşkın ateşi hayatımıza anlam katar, onu zenginleştirir. Kimileri kendi ışığını göremez, bazen de gördüğü halde onu kendi elleriyle köreltir, karanlığı tercih eder.

Bir insan günah işlediğini, vicdanının tarifsiz bir azapla kavrulduğunu hissetmeye başlamışsa onun için bir ümit var demektir. Artık içindeki ışığın farkına varmıştır.

Bizler yalnızca birer garip hocayız, yalnızca o ışığın var olduğunu söyleyebiliriz. O kutsal gücü, yani sevgiyi siz isteyeceksiniz! Yaradan'la gönül bağınızı nasıl kuracağınızı, bağışlamanın, şükretmenin şifasını; tevekkülü, yani elinizden geleni sonuna kadar yaptıktan sonra hayatın akışına teslim olmanın erdemini nasıl keşfedeceksiniz, ona aklınızla, yüreğinizle sizler karar vereceksiniz!

Kul olmayı ne zaman öğreneceğiniz, hangi gönül kapılarını açıp hangi ödüllere kavuşacağınız artık size kalmış...'

Arkadaşım sözlerini bitirdiğinde salondaki konuklar yerlerinde oturmaya devam ediyordu. Bir tek o adamın yerinden kalktığını gördüm. Arkasını döndü ve salondan çıktı. Sanki hayatının son günlerini yaşayan, her şeyini kaybetmiş, utanç içinde kıvranan bir insan gibi omuzları öne çökmüş, bitkin, ağır aksak yürüyordu.

Hiçbir yerden gelmiş, dünyayla vedalaşmaya hazırlanan bir fani gibi yokluğun içinde kaybolup gitmişti. Yüreğini ilâhi aşka açabilecek miydi? Kendi ışığını yakabilecek miydi?

Kim bilir...

İşte Evelyn, hayat her kulun her zaman günah işleyebileceği, bilinmezlerle dolu bir oyundur. Önemli olan yapılan hatalardan ders çıkarabilmek, varsa geçmişin borçlarını ödemek, sonra da Yaradan'ın bağışlayıcılığına sığınıp af dilemektir.

Gönülden gelen her dua yerini bulur. Allah esirgeyicidir. Allah bağışlayıcıdır. Yeter ki gönlünüz temiz, duanız samimi olsun.

Ne mumlara gerek var ne tütsüye ne de herhangi bir aracıya. Her kim ki Yaradan'la arasına bir aracı koyar, en büyük günahı işte o zaman işler..."

Ağızdan çıkan söz, bil ki yaydan fırlayan ok gibidir.
O ok gittiği yerden geri dönmez.
Mevlânâ

Yola Çıkış

Tren hareket edeli yarım saat geçmiş olmalıydı. Zaman ilerledikçe çaresizlik, ne yapacağını bilememe hali kıpır kıpır bir karınca ordusu gibi istila ediyordu Mustafa'nın içini.

Koridorun öteki tarafında oturan genç adam, arkasına yaslanmış, yüzünde çocuksu bir gülümsemeyle uyukluyordu. Şuna bak, mışıl mışıl uyuyor, bir derdi tasası olmadığı nasıl da belli diye geçirdi içinden. Yanında oturan İngiliz kız da bir başka âlemdi. Neler geçiyorsa aklından, dayamış başını cama, pürdikkat etrafı seyrediyor.

Anlaşılan herkesin keyfi yerinde, oh ne âlâ...

Bir de benim ne çektiğimi bilseler! Kimsenin umurundaydı sanki. Offf...

Farkına bile varmadan kalkmıştı ayağa. Biraz şu kantinde oyalansam mı diye düşündü önce. Ama daha öğlen bile olmamıştı. Vazgeçti fikrinden. Yan koltuktaki genç kadın, başını çevirmiş onu izliyordu.

"Ne oldu?"

Bak sen. İzlemekle kalmayıp bir de hesap soruyor...

"Bir şey yok, susadım da" diye cevap verdi öfkesini gizleyerek. Sonra da biraz mahçup sordu mecburen.

"İçecek bir şey almaya kantine gidiyorum, senin için ne getirebilirim?"

Şöyle bir düşündü Evelyn.

"Kahve var mıdır acaba?"

"Olmaz olur mu, vardır mutlaka..."

"O zaman sade olsun lütfen."

Servis bankosuna geldiğinde kendisine ne alacağına henüz karar vermediğini fark etti. Ben de bir kahve alayım bari diye söylendi. Birlikte kahve içerlerken belki zihnini sürekli kurcalayan, kendisini tedirgin eden o sorunun cevabını da öğrenebilirdi.

Şimdiden başına dert olan bu aristokrat bozuntusu kızı nereden tanıyor olabilirdi dayısı?

Biri Moskova'da yaşıyordu, öteki İngiltere'de... Hah kahveler hazırdı bile! Hesabı ödeyip paranın üstünü cebine attıktan sonra küçük bir plastik tepsinin üstünde iki kahveyle döndü yerine.

Şimdi yan yana oturmuşlar karton bardaklardan kahvelerini yudumluyorlardı. Cesaretini toplayıp başını kızdan yana çevirdi.

"Dayımı nereden tanıyorsun?"

Damdan düşer gibi sorulsa da bu soru Evelyn'i epey şaşırtmıştı, masmavi açtı gözlerini.

"Profesör Akmatova sana hiç bahsetmedi mi benden? Altı ay kadar önce Moskova'da tanıştık biz."

"Öyle mi? Niye gitmiştin Rusya'ya?"

"Moskova Üniversitesi'nin düzenlediği bir konferans vardı, tesadüf işte, o toplantıya katılacak öğretim üyemizin bir işi çıktı, beni gönderdiler."

Yerinde kıpırdanmaya başlamıştı Mustafa.

"Bir üniversitede hoca olduğunu bilmiyordum."

Evelyn'in yüzünde çocuksu bir gülüş belirdi.

"Sandığın gibi değil. Doktora öğrencisiyim aslında ama son dakikada başkasını bulamadılar herhalde, fakülteyi temsilen beni gönderdiler."

"Hangi üniversite?"

"Cambridge."

"Peki, hangi bölüm?"

"Felsefe."

Vay be diye söylendi içinden Mustafa. Hiç de öyle felsefe doktoru olacak bir hal yoktu yanında oturan çilli kızda. Omuzlarına inen dalgalı kumral saçlarıyla, uzunca boyu, narin bedeniyle havalı bir genç kız gibi görünmüştü gözüne. Biraz kaprisli, kendini beğenmiş...

Hangi konuda tez yazıyorsun diye sormadı bile, söylese de pek bir şey anlamayacaktı zaten.

Kafaları yine ters yönlere çevrilmiş, tren rayların üzerinde uçup giderken tekerlerin mekanik uğultusunu dinliyorlardı kendi köşelerinde. Farklı yolculukların ortak nakaratıydı bu.

Şimdi de merak etme sırası Evelyn'e gelmişti. Rustam Hoca, Mustafa'nın yol boyu kendisine eşlik etmesi için neden aracı olmuştu? Meslek sahibi bir adamın yapacak başka işi yok muydu? Hem zaten öyle bir ihtiyaç duymamıştı ki kendisi, bir talepte de bulunmamıştı. Bir punduna getirip usturuplu bir biçimde sormayı düşünürken ağzından pat diye çıkıverdi sözcükler.

"Dayınla sık sık görüşür müsün?"

Mustafa'nın açtığı konu bu kez bumerang gibi dönüp kendisine çarpmıştı. Al başına belayı diye düşündü. Amma da meraklıymış bu hatun! Fincancı katırlarını ürkütmeyecek bir cevap aradı kurnaz bir tilki gibi.

"Eskiden hiç görüşemezdik. Annem çok küçük yaştayken anneannem bir yolunu bulmuş, ikisi birlikte Azerbaycan'dan kaçıp Türkiye'ye sığınmışlar. Dayım ise Bakü'de doğup büyüdükten sonra üniversite eğitimi için Moskova'ya gidip oraya yerleşmiş. Senelerce birbirlerinden haber alamamış iki kardeş. Ancak Sovyetler Birliği'nin dağılmasının ardından tekrar kavuşmuşlar birbirlerine.

Dayım ilk kez İstanbul'a bizi ziyarete geldiğinde ben yirmi yaşımdaydım. Moskova'da tek başına yaşayan dayım daha sonraki yıllarda sık sık yazları Türkiye'ye gelmeye başladı. Bir keresinde Antalya'da tatil bile yapmıştık birlikte."

Oo, beyimizin bayağı çenesi açıldı diye düşündü Evelyn. Anlaşılan doğru yerden girmişti konuya.

"Hiç evlenmemiş mi hayatında?"

"Evlenmiş bir kere. Eskiden bekâr olanların başka şansı yokmuş ki Moskova'da. Tüm konutların sahibi devletmiş. Tuvaleti olmayan, tek odalı bir daireye yerleşebilmek için bile evli olmak gerekiyormuş o devirde. O yüzden herkes gibi dayım da üniversite yıllarında evlenmiş. Çocukları olmamış, birkaç yıl sonra da boşanmışlar herhalde. Bize hiç anlatmaz o yıllarda neler yaşadığını."

Evelyn, cevabını merak ettiği o kritik sorunun etrafında dolanıyordu.

"O halde benim Konya'ya gideceğimi dayından duymuş olmalısın."

"Ha evet, öyle oldu. ekim sonuydu galiba, İstanbul'a bizi görmeye gelmişti, laf arasında da tanıdığı bir İngiliz'in Aralık ayında Konya'ya gitmek istediğinden bahsetmişti."

Durakladı. Hayır, mayınlı araziye girmeyecekti. Hafifçe öksürüp bir solukta lafını tamamladı.

"İki üç hafta sonra da Moskova'dan attığı mesajla programın kesinleştiğini bildirip sana yardımcı olmamı istedi benden."

Aslında kimseden bir yardım talep etmediği için Evelyn'in bu cevapla tatmin olmaya niyeti yoktu.

"Tren biletlerini alman, otel rezervasyonlarını benim için yapman gerçekten çok düşünceli bir davranış. Tanımadığım, dilini bilmediğim bir ülkede hayatımı kolaylaştırdın, sana teşekkür borçluyum. Konya'ya kadar benimle gelmeni de herhalde dayın önermiş olmalı bu durumda!"

Şu çok bilmiş İngiliz kızın kendisine bir turist rehberi aramadığı açıktı. Rusya'da yolunu bulduysa Türkiye'de de bulurdu elbet. Dişlerini sıktı farkına varmadan.

"Teşekküre gerek yok, lafı mı olur. Uygun bir zamanıma denk geldi, dayım önerince ben de kabul ettim. Normal zamanda zaten mümkün olamazdı."

"Açıkçası, 'normal zamanda mümkün olamazdı' demekle ne kastettiğini pek anlayamadım. Şu içinde bulunduğumuz zamanı 'anormal' kılan ne olabilir acaba? Hava değişikliği falan?"

Bu hava değişikliği bahanesi Mustafa'nın da aklına yatmıştı. Gerçekten de İstanbul'dan biraz uzaklaşmasını dayısı istemiş olabilir miydi?

"Bu aralar pek keyfim yok diyelim istersen. Hani bazen olur ya..."

"Haklısın, insan bazen içinde bulunduğu ortamdan uzaklaşmak ister. Böyle bir durum dört yıl önce benim de başıma gelmişti."

"Demek senin de bir zamanlar başın belaya girdi... Ne gibi bir şeydi mesela?"

Evelyn, gözlerini kucağında kenetlediği narin ellerine dikip uzunca bir süre düşündü. Yaşadıklarını şimdiye kadar en yakın arkadaşlarına bile açmamış, gelen soruları sıradan cevaplarla geçiştirmişti. Hatta şimdi bile o şoku yeterince atlatabilmiş değildi. Hiçbir şeyden keyif alamadığı, hayatın anlamını kaybettiği zamanlar kafasından geçenler, gün geliyor, kendisini bile ürkütüyordu.

Kendini bildi bileli anne şefkatinden uzak, yapayalnız yaşadığı hayatını, babasına gitgide daha çok bağlanarak her geçen gün onu gözünde biraz daha ilahlaştırarak dengelemeye çalışmış, yediği son darbeyle de yere serilmişti işte.

Son bir umut, Cambridge'in en ünlü psikiyatristinden randevu almış. Daha ilk seansta doktorun aslında babasını yakından tanıdığı ortaya çıkınca bu girişimden de vazgeçmişti.

"Biliyor musun, bu konuyu en yakınlarıma bile açmadım ben."

"Bence mantıklı" dedi Mustafa. "Sonuçta o kişiler senin hayatının bir parçası, sürekli yüz yüzesin onlarla. Bize gelince... En çok üç gün sonra yollarımız ayrılacak, seni mutsuz eden şeyler her neyse, sırrın sonsuza dek bende kalacak. Nasıl olsa ikide bir karşılaşmayacağız seninle, bu konuştuklarımızı tekrar tekrar hatırlamayacaksın. Haksız mıyım?"

İlginç, diye söylendi içinden Evelyn. Şu kaşları çatık pozisyonda donakalmış, bezgin suratlı yabancıyı o kadar da hafife almamalıydı galiba. Belki de haklıydı. Duygularını onunla paylaşmakla bir kâğıda yazıp şişenin içine koyduktan sonra okyanusa atmak arasında ne fark vardı?

"Bir bakıma haklısın Mustafa, madem öyle dediğin gibi olsun."

Çok derin bir nefes aldı. Sanki sadece kendi önündeki perdede oynayan siyah-beyaz filmi bir daha görmeyeceği bir yabancıya sahne sahne anlatıyor gibiydi.

"Büyük bir evde dünyaya geldiğini hayal et... Seni yetiştiren bir dadın var. Her şeyinle bir tek o ilgileniyor ve anneni görebilmek için bazen saatlerce, hatta günlerce beklemen gerekiyor."

Birden durakladı Evelyn. Sanki ortalardan bir yerden başlamıştı anlatmaya. Filmi en başa sarmaya karar verdi.

"Aslında her şeyi en başından anlatmaya başlasam daha doğru olacak... Soylu bir sülaleden gelen babam, aile geleneğini sürdürmeye kararlıymış. O da Cambridge kenti yakınlarında büyümüş, babası ve dedesi gibi o da Cambridge Üniversitesi'nde felsefe okumaya başlamış...

Tam da Avrupa'yı kasıp kavuran gençlik hareketlerinin başladığı yıllar. Babam da üniversite üçüncü sınıftayken bir yıllığına Paris'e gitmiş. Hem tatillerde Fransa'yı gezecek hem de Sorbonne'da okuyacak. O sırada sokaklar karışıyor, İkinci Dünya Savaşı sonrası ortaya çıkan varoluşçuluk akımı Paris'te dalga dalga yayılıyor..."

Anlatmayı sürdürürken bir yandan da gözlerini kâh kendisine çeviren kâh camdan dışarı bakan Mustafa'yı izliyordu.

"Jean Paul Sartre ile Simone de Beauvoir'ın dillere destan ilişkisi konuşuluyor her yerde. Bir gece, sanatçıların sıkça uğradığı bir Montmartre kafesinde, köşedeki masasından etrafı gözetleyen ince hatlı, narin vücutlu bir sarışına takılıyor gözü. Bakışıyorlar, tanışıyorlar. Tesadüf, kızın adı da Simone.

Neredeyse o dönemin popüler şarkıcısı Sylvia Vartan'ın bir kopyası. Öylesine çekici, öylesine ışıltılı... Bir yanda taşradan gelmiş, tiyatro oyuncusu olmayı düşleyen eğitimsiz, cilveli, güzel bir kız. Öte yanda kendine güveni tam, yakışıklı bir Sorbonne öğrencisi...

Neticede babam anneme deliler gibi âşık oluyor. Üniversite eğitiminin son yılında Cambridge'e dönse de Simone'u unutamıyor ve diplomasını alır almaz yeniden Paris'e gidiyor. İki yıl sonra da evlenip İngiltere'ye yerleşiyorlar."

"Ve sen dünyaya geliyorsun" diye lafa girdi Mustafa.

Evelyn bir kez daha çocuk gibi güldü. En azından meraklı bir dinleyicisi vardı!

"Hemen değil" diye itiraz etti. "Bir süre Britanya'yı dolaşıyorlar birlikte. İrlanda'ya gidip eski şatolarda kalıyor, İskoçya'ya gidip yeşilliklerin arasında kayboluyorlar. Çok mutluymuş annem o zamanlar...

Eski resimlere bakıyorum, hepsinde etrafa ışık saçıyor. Sonra Chatyard House'a yerleşmeye geliyor sıra. Cambridge yakınlarındaki bir nehrin kıyısında, geniş bir arazi üzerine bir asır önce inşa edilmiş çok büyük bir ev... Ama ilk yılların heyecanı geçtikten sonra Paris'in büyüsünü, bohem hayat tarzını özlemeye başlamış Simone.

Tabii bir de uyum sorunu var. Annemin ağır bir Fransızca aksanla konuştuğu kırık dökük İngilizce zaten başlı başına bir problem. Üstelik ne Jane Austen'den haberi var ne Virginia Woolf'un adını duymuş. Kriket nasıl oynanır onu bile bilmiyor. Evde verilen yemeklerde, gittikleri davetlerde sohbetlere katılamaması sıkıntı yaratmaya başlıyor..."

Ne farklı hayatlar, diye söyleniyordu içinden Mustafa. Bir de benim boğuştuğum sorunlara bak! Yaşadığım sıkıntıları bilse bu peri masallarını anlattığı için mahcup olup özür dilerdi benden.

"Anlaşılan peri masalı bitmiş."

Evelyn usulca başını salladı. "Ne yazık ki öyle... Çevresiyle yaşadığı sorunlar Simone'u iyice bunaltmış. Babamın teşvikiyle birkaç kere Paris'e gitmiş ama ne fayda. Şehir aynı şehir ama Simone o Simone değil artık. Paris'te yaşarken tanıştığı kişilerin ona ayıracak zamanları bile yok. Evini terk edip gittiğinden beri ailesiyle de arası bozuk.

Hele Cambridge'de yapılan düğüne akrabalarından hiç kimseyi çağırmaması tam bir felâket olmuş. Sonuç olarak ne geride bıraktığı hayat ona kucak açıyor ne de gelecekten bir umudu var. İşte o zaman gelmiş benim sıram. Herhalde son bir çare olarak görmüşler beni."

Yutkundu, ağzının içi, dudakları kupkuruydu. Keşke o kahveyi bitirmeseydim diye düşündü. Anlatırken başını alıp gittiği, olanca detayıyla her şeyi ortaya serdiği için şimdiden pişmandı. Kafası karışınca hep karnı acıkırdı Evelyn'in...

"Biliyor musun, birden karnım acıktı benim."

Bir yandan da bir gün önce havaalanındaki bankamatikten çektiği Türk paralarını çantasından çıkarmaya çalışıyordu.

Hemen atıldı Mustafa.

"Para çıkarmana ne gerek var, ne istersin onu söyle. İkimize de birer sandviç alayım mı, yanına da birer kola?"

Çıkardığı parayı çantasına geri koydu Evelyn. Ne de olsa yola çıkmadan bir gün önce kendisine telefon ettiğinde, "Her defasında ben ödeyeyim diye ortaya atılma sakın, bizim yeğen gücenir sonra" diye uyarmıştı Rustam Hoca.

* * *

Sandviçler bitmiş, kolalar içilmiş, karınlar doymuştu. "Demek evdeki mutsuzluğun bedelini senin ödemen gerekti."

Genç kız berrak bakışlarını yanında oturan adama dikti. Yüzünde adeta muzip bir ifade vardı. Anlattıklarını giderek artan bir ilgiyle dinliyor gibiydi. Peki, ya gözlerinin altındaki koyu gölgelere, bakışlarının arada bir dalıp gitmesine, sol dizinin seğirip durmasına ne demeliydi? Onun da hayatında hatırı sayılı inişler çıkışlar yaşanmıştı besbelli.

Evelyn, şimdi gözlerini kısmış, yine kendi hikâyesine dönmüştü:

"İlkokul yıllarım evle okul arasında geçti. Yazları deniz kenarlarında geçiriyor, kışları evimize geri dönüyorduk. Okuldayken arkadaşlarımla eğlendiğimi hatırlıyorum.

Eve gelince de benimle çok yakından ilgilenen yeni bir dadım vardı. Babası Alman olduğu için disiplinli, annesi İtalyan olduğu için sıcakkanlıydı. Bana derslerimde yardımcı oluyor, Latince ve İtalyanca öğretiyordu.

On bir yaşıma kadar dadımla yaşadım diyebilirim. Babam zaten gündüzleri üniversiteye gidiyor, akşamları da çoğu kez eve geç geliyordu. Annemse sanki evde yok gibiydi. Onun bir tek öğleden sonraları o siyah yeleli atına binerken mutlu olduğunu görebiliyordum.

Yanağıma usulca bir öpücük kondurur, koşarak inerdi merdivenlerden..."

Ne kadar yalnız bir çocukluk yaşamış bu kız diye söylendi içinden. Beşiktaş'ın ara sokaklarında top koşturarak misket oynayarak geçirdiği o pervasız çocukluk günlerini düşündü bir de. Annesinin gözleri hep üstünde olurdu Mustafa'yla kardeşinin. Sıkılmaya vakitleri olmazdı ki hiç. Hava güzel olduğunda akşamları bile sokağa çıkar oyun oynarlardı...

"Hiç arkadaşlarınla oynamaz mıydınız sokaklarda?"

Evelyn, derin bir iç geçirdi... Nasıl anlatsaydı şimdi bu yabancıya kendilerine ait yemyeşil, uçsuz bucaksız ve ıssız bir arazinin ortasında yaşadıklarını?

"İki kız arkadaşım vardı. Aynı okula gidiyorduk. Ama evlerimiz hayli uzaktı birbirine, bazen babamın şoförü onları alıp eve getirirdi, birlikte odamda oyunlar oynardık. Nedense babam onların evlerine gitmemden hoşlanmazdı pek..."

Dalıp gitmişti yine Evelyn. Sonra kararlı bir şekilde anlatmaya devam etti.

"On iki yaşıma geldiğimde her şey değişti birden. Babam bir gün beni çalışma odasına çağırdı, artık bir özel okula gideceğimi ve yatılı okuyacağımı söyledi. Bizim evden oldukça uzakta, kim bilir kaç yüzyıllık bir şatonun arazisi üzerindeydi yeni okulum. Artık yepyeni bir hayatım, yepyeni arkadaşlarım olacaktı..."

"Hiç de şikâyet edilecek bir hayat gibi gelmiyor bana bu anlattıkların..."

Mustafa'nın bu çıkışıyla aşina bir öfke kabarmıştı Evelyn'in içinde. Ne de olsa bu ilk değildi. Gösterişten, övünmekten hiç hoşlanmadığı halde söz oraya gelip de ne zaman tanımadığı birisine, gittiği pahalı okullardan, aldığı derecelerden bahsetse hep benzer sözler duyardı: "Ne kadar şanslıymışsın...", "Yerinde olmak isterdim doğrusu..."

İnsanlar, nerede okuduğuna, ne yiyip içtiğine, ne giyip nereye gittiğine bakarak mutlu olması gerektiğine nasıl karar verebiliyorlardı acaba? Ya seni seven bir ailenin varlığı, sımsıcak bir sarılış, içten gelen bir çift sevecen söz?

"Şikâyet etmiyorum zaten. Sen de haklısın Mustafa. Ama maddi koşullarla manevi huzur, mutluluk arasında ille de bir sebep sonuç ilişkisi yoktur, değil mi?"

Mustafa'nın cevabını beklemeden devam etti anlatmaya.

"Özetleyecek olursam artık doğduğum topraklar geride kalmış gibiydi. Annemle ayda bir telefonla konuşuyorduk, o kadar. Lise bittiğinde de Londra'ya yerleştim. Londra Üniversitesi'nde sanat tarihi ve felsefe dersleri alıyordum. Artık yazları bile eve gitmekten vazgeçmiştim. Beni geçmişime bağlayan tek şey babamın varlığı, bana olan sevgisiydi. Her fırsatta Londra'ya gelirdi, birlikte yürüyüşler yapar, sonra da en sevdiğim İtalyan lokantasında yemek yerdik. Ona tapıyordum."

Artık bu masalsı hikâye ya da abartılı film senaryosu ilgisini çekmiyordu Mustafa'nın. İçindeki kızgınlık ve sabırsızlık halleri birbirine karışmaya başlamıştı.

"Üniversiteyi bitirince Londra'da yaşamaya devam ettim. Random House Yayınevi'nde editör yardımcısı olarak çalışıyordum. Babam da Londra ziyaretlerini sıklaştırmıştı, ayda en az iki kez buluşuyorduk. Bana okuduğu yeni kitaplardan bahseder, mesleki tecrübelerinden örnekler verir, hayatımı paylaşırdı. Sanırım en mutlu günlerimdi onlar."

Son birkaç dakikadır yüzünde bir belirip bir kaybolan ışıltı yavaş yavaş sönmüş, dudakları hafiften titremeye başlamıştı.

"Bizim yayınevinde çalışan bir İtalyanla da flört etmeye başlamıştım. Romantik bir gençti, varlığıyla bana hem hoş bir heyecan hem de huzur veriyordu. İtalyanca konuşuyorduk onunla...

Sonra bir akşam babam beni Cambridge'den aradı. Artık emekli olacağından bahsedip benimle bir şey konuşmak istediğini söyledi. Sanki sesi çatlak çıkıyordu telefonda. Korkmuştum, sağlığın nasıl diye sordum hemen, o zaman güldü, 'Merak etme, daha iyi olamazdım' dedi, ne demekse!

O konuşmanın üzerinden iki gün geçmeden daha önce hiç gitmediğimiz küçük bir restoranda karşılıklı oturmuş akşam yemeği yiyorduk mum ışığında.

Londra Üniversitesi'ndeki üçüncü yılımda bize sanat tarihi dersi veren Kate adındaki hocamızı tanıyıp tanımadığımı sordu bana. Hatırlamaz olur muydum! Sınıftaki bütün erkek öğrenciler âşıktı o kadına. Uzun parlak saçları, kıvrak vücudu, baştan çıkarıcı gülüşü ve bakışlarıyla herkesi büyülerdi. Hatırladığımı söyleyince, 'Biz Kate ile Amerika'ya yerleşmeye karar verdik' dedi damdan düşer gibi."

Havasız kalmış bir mum ışığı gibi sönüyordu Evelyn'in sesi. Bir an için nasıl tepki vereceğini bilemedi Mustafa. Sessizce bekliyordu. Bir yandan da derdin böylesi dostlar başına, ya benim başıma gelenler, diye hayıflanmaktan kendini alamıyordu.

Sonra hırçın bir dalga gibi yükseliverdi genç kızın sesi:

"'Nasıl yani' demişim elimde olmadan. "Öyle ani bir karar değil, dört yıldır beraberdik onunla" dediği an sanki çelik bir burgu bedenimi deşiyormuş gibi hissettim.

O baş başa yenen yemekler, uzun sohbetler...

Babamın aslında benim için değil, o kadın ile buluşmak için Londra'ya geldiğini geç de olsa anlamıştım. Çatalımdaki son lokmayı bir türlü yutamıyordum. Bir süre öylece oturduk karşılıklı babamla, hiç konuşmadan. Ya Simone diye sorduğumu hatırlıyorum. "Biliyordu zaten, boşanmaya karar verdik en sonunda" dedi sıkkın bir sesle...

O geceden sonra bir daha hiç görmedim babamı.

Zaten tüm hazırlıkları yapmış, iki hafta geçmeden o kendinden genç, çekici sanat tarihi hocamla birlikte İngiltere'yi terk etmişti. Bir süre babamın avukatı sürdürdü ilişkimizi, aramızdaki mali konuları idare etti. Son iki yıldır da arada bir telefonda konuşuyoruz, hepsi bu işte."

Evelyn susmuştu.

Başından geçenleri anlatırken bu kadar zorlanacağını bilseydi belki de hiç kalkışmazdı bu işe. Mustafa ise önce merak edip sonra öfke duyarak dinlediği bu hikâyenin sonlarına doğru sessizliğe bürünmüş, artık soru bile sormaz olmuştu.

Göz göze gelmekten utanıyormuş gibi sırtlarını koltukların arkasına dayamış, önlerine bakıyorlardı sessizce.

Tekerleklerin sesi şimdi daha yüksek çıkıyordu. Tren bütün gücüyle öne doğru atılıyor, şuursuzca bir zamandan ötekine geçiyordu adeta.

Sen seni bilirsen yüzün Hüdâ'dır;
sen seni bilmezsen, Hak senden cüdâdır.

Hacı Bektaş-ı Veli

Buzlar Erirken

Yol boyu akıp giden kim bilir kaç çeşit hayat... Kim bilir kaç ayrı kaynaktan hep aynı ummana akan hayatlar...

Binalar, fabrikalar, yollar geride kalmış; artık ağaçlar, vadiler, göller, nehirler gelip geçiyor demiryolunun kıyısından. İnsan elinden çıkma yapay dünyadan Yüce Yaradan'ın emaneti o sahici, doğal dünyanın derinliklerine doğru sürüp giden bir yolculuk...

Evelyn, anlattığı hikâyenin ruhunda yarattığı sarsıntıyla kendi içine kapanmıştı. Paylaşma ve itirafın getirdiği ferahlık ve huzura, bir yabancının karşısında çırılçıplak kalmanın utancı ve yanılmış olma kuşkusu karışıyordu.

Neden anlatmıştı? Neydi onu dürtüp bu noktaya getiren? Yanında oturan adama otel lobisinde buluştukları andan beri ilk defa alıcı gözle baktı. Uzun boyu, geniş omuzları, çatık kaşları, esmer yüzünün sert ama düzgün hatları ile taçsız bir firavuna benziyordu. Kılık kıyafetine, konuşma tarzına, düzgün İngilizcesine bakılırsa eğitimli bir insandı. Hikâyesini sonuna kadar dinleyecek kadar da meraklı biri.

Ne düşünüyordu acaba? Evelyn'in yalnız geçen çocukluk ve gençlik yıllarına, sorunlu bir anne ve ilgisiz bir babayla gelen mutsuzluğuna anlayış ve duygudaşlıkla mı bakıyordu yoksa onu şımarık bir zengin kız olarak mı görüyordu?

Ayrıca ne önemi vardı bunun? Bu karmaşık düşünceler zihninde sürekli yer değiştiriyor, ruh halini bir yandan öbürüne savurup kendine olan güvenini zedeliyordu. Tek bir konuya odaklanmanın zamanı gelmişti.

Belki en iyisi bu sohbetin başına dönmekti.

Yüzünde biraz mahcup biraz da hınzır bir ifade, bakışlarını Mustafa'ya çevirdi.

"Bu noktaya nasıl geldiğimizi hatırlıyor musun?"

Yanında sfenks gibi oturan adamın gözlerindeki ser verip sır vermeyen donuk bakışı görse de bir cesaret devam etti konuşmaya.

"Unuttun mu yoksa? Hava değişiminden bahsediyorduk. Ve ben de dört yıl önce neden Londra'yı bırakıp Cambridge'e yerleştiğimi anlattım bu yüzden."

"Hem de oldukça ayrıntılı bir şekilde" diye ekledi Mustafa sırıtarak.

Bu dokundurma genç kızı incitmişti.

"Haklısın, kaptırmışım kendimi, seni sıktıysam özür dilerim."

Yine bir pot kırdım galiba diye düşündü Mustafa. Şu yaşıma kadar kadınlar hakkında öğrendiğim tek bir şey varsa şakadan hiç mi hiç anlamadıkları!

"Rica ederim, sıkılır mıyım hiç! İyi ettin, ben de seni biraz tanımış oldum."

Bir yandan da inşallah bu laftan da kırılıp bozulacak bir anlam çıkarmaz diye geçiriyordu içinden.

"Madem öyle," diye atıldı Evelyn, "daha yarım saat önce sırrımı itiraf etmemi öneren de sen olduğuna göre, 'normal olmayan' demekle neyi kastettiğini, yani senin de varsa derdinin ne olduğunu benimle paylaşmanın vakti gelmedi mi, ne dersin?"

Bir an için sustu Mustafa. Kafasında dolanan kırk tilkinin kuyruklarını birbirine dolaştırmamanın peşindeydi her zamanki gibi.

"Bir ay kadar önce nişanlımdan ayrıldım" dedi en sonunda, kısık bir sesle.

"Bu nedenle mi dayın bana eşlik etmeni istedi senden?"

"Nasıl yani? Yok, hayır, sandığın gibi değil. Kesinlikle öyle değil! Açıkçası dayımın benden ne istediğini anlamış da değilim."

Birden paniğe kapılmış, dengesini yitirmiş bir kartopu gibi, zirvesinde oturduğu tepeden büyük bir hızla aşağıya doğru yuvarlanıyordu Mustafa. Yuvarlandıkça içindeki panik de çığ gibi büyüyordu. Gözlerini dikmiş onu seyreden genç kızın belirgin bir tepki vermediğini görünce biraz rahatlayıp devam etti.

“Durum çok farklı... Dayım İstanbul’a geldiğinde nişanlımla ayrılmamıştık henüz, ne olduysa o döndükten sonra oldu.”

“Orasını tam olarak anlayamadım. Dayın ne zaman İstanbul’a gelmişti?”

“Ben bankadaki yöneticilik görevimden ayrıldıktan sonra...”

“Hatırlıyor musun Mustafa, ben kendi hikâyemi anlatmaya koyulduğumda önce doğumumdan başlamış, sonra vazgeçip geriye, en geriye, babamın Simone ile tanıştıkları güne kadar gitmiştim.

Zira benim yaşadığım sıkıntıların temelinde çok önceden olup bitenler vardı. Babamın yaptığı hatalı seçimler, annemle birlikte verdikleri tartışmalı kararlar...

Bence senin de hikâyene biraz geriden başlaman gerekiyor. Nişanlınla bozuşman, dayının İstanbul’a gelmesi, bankadan ayrılman birbirinden kopuk gibi görünse de ortak bir paydaları var gibi geliyor bana.”

Mustafa sıkkın bir suratla ellerini iki yana açtı.

“Öyleyse baştan başlayalım. Yaklaşık dört ay önce bankadaki işimden istifa ettim. Ekim sonu gibi dayım İstanbul’a geldi, kasım başında da nişanlımla ayrıldık.”

“Hepsi bu kadar mı?”

“Sanırım öyle.”

“Baştan başlamak bu mu demek sence?”

....

Evelyn bu kaçak manevralardan bunalmıştı. Kişisel sırlarını, duygusal sarsıntılarını tüm çıplaklığı ile paylaştıktan sonra karşı tarafta aynı iyi niyet ve şeffaflığı bulamadığı için de kendisini aldatılmış gibi hissediyordu.

"Açıkçası benim samimi yaklaşımım karşısında biraz daha açık kalpli, dürüst olmanı beklerdim senden."

"Ne demek dürüst olmamak? Bana olayların sırasını sordun, ben de söyledim. Ne var bunda?"

"Gerçekten mi? Gerçekten anlayamadın mı?"

"Evet, gerçekten anlayamadım."

"İyi öyleyse. Ben de bu seyahate benimle birlikte çıkman için dayının seni neden teşvik ettiğini anlayamadım. Ancak şunu da belirtmeliyim ki dayın her sözüyle beni etkileyebilen, keskin bir zekâya, engin bir hoşgörüye sahip çok değerli bir insan. O böylesini uygun gördüyse benim bilmediğim, senin anlamakta ya da anlatmakta güçlük çektiğin epey bir şeyler olmalı."

Kısa bir sessizliğin ardından devam etti kırgın bir tonla.

"Bu konuyu gereksiz yere açtığım için üzgünüm. Belki de bu sohbete hiç başlamasak daha iyi olurmuş."

Bu kararlı finalden sonra Evelyn yeniden başını pencereye doğru çevirmiş, her dakika değişen manzarayı seyre dalmıştı.

Son günlerde yediğim kaçıncı darbe bu diye içinden geçirdi Mustafa. İşte, daha üzerinden bir saat bile geçmeden, henüz tanıştığı biriyle arasını bozmuştu gene. İster istemez, içinde kabaran öfkeye kulak verdi:

Değmez, diye bağırıyordu o ses.

Değmez oğlum, sıkma canını! Hâlâ anlamadın mı? Patronların, ailen, nişanlın, dayın, şimdi de bu züppe kız, hepsi seninle uğraşıyor...

Lanet olsun... Tanımadığın kızların zırvalarından sana ne? İşte böyle karıştırırlar kafanı.

Mecbur musun elalemin ne yapıp ne ettiğini öğrenmeye? Sonra dönüp sana sorarlar, şimdi de sen anlat bakalım derler, şapa oturursun böyle!

Saatine baktı Mustafa. 10.55. Daha iki saat bile olmamıştı yola çıkalı.

Ne yapacaktı şimdi?

Geriye yaslanıp gerindi, gerindi. Omuzlarını iyice koltuğa dayayıp geçmişi düşünmeye başladı.

İstanbul'a geldiğinde evinde buluşmuşlardı dayısıyla. Salonda karşılıklı oturup sohbet etmişlerdi uzun uzadıya. Dayısı, bankadan istifa etmeden önce neler olup bittiğini merak ettiğinde, "Ne önemi var Rustam Dayı? Bana yapılan haksızlıklara göz mü yumsaydım yani, madem değerimi anlamadılar gerisini onlar düşünsün" diyerek kestirip atmıştı kılını kıpırdatmadan. Bir başka yerde iş ayarlamadan önce neden aceleyle istifa ettiği sorusuna da, "Kendime güveniyorum da ondan" diyerek cevap vermişti sahte bir gururla.

Dayısı gün boyunca tüm dikkatini yeğenine vermişti. Konudan konuya, örnekten örneğe atlıyor, daha önce hiç duymadığı bir sürü şey anlatıyordu.

"Sen sorunlarına bir çözüm bulmayı gerçekten istemeden sana anlatacaklarımın bir yararı olmaz. İşin sırrı burada, değişmeyi ilk önce sen kendin istemelisin, değişime önce kendinden başlamalısın" demişti ilk buluştukları gün.

Çok da umursamamıştı, çok da aldırmamıştı, çok da... Off, yorulmuştu... Bu... Lâflardan... Yorgundu... Çok...

Ve şimdi, işte bir koltukta oturuyor yine.

Peki, neden elleri bağlanmış böyle?

Paniğe kapılmış, yardım istiyor. Dayısı ise ellerini çözüp onu serbest bırakacağına önüne dikilmiş, gözlerinin içine bakarak tane tane tekrarlıyordu.

"Bak yeğenim, bak evladım.
Anla artık, yolun sonuna geldin sen...

Aklını başına devşir de işini ona göre yap... Bundan böyle, doğruluktan, iyilikten ayrılma...

Unutma, çektiğin zahmetin, acıların, sıkıntıların asıl sebebi senin kendi düşüncelerin, senin yaptıkların... Her şeyin sebebini ötekilerde, kötü kaderinde değil biraz da kendinde ara, kendinde bul.

Kibrinin öylesine esiri olmuşsun ki değil ananı babanı, değil beni, kendi iç sesini bile duymaz olmuşsun Mustafa.

Bak, asırlar önce Mevlânâ ne söylemiş senin gibiler için:

"O kötülüğü sen, kendi iç dünyanda göremiyorsun. Görecek olsaydın başkalarına değil, kendi nefsine candan ve gönülden düşman kesilirdin..."

"Ama ben..."

Sanki duymuyor, geldiği gibi çekip gidiyor dayısı...

Rustam Dayı, Rustam Dayı, diye bağırıyor…

Beni yalnız bırakma Rustam Dayı… Geri dön! Geri dön de çöz ellerimi. Yardım et bana…

Sanki feryadını duymuş gibi dönüyor o da.

Ama çözmüyor ellerini… Öylece duruyor önünde. Gözlerini gözlerine dikmiş, konuşuyor yine.

Çok uzaklardan gelir gibi… Sesi derin, sesi boğuk.

Bak yeğenim, diyor.

Dinle! Kızmadan dinle. Kırılmadan dinle. Dinle ki anlayasın, dinle ki hatırlayasın. Kendini tanıyasın.

Ama önce ellerimi çöz dayı, çöz de dinleyeyim demeye çalışıyor, sesi çıkmıyor.

Dinle yeğenim! Kalbinde kibir varsa gün gelir kalbinin kulağını tıkar. Kendi sözün hoş, başkasınınki boş gelir sana.

Çöz, çöz ellerimi diyor, duyan yok…

Rustam Dayı sislerin arasında bir görünüp bir kayboluyor. Her görünüşünde yüzü bir başka yüz oluyor, bir kendisi, sonra yine başkası…

Dinle, diyor.

Böyle gidersen tüm yollar sana tıkalı. Kimse ulaşamaz sana o zaman. Kimse seni çıkaramaz o kör kuyudan.

Sis giderek yoğunlaşıyor.

Gitme dayı, demeye çalışıyor. *Sen gidersen kim çözecek ellerimi?*

Rustam Dayı bir kez daha beliriyor karşısında. Yüzü sert. Gözleri dargın.

Unutma yeğen! Sana bir diken battı da yaralandıysan o dikeni geçmişte sen dikmişsindir. Başkası değil...

Sesi yankılanıyor dayının: *Sen dikmişsindir. Sen... Sen... Sen...*

Sanki bu sözleri duymuştu daha önce. Ama nerede?

Dayı, tamam, kızma, yaparım bir şeyler, hallederim. Sen yeter ki...

Sırtı ağrıyor, elleri uyuşuyor.

Unutma, iki ses vardır her faninin içinde. *İki farklı ses... Yanlış sesi dinlersen yanlış yerlere gidersin... Gidersin de bazen hiç dönemezsin...*

Dayının sesi uzaklaşmaya, yüzü silinmeye başlıyor sislerin arasında.

Dinle, diyor yine.

Gün gelir, bir de bakarsın yol bitmiş, ömür bitmiş, sıra hesabı ödemeye gelmiş... Sıra asıl hesaba gelmiş... Asıl hesaba... Asıl hesaba...

Dur Rustam Dayı, gitme. Geri dön... Geri dön...

.....

“Uyan... Mustafa... Uyan...”

“Ne var, ne oluyor?”

Karşısında bir çift mavi kaygılı göz. Dağınık saçlı çilli sevimli bir yüz...

"Galiba rüya görüyordun. Oturduğun yerde kıvranıyordun. İnliyordun. Ellerini birleştirip ileri doğru uzatıyordun..."

İşte şimdi hepten rezil olduk, diye mırıldandı Mustafa.

"Rüya gördüğümden emin misin?"

Evelyn rahatlamıştı. Güldü.

"Biz İngiltere'de gözleri kapalı tuhaf hareketler yapanların rüya gördüğünü düşünürüz. Belki senin durumun farklıdır."

Battıkça batıyorsun oğlum, her lafa atlarsan sonunda huniyi geçirecekler kafana, diye bağırıyordu biri.

Etrafına bakındı, kafasının içindeki uğultu, çınlama devam ediyordu. Yanında oturan genç kız da onu süzüyordu sessizce. Evelyn'in çocuksu gülüşü uçup gitmişti. Yüzünde oluşan o tuhaf ifade bu kez ürküttü Mustafa'yı. Derin bir nefes alıp önündeki kâğıt peçeteyle alnında boncuklanan teri sildi.

"Haklısın, rüya gördüm herhalde. Uyandırdığın için sağ ol. Öyle şaşkın bir haldeydim ki neler söylediğimi bile hatırlamıyorum."

"İyi öyleyse" dedi Evelyn ve bakışlarını yeniden pencere tarafına çevirdi.

Yine yalnız, yine ıssız kalmıştı Mustafa. Yutkundu. Daha derin bir nefes aldı ve bir deneme daha yaptı.

"Biliyor musun, sanırım rüyamda dayımı görüyordum."

Bu kez şaşırma sırası genç kadına gelmişti. Bu itiraf acemice bir özür dileme, bir barış çağrısı olabilir miydi? Pek de emin değildi bundan.

"İlginç," diye cevap verdi, "biraz önce onun hakkında konuştuğumuzu da düşünürsek..."

"Evet, haklısın."

"Peki, o ellerini birleştirip ileri doğru uzatmanın da bir anlamı var mı sence?"

"Olabilir, ilk uyandığımda hiçbir şey hatırlamıyordum ama sonra o sahne yavaş yavaş netleşmeye başladı zihnimde. Galiba ellerim bir kordonla bağlanmış, evdeki koltukta oturuyordum tek başıma. Yardımcı olmasını, ellerimi çözmesini istiyordum dayımdan."

"Çözüyor mu bari?"

Mustafa gözlerini kısmış hatırlamaya çalışıyordu.

"Hmm, hayır, çözmedi ellerimi. Onun yerine karşıma geçmiş, bana yine bir sürü şey anlatıyordu."

"Neler söylediğini hatırlıyor musun peki?"

"Hayır, tek kelimesini bile hatırlamıyorum."

Evelyn'in yüzünde genç adamın ilk görüşte hoşlandığı, hoşlandığını kendinden bile gizlediği o çocuksu ifade belirmişti yine.

"Sahi mi?" diye sordu muzip bir tavırla. Sonra ciddileşiverdi hemen.

"Bence yanılıyorsun. Bilincin hatırlamıyor olabilir. Hatta biraz daha ileri gideyim, bilincin görmezden geliyor olabilir ama içinde bir yerlerde o sözleri hatırlayan bir parçan hâlâ kalmış senin..."

Mustafa kendini mercek altında incelenen bir böcek gibi hissetti. Anında o mağrur maskeyi takıverdi yüzüne.

"Ben senin felsefe doktorası yaptığını sanıyordum, meğerse psikanalist olmuşsun da haberin yok, belki sen de bunu hatırlamıyorsun."

Evelyn bir an için, yetti artık, bu kafayı yemiş adamla konuşmanın bir anlamı yok, diye düşündü.

Tam cevap vermekten vazgeçip küskün bir midye gibi içine kapanıverecekti ki Mustafa'nın o çatık kaşları arasına sıkışmış hüznü, dudağının seğiren köşesindeki çaresizliği fark etti.

Son bir şansı hak ediyor olabilir miydi?

"Eğer o parça hâlâ içinde bir yerlerde kalmış olmasa eğer Rustam Hoca'nın söylediklerinden ve vermek istediği mesajlardan hiçbir şey hatırlamasan rüyanda dayını neden göresin?"

Mustafa bu kez dudağını ısırdı ve hemen itiraz etmedi. Kafası neden bu kadar karışıktı? Neden bir türlü ne yapacağına karar veremiyordu?

"Öyle mi dersin?"

Evelyn için için sevindi. Ulu orta cevap yetiştirmek yerine soru sorması aslında iyiye işaretti.

"İstersen şöyle anlatmaya çalışayım. Bazen insanın bilinci kilitlenir. Bir ömür boyu kendi nefsiyle, diğer insanlarla, toplumun baskısıyla, değer yargılarıyla mücadele etmekten bitap düşer bilincimiz. İşte o zaman, özellikle uyku halindeyken bu kez bilinçaltımız ortaya çıkar ve kendi yazdığı senaryolarla üç boyutlu bir filmin kahramanı yapar bizi. Biz de o rüyaları seyrederiz ya da yaşarız uykuda. En azından Jung böyle diyor."

"Kim bu Jung dediğin adam?"

Evelyn, aslında okun hedefini karşısında oturan adamın üzerinden çekmeyi, konuyu uzatıp genelleştirip onun sürekli savunmaya geçmesini önlemeye çalışıyordu.

"Freud'un adını duymuş muydun peki?"

"Tabii ki duydum, Avusturyalı bir Yahudiydi sanırım. En meşhur psikolog."

Evelyn gülümsedi.

"Doğru söyledin. En meşhur psikolog, Freud... Tabii biraz da ilk olmasından kaynaklanıyor bu şöhret. Değer kıyaslaması yapacak durumda değilim elbette ama İsviçreli Carl Gustav Jung da analitik psikolojinin atası olarak bilinir. Üstelik dönemin taçsız kralı Freud'un bazı teorilerine itiraz edebilecek kadar da güveni tam ve cesurdu."

Mustafa direnmekte kararlıydı. Taviz verince tepesine çıkıyordu bu çilli kız.

"Peki, şimdi Jung'un söyledikleri ya da iddia ettikleriyle benim gördüğüm rüyanın ne alâkası var? Bunu da açıklayabilir misin?"

"Ben ne psikoloğum ne de rüya uzmanıyım ama rüya gördüğünü söyleyerek bu sohbeti başlatan da sensin. Unutma, ben bu konuyu kapatıp çoktan köşeme çekilmiştim."

"Yani?"

"Yanisi yok, hepsi bu kadar işte. İstersen konuyu son kez kapatırız olur biter."

"Rüya konusunu mu?"

Evelyn, çocuğuyla başa çıkamayan bir anne sabrıyla iç çekti.

"Hayır Mustafa, esas konumuz gördüğün rüya değil ki... Esas konumuz yakın zamanda yaşadıkların, neler olup bittiği, neden dayının İstanbul'a geldiği. Gördüğün rüyaya gelince o sadece bize ışık tutabilecek bir ipucu verebilir, o kadar. Biz tam konuyu kapatmışken bilinçaltı senaristin sana o rüyayı gördürüyorsa ne yapacağına da sen karar vereceksin. Bana kalırsa bu kadar basit."

"Anlıyorum..."

"İyi öyleyse!"

Evelyn bir kez daha kafasına çevirmiş pencereden dışarıya, yanı başlarından her an hızla değişerek akıp giden manzaraya bakıyordu.

Bir yandan da gerilen sinirlerini gevşetmeye çalışıyordu. Ömründe ilk kez gördüğü bir adamın hayatı, düşünceleri, duyguları neden bu kadar ilgisini çekiyordu acaba? Kimseyle paylaşamadığı sırlarını ona ifşa ettiği için olabilir miydi? Yoksa yabancı bir ülkede hiç bilmediği bir şehre giderken onun yanında olması mıydı bunun sebebi?

Ya da... Yanaklarının kızardığını hissedip iç sesini susturdu.

En iyisi biraz okumaktı. Yanında taşıdığı büyücek çantadan tabletini çıkarıp önündeki masaya yeniden yerleştirdi. Onu bir gece öncesinden şarj etmişti ve yol boyunca rahatlıkla kullanabilirdi.

İlk olarak da bir hafta önce Rustam Akmatova'dan gelen mesajı ve ekinde yolladığı dosyaları okumaya başladı.

İyice dışlandığını hisseden Mustafa da bakışlarını öteki yöne çevirdi.

Koridorun öbür tarafındaki koltukta oturan delikanlı arkasına yaslanmış, gözlerini yummuş, yüzünde o hülyalı ifade, dalıp gitmişti yine kim bilir nereye. Pencere kenarında oturan son dakika yolcusu da el çantasını karıştırıyor, oradan çıkardığı notları teker teker okumaya devam ediyordu. Her birini en az üç kere okumuş olmalı diye düşündü Mustafa. Neler yazıyorsa artık o notlarda!

Anlaşılan herkes yapacak bir şey bulmuştu kendine. Çilli kız tabletten birtakım dosyalar açıyor, sanki hayat denen bilmeceye bir çözüm arıyordu. Kot pantolonlu delikanlı ise ruhani âlemde yolculuğa çıkmış bir 'Hint fakiri' gibiydi. Bir tek uçan halısı eksik diye söylendi içinden Mustafa. O kır saçlı, gözlüklü kadın ise yüzünde yorgun ama gayretli bir ifade, taş çatlatan bir sabırla döne döne aynı notları okuyordu.

En sonunda bu yalnızlığa daha fazla katlanamadı ve sabırsızca ayağa kalktı. Şöyle bir göz ucuyla baktı, Evelyn bu kez nereye gidiyorsun diye sormak zahmetine bile katlanmamıştı.

Çok da derdimizeydi sanki, diye kulağına üfledi o ses. *Gördün işte, böyledir bunlar, ilgilenirmiş gibi yapar sonra yüzüstü bırakırlar insanı. Sen en iyisi tuvalete git de bir aynaya bak. Ne kadar güçlü, kudretli olduğunu kendi gözlerinle gör...*

Doğru ya diye mırıldandı Mustafa. Bir tuvalete gidip yüzünü yıkasa fena olmayacaktı. Hem vakit de geçirmiş olurdu. Vagonun ucuna doğru yürümeye başladı.

Hay böyle yolculuğun… diye bağırıyordu o ses hâlâ arkasından. Ya da beyninin tam ortasından…

Tuvalete gidince avuçlarını doldurup bolca su çarptı yüzüne. Bir kere, bir kere daha…

Namaz vakti geldiğinde banyoya gidip abdest alan dayısının yüzü beliriverdi bu kez de aynada. Sanki bir şeyler anlatıyordu yine:

Demedik mi Mustafa, ne verirsen onu alırsın diye! Demedik mi Mustafa, ne ekersen onu biçersin diye! Zerre kadar hayır yapsan o kadar hayır bulursun, ne kadar şer yaparsan o kadar da şer bulursun.

Unutma Mustafa, ne düşlersen sen o'sun!

Haydaa, uyanıkken de mi bulmuştu beni şu mübarek adam! Sanki beni duymamış gibi devam ediyordu…

Her iyi niyetle yaklaşana sırt çevirirsen, her doğru söyleyene surat asarsan, önüne gelen her fırsatı tepersen işte böyle kalırsın tek başına.

Şikâyetlenmeyi bırak!

Unutma! İnsanın dili şikâyete alıştı mı bir kere, ruhu daralmaya, gönlü sıkılmaya başlar. Ama içini ferah tutarsan, şikâyetlenmeyi bırakırsan, şükretmenin, olumlu düşünmenin bir yolunu bulursan gönül evin de bir o kadar genişler.

Yoksa uyanık değil miydi? Rüya mı görüyordu yine? Bir telaş kapıyı açıp dışarı bir göz attı.

Yoo, aynı trende, aynı vagondaydı. Derin bir nefes alıp tuvalet kapısını yeniden kapadı sessizce, içi ürpererek bakışlarını aynaya doğru çevirdi. Hayır, yalnızca tek bir yüz, kendi yüzünü gördü orada. Bir kıvılcım yakalar mıyım umuduyla yorgun gözlerinin içine, biraz daha derinlere, en derine bakmaya çalıştı.

Hadi oğlum, diyordu şimdi farklı bir ses... Daha önce hiç duymadığı bir ses...

Sal kendini biraz, kasılma öyle. Çatma o kaşlarını durduk yere. Bir dene bakalım, üç gün sonra nasıl olsa çekip gidecek hayatından. Konuş şu kızla kendine güvenen bir erkek gibi, bakalım sana neler diyecek?

Dost olmaya çalış biraz. Ne kaybedersin!

Gülmekle ağlamak arasında bir bıçak sırtındaydı. Ama o her zamanki ses ardından bağırmaya devam ediyordu.

Daha neyi kaybedeceksin oğlum, zaten çevirmiş başını senden, tabletinden bir şeyler okuyor, dönüp suratına bile bakmıyor artık! Daha kötüsü ne olabilir?

Kaç ses vardı kafasının içinde?

* * *

"Sana portakal suyu getirdim, içer misin?"

Evelyn, biraz şaşkın kaldırdı yüzünü ekrandan. O sinirlerini bozan firavun bozuntusu adam şimdi de yüzünde mahcup bir ifade, sesinde ürkek bir nezaket, bir bardak portakal suyu uzatıyordu kendisine.

"Aslında susamıştım, iyi oldu, teşekkürler" dedi renk vermeden. Sağ eliyle kavradığı kâğıt bardağı dudaklarına götürüp tümünü içti bir dikişte. Sonra bardağı yanında taşıdığı mini çöp torbasına atıp kaldığı yerden tabletini taramaya koyuldu yeniden.

Mustafa bir kere daha ciddiye alınmayıp reddedilmiş, kös kös koltuğuna oturmuştu. Keşke yanımda bir kitap getirseydim diye düşündü. Hoş, o nişanlısı olacak bencil ve açgözlü kadınla geçirdiği iki yıl boyunca hiç kitap okumamıştı ama olsun. En son okuduğu kitabı hatırlamaya çalıştı. Nafile!

Durdu, durdu, durdu ve bir anda başını çevirip damdan düşer gibi konuştu.

"Biraz önce nişanlımdan ayrıldım demiştim ya, aslında o beni terk etti."

Çattık, diye geçirdi içinden Evelyn. Bunu zaten tahmin etmişti. Tam lafı gediğine oturtacaktı ki geçen ay Rustam Hoca'dan gelen tasavvufla ilgili bir makaleyi az önce yeniden okurken gözüne çarpan şu sözler geldi aklına:

"Boş yere kimsenin kalbini kırmayınız. Hele o kişi sizden daha zor durumdaysa ayrıca ihtimam gösteriniz. Bir insanın hatasını yüzüne vurmak, hele başkalarının yanında küçük düşürmek kâmil insanın yapacağı iş değildir."

Dönüp dönüp kaç kez okumuştu bu sözleri! Zihnine kazınmıştı sonunda.

Madem öyle, bir de böyle deneyelim bakalım diye söylendi içinden genç kız. Gülümsedi. Sesini yumuşatmaya çalıştı.

"Doğrusu bunu itiraf etmek çoğu kez zor gelir insanlara. Peki ama nereden aklına esti şimdi bunu söylemek?"

İşin tuhafı Mustafa da bilmiyordu bu sorunun cevabını. Öte yandan, yola çıktıklarından beri belki de ilk defa yüz kasları biraz olsun gevşemişti. Nereden bileyim der gibilerden ellerini iki yana açıp gülümsedi o da.

Sanki semavi bir esinti havadaki elektrikli bulutları dağıtıvermişti…

Evelyn ansızın bir soru sordu yine:

"*Alcoholics Anonymous* adını hiç duymuş muydun?"

Mustafa gözlerini yumdu bir an için.

"Bir yerlerden hatırlıyor gibiyim. Galiba seyrettiğim bir filmde duymuştum. İyi de konuştuğumuz konuyla ne alakası olabilir?"

"Haklısın, doğrudan bir ilinti yok tabii ki ama senin söylediklerin zihnimde başka bir şeyi çağrıştırdı. İstersen şöyle anlatmaya çalışayım.

Alcoholics Anonymous, Amerika'nın en büyük sivil toplum örgütlerinden birinin adı. Aşağı yukarı seksen yıllık bir geçmişi var. Şu anda ülkenin tüm bölgelerine yayılmış, doktorların, psikologların yönetiminde faaliyet gösteren devasa bir oluşum. Amacı ülkedeki alkol bağımlılarını tedavi etmek!"

Konuşurken gözlerini dikmiş Mustafa'ya bakıyordu. O da bakalım bu lâfların altından ne çıkacak der gibi izliyordu genç kızı. Evelyn, kendinden emin bir tavırla, kaldığı yerden devam etti hikâyesine.

"En iyi bilinen tedavi yöntemleri de alkolikleri doktorlar eşliğinde küçük gruplar halinde bir araya getirmek, sorunlarını paylaşıp birbirlerine destek olabilmeleri için uygun bir ortam yaratmak. Bu toplantıların temel kurallarından ilki, her bir katılımcının ilk gelişinde ayağa kalkıp herkesin önünde 'Ben bir alkoliğim!' demesi.

Bu itirafta bulunan kişi diğerleri tarafından alkışlanarak yüreklendirilir ve grubun bir üyesi olur.

Özetle, yapılan bir hatayı kabullenmenin, pişman olmanın ve bunu başkalarıyla paylaşmanın öneminden bahsediyorum."

Mustafa'nın kaşları çatılmaya başlamıştı gene.

"Yani bu örnekten hareketle sen de beni itirafa teşvik ediyorsun, öyle mi?"

"İstersen, nişanlının seni terk ettiğini bana söylemen, böyle samimi ve alçak gönüllü davranman hoşuma gitti diyelim."

Mustafa, acaba kaç yaşında bu ufacık çilli, kocaman akıllı kız diye düşünmeye başlamıştı. Üniversiteyi yirmi ikisinde bitirse iki üç yıl da Londra'da çalıştı diyelim, dört yıl önce de annesiyle babası ayrılmış... Yirmi dokuz, hadi bilemedin otuz. Ama maşallah bilmediği yok! Benimle oyun oynamayı da iyi beceriyor hınzır.

"Peki, kaç yıl nişanlı kalmıştınız?" diye sordu Evelyn.

"Aslında öyle herkese ilan edilmiş resmi bir durum yoktu ortada ama ne de olsa bir yıldır birlikteydik. Ha, bir de yılbaşında ona bir nişan yüzüğü almıştım."

Evelyn, mavi boncuk gözlerinde bir yargıç ciddiyetiyle hükmünü açıkladı:

"Bence yeterince nişanlıymışsınız."

İlk kez ikisi birden çocuk gibi gülmüştü bu cevaba...

Aradan on dakika ve otuz beş kilometre geçtiğinde, artık daha dostane bir hava esiyordu ikinci vagonun dördüncü sırasında.

Olduğundan farklı görünmekten yorulan Mustafa, derdini paylaştıkça ve aralarındaki mesafe azaldıkça rahatlıyor, otosansürsüz bir ruh hali içinde anlatmaya devam ediyordu.

"Bir de baktım annem dayımı İstanbul'a çağırmış."

"Sana haber vermemiş miydi?"

"Hayır vermedi. Zaten verseydi, ben kabul etmezdim."

"Hmm..."

"Öyle gözlerini devirmene gerek yok, daima kendi ayaklarım üstünde durarak yükseldim ben iş hayatında. Kimseden yardım dilenmeye muhtaç değilim."

İşte yine kastı kendini, diye geçirdi içinden Evelyn. Yalnız ve cesur, ha? Şükretmeyi unutup ha bire böbürlen bakalım, kim kurtaracak seni!

"Farklı bir şey söylemedim ki!" dedi sonunda. "Gördüğüm kadarıyla kendinle pazarlık etmekten özel bir zevk alıyor gibisin. Benim sözlerimde aslında var olmayan bir ima arıyor, sonra da bundan alınıp itiraz ediyorsun.

Gölge boksu yapmak gibi bir şey bu...

Belki de insanlara olan güvenini kaybetmişsin, bilemiyorum."

"Bak şimdi doğru söyledin işte. Evet, insanlara olan güvenimi kaybettim. Bunu dayıma da anlatmaya çalıştım ama nafile."

"Hmm..."

"Ne demek hmm?"

"Nasıl ne demek?"

"Son söylediğime aklın pek yatmadı galiba."

"Dayınla ilgili olandan mı bahsediyorsun?"

"Evet."

Kırılma noktasına geldiklerini anlamıştı Evelyn. Ya her şeye "Evet, çok haklısın" diyerek bu anlamsız diyaloğu sürdürecekti ya da neden farklı düşündüğünü açıklayacaktı. Birinci alternatifi seçerse Mustafa'ya hiç saygı duymadığını baştan kabul etmiş oluyordu. Öyle ya, karşısındakine dürüst davranacak kadar bile değer vermiyorsa köşesine çekilip tabletine dönmesi daha doğru olmaz mıydı?

En sonunda kendisine ve laf anlamaz yol arkadaşına bir şans daha tanımaya karar verdi.

"Bir konuda anlaşalım, olur mu?"

"Tabii, ben zaten baştan beri oldukça iyi anlaştığımızı sanıyordum."

"Anlaşma sözcüğünden ne anladığımıza bağlı bu, öyle değil mi? Eğer senin söylediğin her lafa kafa sallayacaksam bunun adına sağlıklı bir diyalog diyebilir miyiz?"

"Öyle olsun, peki neye itiraz etmek istiyorsun?"

"Son söylediğine."

"En son ne söylediğimi hatırlamıyorum ki."

"Ama ben hatırlıyorum" dedi Evelyn, kararlı bir sesle. "Aynen şöyle demiştin: 'Dayıma anlatmaya çalıştım ama nafile'"

"Evet, şimdi hatırladım. Aynen böyle demiştim. Ee, ne var bunda?"

"Çok şey var, Mustafa. Dayın hayatta gördüğüm en makul, en anlayışlı insanlardan biri. Eğer onun seni anlamadığını sanıyorsan büyük bir yanılgı içindesin demektir."

Mustafa birden sol gözünün seğirdiğini fark etti. Ne zaman sinirlense hep böyle olurdu zaten. Öfkesini ele veren bu zaafından nefret ediyordu ama yapacak bir şey yoktu. Varsa da o bilmiyordu…

"Dayımı benden çok tanıyor gibisin."

"Senden çok mu bilemem ama yeterince iyi tanıdığımı düşünüyorum. Siz birlikteyken neler anlattığını neden bana söylemiyorsun?"

Mustafa başını çaresizce salladı iki yana.

"Söylerdim ama o kadar çok şey anlattı ki hiçbiri aklımda kalmadı."

"Demek iki gün boyunca konuştunuz ve sen hiçbir şey hatırlamıyorsun öyle mi?"

"O kadar da değil, söylediği bazı şeyler aklımda kaldı tabii ama bana anlamsız geldi bütün bu laflar."

"Ne gibi mesela?"

"Örneğin, sık sık 'kaza-kader' diyordu. 'Bu bir süreçtir, bir imtihandır, bu yaşadıklarının da elbet bir anlamı vardır, yeter ki doğruyu bulasın, yeter ki hatalarından vazgeçesin' gibisinden şeyler…"

Evelyn'in berrak mavi gözleri ışıldayıp çilli yüzüne sıcak bir gülümseme yayılınca Mustafa da sıkıştığı köşeden kurtulmuş gibi sevinmişti.

"Niye gülüyorsun?"

"Neden kafanın karıştığını anladım da onun için gülüyorum."

"O halde, aklımın neden karıştığını bana açıklamalısın."

Evelyn bu sohbetin gelgitlerinden hoşlanmıştı. Uzun bir tren yolcuğu için birebir diye düşündü. Cambridge'de de hep canlı tartışma ortamları oluşurdu. Eh, bu biraz farklıydı ama olsun. Severdi kendisine meydan okunmasını, meydan okumayı sevdiği kadar. Yeter ki kendini anlatma, birbirini anlama isteği dışında bir güdü, bir art niyet olmasın.

Ciddileşti, omuzlarını dikleştirdi, ağır ağır konuştu.

"Öyleyse bir anlaşma öneriyorum sana."

"Nasıl bir anlaşma bu böyle?"

"Sana neden güldüğümü olanca dürüstlüğümle anlatacağım, buna karşılık sen de benim iki soruma çok net cevaplar vereceksin. Anlaştık mı?"

"Ne soracağına bağlı..."

"O halde bu iş burada biter, Mustafa. Ya kabul et ya da en başa dönelim. Sen kendi kafanın dikine git, ben de pencere kenarına."

"O kadar ciddi misin?"

"Ne yazık ki öyle, itiraf etmeliyim ki benimle dalga geçilmesinden pek hoşlanmam."

"Öyle bir niyetim olmadığını söylesem."

"Mühim olan ne söylediğin değil ne yaptığındır. Yoksa bunun hâlâ farkında değil misin?"

"Peki, tamam. Şimdilik öyle olsun Evelyn, seninle pazarlık etmeyeceğim."

"Teşekkür ederim yol arkadaşım, benim derdim seni köşeye sıkıştırmak değil zaten. Bu sohbete makul bir çıkış yolu arıyordum o kadar. Madem öyle, ilk soruma hemen net bir cevap rica ediyorum. Şu anda bir işte çalışıyor musun?"

Mustafa'nın gözleri kararır gibi oldu. Egosuna yapılan bir saldırıydı bu. Sendeledi ama düşmeyecekti.

"Hayır, şu anda bir işte çalışmıyorum."

"Demek ki dayın seni ziyarete geldiğinde de çalışmıyordun. Bu durumda, bankadan kendi isteğinle ayrılmadığını da söyleyebilir miyiz?"

"Aslına bakarsan kendi isteğimle ayrıldım bankadan ancak bunun asıl nedeni bana daha düşük bir maaşla farklı bir pozisyon teklif etmeleriydi. Şube müdürlüğü görevinden aldılar beni. Çok istersen, hazırlıksız yakalandım diyebiliriz."

"Teşekkürler, Mustafa. Bu durumda hayatına çekidüzen vermeden önce dayın da seninle bir genel değerlendirme yapma niyetinde olabilir miydi?"

Mustafa bir gol daha yemenin acısına karşın dişlerini sıkıp gülümsemeye çalıştı.

"Aslında iki soruda anlaşmıştık ama üçüncü tahmininin de mantıklı olduğunu söyleyebilirim. Ee, sanırım ben sözümü tuttum. Şimdi gelelim kaza-kader deyince senin neden güldüğüne."

Evelyn bu soruyu nasıl yanıtlayacağına henüz karar verememişti. En kolayı durumu bir örnekle açıklamak olabilir miydi?

"Gülümsememin asıl nedeni, kaza-kader kavramının benim zihnimi de epeydir meşgul ediyor olması. Daha önceleri de bu kavram üzerine epey kafa yormuştum.

Sağ olsun, Rustam Dayın da bana çok yardımcı oldu. Onca işinin arasında sorularımı hiç cevapsız bırakmadı, yararlanabileceğim pek çok kaynak tavsiye etti. Bazı kavramları anlamakta ilk başlarda epey zorlandım."

"Ama şimdi, anlaşılan benim bilmediklerimi de biliyorsun?"

"Belki öyledir. Belki değil... Sanırım bunun salt akıl yürütmekten çok, hissetmeyle, gönül bağıyla bir ilgisi var. Belki görsel bir örnekle daha iyi açıklayabilirim bunu. Dinlemek ister misin?"

Mustafa, dayısının anlattıklarını yanında oturan İngiliz kızın çoktandır biliyor olmasından adamakıllı etkilenmişti. Biraz da bozulmuştu ama yine de sol gözünün bir süredir seğirmediğini fark etti. İçindeki alaycı ses de iyice kısılmıştı."

"Neden olmasın, seni dinliyorum."

"İstersen şöyle gireyim konuya: Biliyorsun, dünyada yaklaşık yedi milyar insan yaşıyor ve bunun doğal bir sonucu olarak da saniyede yaklaşık beş yeni can geliyor dünyaya. Her biri farklı ülkelerden, farklı ırklardan, farklı dinlere inanan analardan, babalardan...

Her birinin kendine ait, taklit edilmesi imkânsız, eşi benzeri olmayan bir ruhu, daha doğmadan önce çizilmiş bir alın yazısı, bir kaderi var. Kimileri astrolojik haritalarda arıyor bu şifreleri, kimileri kutsal kitaplarda."

Mustafa gözlerini kısmış, ara ara tabletindeki notlara göz atsa da boyundan büyük ve karmaşık laflar eden genç kadını şüpheyle karışık bir merakla dinliyordu.

"Mesela; 'Sizleri farklı yarattık, farklı kavimler, farklı ırklar yarattık' diye ifade edilmiş Kur'an-ı Kerim'de. Rustam Hoca'dan öğrendim bunları. Bir başka surede ise; 'Şüphesiz biz insanı yola koyduk. Bu yolu ya şükrederek ya da nankörlük içinde kat edecek' diye buyurulmuş.

Tasavvufta da bu dünyanın bir imtihan mekânı olduğu söylenir hep."

Mustafa tembel bir öğrenci gibi yer yer dikkati dağılarak yine de anlatılanlarda aklını çelen ilginç bir şeyler bularak dinliyordu. Önyargılarının aksine bu kız havalarda uçmuyor, tane tane anlatıyordu aklındakileri.

Yoksa kendisi mi direnmekten vazgeçmişti? Kim bilebilir?

Evelyn onun içinde kopan fırtınalardan habersiz, kendini kaptırmış gidiyordu.

"Karşılaşılan zorluklarla nasıl baş edeceğimiz, diğer insanlarla, canlılarla nasıl bir iletişim içinde olacağımız, nasıl düşünüp nasıl davranacağımız çok önemli. Ruhumuzu nasıl arındıracağımız, nasıl hayırlı bir kul olabileceğimiz, özetle ilâhi aşkın yolunu nasıl bulacağımız daha da önemli... Sürekli tartışılan, üzerinde derin derin düşünülen konular bunlar.

Bu bağlamda, hayat denen bu gizemli yolculuğun merkezindeki 'külli iradeden' bahsediliyor."

"Ne demekmiş külli irade?"

"Tanrı'nın mutlak iradesini ifade ediyor külli irade. O her bir saniyede doğan beş çocuğun hangi coğrafyada doğduğu, anasının babasının kim olduğu, karakter yapısı, fiziki yetenekleri… Hepsi külli iradenin bir parçası… Bir yerde, tayin edilen kaderimiz…"

"Öyleyse tüm bu dünyada olup bitenlerden, yaptıklarımızdan ve hatta yapamadıklarımızdan bizler sorumlu sayılmamalıyız, ne dersin?"

"Bence tam olarak öyle değil."

"O halde burada bir çelişki yok mu? Nasıl böyle bir iddiada bulunabilirsin ki?"

"Çünkü bir de 'cüzi irade' var."

"Yani?"

"Yani bizlere bahşedilen kendi iradi gücümüz ve bireysel tercihlerimiz. Bedenimizi ve ruhumuzu nasıl koruyup kolladığımız, önemli karar kavşaklarına geldiğimizde hangi yolu seçtiğimiz, bize verilen yetenekleri nasıl değerlendirebildiğimiz...

Yaradan insanlara biçtiği rolleri zaten paylaştırmış. Bizler ise bu roller içinde hangi tercihleri benimseyeceğimize kendi iradem izle karar verebiliriz. Şu anda yan yana oturmuş Konya'ya gidiyor olmamız yalnızca bir tesadüf olabilir mi?"

Mustafa'nın kafası yine karışmıştı. Alın yazısı, kaza, kader, tesadüf, külli irade, cüzi irade… 'Külliyen muamma' diye söylendi içinden. Yine de sordu sorusunu:

"Hani her şey önceden belirlenmişti?"

"Ben öyle demedim ki. Bak, istersen biraz önce sana bahsettiğim o örneğe geri dönelim. O her saniyede doğan beş çocuk var ya, her birinin yaşam yolculuğu denen çok büyük bir labirentin giriş kapısında dünyaya geldiklerini düşün. Ölünceye kadar içinde nefes alıp verecekleri, koridorlarında dolaşacakları, sonsuz sayıda olasılığı içinde barındıran, ölüme kadar uzanıp giden bir labirent. Yani hayatın ta kendisi...

Her insanın kaderi, yani içine doğduğu labirent birbirinden farklı tasarlanmış. Yeryüzünde nefes alan her bedenin, o bedeni paylaşan her ruhun kendine ait, eşi benzeri kâinatta olmayan bir yolculuğu var...

O hayat yolculuğu diyebileceğimiz labirentin koridorlarında ilerlerken ne tür engellerle karşılaşılacağı, hangi kapı açılırsa yolun nereye uzanacağı önceden belirlenmiş.

Her saniye yenisi doğan o çocukların kimi daha zeki kimi daha akıllı kimi daha cesur kimi daha sabırsız...

Kimi daha kibirli kimi daha nobran kimi celâl kimi cemal... Kimi şükretmeyi bilir, kimi küfretmeyi..."

Mustafa son aylarda başından geçenleri düşünüyordu şimdi. Yaptığı tercihleri, aldığı kararları...

"Madem nasıl hareket edeceğimiz, hangi durumda nasıl davranacağımız daha doğarken belirlenmiş, yetenek ve karakterimiz alnımıza yazılmış, ne fark eder bu durumda?"

Evelyn, Mustafa'nın bu çaresiz itirazlarını anlıyordu.

"Şöyle düşün Mustafa. Her insanın kendine has bir labirenti, her labirentin kendine has handikapları var.

Bazı yerlere görünmez çukurlar ya da son anda ortaya çıkan engeller konulmuş.

Bazıları keskin gözlere sahip, o çukurları daha kolay görüyor. Bazıları atletik, o engellerin üzerinden daha rahat atlıyor ama bu imtihan tek engelli bir yüz metre finali değil ki ölüme kadar sürüp gidiyor.

Her insan er ya da geç bir hata yapıyor. Hatta yüzlerce, binlerce hata yapıyor."

"Öyleyse?"

"Bu labirentin milyonlarca farklı çıkış kapısı var, Mustafa. Kaç kişi en sonunda bir kapıya ulaşabiliyor, kaç kişi o kapının ötesinde neler olduğunu kavrayıp ruhunu öyle teslim edebiliyor bunu hiçbir fani bilemez.

Belki sayıca çok az, seçilmiş insanlar, kul olmanın sırrını çözebilen, gönül gözü açılmış kâmil kişiler... Erenler... Geri kalan çok büyük çoğunluk zaten bu labirentin ilâhi anlamını tam anlamıyla çözemeden o kapılardan birine ulaşamadan son nefesini veriyor."

Evelyn, derin bir nefes alıp uzun söylevine devam etti.

"Tasavvufi düşüncede önemli olan, labirentin neresinde öldüğümüz, o yaşam piramidinin kaçıncı katına kadar çıktığımız, hayattayken nelere sahip olup kimlere hükmettiğimiz değil, esas olan bu hayatı nasıl algıladığımız, nasıl yaşadığımızdır.

Eğer hatalarımızdan ders çıkarabiliyorsak; içimizdeki mucizeyi hissedip ilâhi aşkın ateşini yakalayabiliyorsak; önümüze çıkan gönül kapılarının ardına bakabiliyorsak; başka insanların, canlıların ihtiyaçlarını gözetebiliyor, bu evrenin tümüne saygı duyabiliyorsak; özetle bir kul olmayı kabullenebiliyorsak hayat yolculuğunda doğru yoldayız demektir!"

Mustafa güldü.

"Özetle, ahirette puan sistemi farklı, sırat köprüsünden geçerken bu dünyada yaşarken kazandığımız maddi kazançlar bir işe yaramayacak mı diyorsun?"

Evelyn boşuna mı bu kadar çene yordum diye düşündü. Yine de parlak dalgalı saçlarından, alaycı ama hüzünlü gülüşünden gözünü alamadığı genç adam, bütün anlattıklarını dinlemiş, hatta sorular sorarak anlatımına renk ve ilham katmıştı.

Aslına bakılırsa, bu bile önemli bir gelişme sayılmalıydı. Netice itibariyle tasavvufi düşünceye enikonu yabancı birini acımasızca esir alıp bir defada bu kadar çok şeyi hazmetmesini beklemek de gerçekçi değildi zaten...

"Olabilir, belki de sen haklısındır. Evet, puan sistemi sanıldığından epey farklı... Bu arada, farkında mısın bilmem ama senin bütün derdin rakamlarla, maddi tanımlamalarla, al-ver hesaplarıyla. Sanırım, hatta eminim ki dayın o iki gün boyunca oldukça farklı şeylerden bahsetmişti sana."

Mustafa saatine bir göz atıp konuşmayı burada kesmeye karar verdi. Aksi halde şu hınzır çilli kız hızını alamayıp onu sıkıştırmaya devam edecekti.

"Ne dersin, artık bir şeyler yesek mi?"

Aslında Evelyn de hayli acıkmıştı.

"Neden olmasın? Bakalım kaderimizde ne yazıyor bu öğlen yemeği için? Ben cüzi iredemi güzel bir tavuklu sandviçten yana kullanmayı düşünüyorum. Ya sen?"

İster yavaş gitsin, ister acele koşsun, arayan aradığını elbette bulur. Bazen kapıya kadar gelinse bile içeri kàbul edilmek zaman alır. Bunu da olgunlukla karşılayıp sabır göstermek gerek.

Mevlânâ

İtiraflar

Oturduğum yerde usulca gerinerek gözlerimi açtım.

Pencerenin dışındaki manzara aldatıcı bir durağanlıkla değişmeye devam ediyor. Yola çıkalı ne kadar olmuştu acaba?

Saatime bakacağım sırada koridorun sol tarafından hararetli sesler duyuyorum. Biri kadın biri erkek sesi... O yabancı kadınla bizim Türk bunlar. Nasıl da kaptırmışlar kendilerini! Ellerinde sandviçler var ama yemeyi unutmuş gibiler.

Öğlen mi olmuş yoksa ben uyurken? Sağımda, pencere kenarındaki kır saçlı teyze kendi dünyasına dalmış, kim bilir kimleri düşünüyor, kimleri özlüyor...

Sabah evde hazırladığım kaşarlı ekmeğin, çantama attığım iki ufak elmanın zamanı geldi galiba. Ah, yanında içecek bir şey de olsaydı...

Sol tarafta heyecanla tartışan ikilinin önlerindeki kutulara bakılırsa bir yerde satılıyor olmalı.

“Affedersiniz, içeceklerinizi nereden aldınız acaba?”

Takım elbiseli adam başını hafifçe çevirip bana mı sordun der gibi bir bakış fırlatıyor. Acemi çaylağın teki olduğumu hemen çaktı galiba. Fazla uzatmıyor.

“Bir arkadaki vagonda kantin var” deyip sohbetine dönüyor.

Ayağa kalkmadan bu defa da yanımdaki yolcuya dönüyorum:

“Affedersiniz, arka vagonda kantin varmış, ben kendime bir kola almaya gidiyorum, siz de bir şeyler ister miydiniz?”

Kadıncağız sanki aniden uykusundan uyandırılmış gibi irkiliyor. Hay Allah, keşke rahatsız etmeseydim! Tedirgin bakışlarını yüzümde hissediyorum.

“Bir şey ister misiniz?”

Nihayet anlıyor, gülümsemeye çalışırken kurumuş dudakları geriliyor.

“Sağ ol evladım, ben de epey susamışım, bir bardak çay iyi gelir herhalde.”

Bozuk para arar gibi çantasını karıştırıyor şimdi de.

Gerek yok, tamamdır diye başımı sallayıp arka vagona doğru yürüyorum. Ne güzel, hiç sallanmıyoruz. Oysa tepedeki ekrana bakılırsa saatte 200 kilometreyi geçmişiz bile.

Ne çok şey varmış kantinde! Salatalar, peynirli, salamlı, tavuklu sandviçler, kekler, tatlılar, dondurucuda envai çeşit dondurmalar...

Bir süre bakınıp oyalandıktan sonra bir bardak çay ve bir kutu buz gibi kola, pipetler, kâğıt peçetelerle geri dönüp yerime oturdum. Kutulardan birini, yaşını bir türlü kestiremediğim kadına uzatıyorum.

"Teşekkür ederim evladım. Ne kadarmış çay? Ben de yiyecek bir şeyler hazırlamıştım. Ne istersin bakalım? Nereden aklıma estiyse bak kadınbudu köfte bile getirmişim yanımda."

Teyze durmadan konuşurken bir yandan da hazırlık yapıyor. Yanımda kurulan iştah açıcı sofrayı göz ucuyla süzüyorum. En çok da kadınbudu köftede kalıyor gözüm. Ne de olsa yatılı okul yıllarında ayda birkaç defa kadınbudu köfte verirlerdi yemekhanede, özlemişim.

"Karnım pek aç değil efendim. Zaten kaşarlı ekmekten sonra elma da yiyeceğim."

Sanki duymuyor beni. Yanında getirdiği kâğıt tabaklardan birine domates, salatalık, yaprak sarma koymakla meşgul. Yanlarına iki tane de köfte ekleyip otoriter bir edayla, "Tek başıma bu kadar şeyi nasıl yerim evladım, bak itiraz istemiyorum, bunlar bitecek" dedikten sonra tabağı elime tutuşturuveriyor.

Kadınbudu köfteleri de yaprak sarmaları da büyük bir iştahla mideye indiriverdim. Epeydir bu kadar lezzetli bir yemek yememiştim doğrusu. Tıpkı babaannemin yemekleri gibi... Genzim, gözlerim yanıyor birden. Ağlamaktan korkup hemen kanal değiştiriyorum kafamda. Hep oynadığım bir oyun bu. İşe yarıyor çoğu zaman.

Kâğıt tabakları, plastik çatalları, kola kutularını yüklenip çöpe atmak üzere kantine gittim. Döndüğümde içtiği çayın parasını ödemek için hâlâ ısrar ediyordu, razı olmadım.

"Söyle bakayım, adın ne senin?"

"Cemal, efendim."

"Konyalı mısın?"

"Tam olarak Konyalı sayılmam. Beyşehir Gölü'nü bilir misiniz, kıyısında bizim Beyşehir ilçesi vardır. İşte ben o ilçenin Bayavşar köyündenim. On iki yaşıma kadar orada yaşadım. Sonra İstanbul'a gelip yatılı okudum. O gün bugündür de İstanbul'dayım."

"Sık sık köyünü ziyarete gidiyor musun böyle?"

Bir bulut geçiyor sanki gözlerimin önünden. Fark etti mi acaba?

"Ne yazık ki bugüne kadar hiç dönemedim köyüme. İnşallah bu ilk ziyaretim olacak. Babaannemle birlikte yaşardık köyde, onu da kaybedince İstanbul'a yatılı gittim. Okul yılları, iş, askerlik derken mümkün olmadı işte..."

"Peki, İstanbul'da ne iş yapıyorsun, nasıl geçiniyorsun?"

Yemeğini sahici bir teyze cömertliğiyle benimle paylaşan bu kadının ilgisi öyle içten ki… Belki hep yalnız olduğumdan, iyi geliyor bana. Kim bilir belki o da benim gibi yalnızdır.

"Yaklaşık üç yıldır bir kuyumcu atölyesinde çalışıyorum."

Biraz durakladım, duygularımı açığa vurmaya alışık değilim pek. Yine de devam ediyorum.

"Ustam yakında benim de deneyimli bir sadekâr gibi bazı parçaları mıhlayıcılara devredebileceğimi söyledi. Bu… Ben… Yani sevindim çok. Bir iş sahibi olunca köyümü ziyaret edecektim, söz vermiştim kendime. Şimdi de Konya'ya o yüzden gidiyorum işte."

O güzel haberi ustamdan aldığım gece gördüğüm rüyayı, Yunus Efendi'nin bana söylediklerini kimseyle paylaşmak istemiyordum açıkçası. En değerli sırrımdı bu.

"Yerde ara beni Cemalim, gökte ara. Gönlünde ara. Olmadı, doğduğun yerde ara. Mevlânâmızın kabrine git Cemalim, beni bir de orada ara..."

Bu sözleri nasıl anlatırım bir başkasına? Nasıl derim, "Mevlânâ'nın kabrine davet edildim, onun için gidiyorum Konya'ya..."

Yine de köye dönüş hikâyemi anlatırken kadıncağız sesimdeki heyecandan etkilenmişti sanırım. Bir an dalıp gittiğini gördüm kendi dünyasına. Onun da herkesten sakladığı sırları olmalı...

"Demek yıllar sonra ilk kez dönüyorsun. Bakalım köyünü ne kadar değişmiş bulacaksın... Biraz önce bana kuyumcu atölyesinde çalıştığını söylemiştin. Orasını anladım da peki, sadekâr ne demek?"

Güldüm. Herkesin bilmediği bir şeyi bilmek hoşuma gidiyordu galiba.

"Haklısınız efendim. Sadekârlığın ne olduğunu çok kimse bilmez. Ben de atölyede çalışmaya başlamadan önce bilmiyordum böyle bir meslek olduğunu. Nasıl söylesem... Aslında sadekâr atölyenin ustabaşısı gibidir. Her işlem onunla başlar, onda biter."

Yorgun bakışlarının merakla canlandığını görmek hoşuma gidiyor. Biraz daha anlatıyorum.

"Çoğunlukla sadekârlar atölyenin kıdemli ustalarıdır. Kuyumcu atölyelerinde yapılan yüzüklerin, küpelerin, kolyelerin tasarımını eskiden sadekârlar yaparmış, kalıplarını da sadekârlar hazırlarmış.

Zaman geçtikçe, teknoloji geliştikçe bu yöntem biraz değişmiş. Şimdi tasarımlar bilgisayarlarda yapılıyor. Mesela bizim atölyenin sahibi Sarkis Usta tasarımların üzerinde kendi çalışır."

Çok mu detaylı anlatıyordum? Baktım hâlâ ilgiyle dinliyor, devam ediyorum kaldığım yerden.

"Tasarım bitince bazı küçük ekleme ya da değişiklikler gerekirse onları da yardımcısı Şeniz Hanım halleder. Sonrasında üç boyutlu yazıcıda mumdan bir örnek üretip onun kalıbını çıkartırız. Bu kalıp da dökümhaneye gider. Orada dökülen parçalar atölyeye geldiğinde doğrudan sadekârlara teslim edilir."

"Neler üretiyorsunuz peki orada?"

"Yüzükler, kolyeler, bilezikler, envai çeşit takılar... Mesela bir yüzük yaptığımızı düşünün. İşte bir yüzük dökümden geldiğinde, ilk önce onu güzelce bir elden geçirmek, temizlemek gerekir.

Döküm sırasında bazı yerlerde 'fiske' dediğimiz küçük boşluklar oluşur, onları kaynakla doldurup yeniden tesviye yaparız. Bir de 'koçan' denen çıkıntılar oluşur. Onları da keser, eğeler, zımparalar; yüzüğü pürüzsüz, kaygan hale getiririz.

Pırlantaların ya da diğer değerli taşların yerleştirilmesine hazır olunca da ön cilayı da yaptırıp mıhlamacıya teslim ederiz."

Ben artık sıkılmıştır diye susmuşken, "Peki, mıhlamacı ne iş yapar?" diye sormaz mı bu sefer de!

"İlk işlemlerden sonra sıra yüzüğe pırlanta, yakut, zümrüt, topaz gibi taşların yerleştirilmesine gelir" diye döndüm bizim hikâyeye.

"Kalıp üretilirken o taşların yerleştirileceği oyuklar, taşları yerinde sabit tutacak tırnaklar önceden tasarlanır. Mıhlayıcı, bizden parçayı alır, tırnakların açısını yeniden ayarlar, değerli taşları hazırlayıp sırayla yerlerine yerleştirir, yani mıhlar. Tabii şimdi ben anlatırken basit gibi görünüyor ama bayağı el becerisi, dikkat, tecrübe ister bu iş de."

"Yok, hiç de basit görünmüyor zaten" deyip bir soru daha sordu:

"Taşları yerleştirirken usta yüzüğü elinde mi tutar?"

Kendimi tutamayıp güldüm, sonra da çok utandım. Ama güldüğümü görünce o da keyiflendi. Sanki ben anlattıkça yüreğini burkan dertlerden kurtuluyor gibiydi. Bilemiyordum başına neler geldiğini, derdinin ne olduğunu, neler hissettiğini. Belki de ben yanılıyordum, kim bilir?

"Olur mu efendim... Bizimkiler öyle yapmaya kalksa tek bir parçayı bile doğru dürüst yerine mıhlayamaz. Ustalar daha çırakken adına 'rokela' denen özel bir tokmak hazırlarlar kendilerine. Sert ağaçlardan oyulma tahta tokmaklar yani. Sonra da bunları 'pevla' ile kaplarlar."

"Tokmağı anladım da pevla nasıl bir şey evladım? Ben şimdi mesela bir nalbur dükkânına gitsem bulabilir miyim?"

"Yok efendim, olur mu hiç. Her mıhlayıcı kendi pevlasını kendisi üretir. Mühür mumu ile bazı reçineler karıştırılarak özel olarak hazırlanır bu madde.

Pevla hem yüzüğün içine gömüleceği kadar yumuşak kıvamda olmalıdır hem de taşlar mıhlanırken yerinden hiç oynatmayacak kadar sıkı ve sağlam."

Bu kadar şeyi bilip anlatabildiğime kendim de şaşıyorum. Demek boşa geçmemiş onca yıl...

"Demek o taşlar senin tabirinle 'mıhlandıktan' sonra bir daha yerinden çıkmıyor, öyle mi?"

"Öyledir efendim. Öyle olmalıdır. Mıhlayıcının ustalığı da buradadır işte. Tabii, tasarımın tipine göre çeşit çeşit mıhlama teknikleri kullanılır. Bütün mesele tırnakları yeterince aralayıp parçayı yerine mıhladıktan sonra o tırnakları en sağlam şekilde sıkıştırmak..."

Bu kez de sanki beni ilk defa görmüş gibi bakıyor yüzüme. Şöyle bir süzüyor beni tepeden tırnağa.

"Hiç öğretmen olmayı düşünmedin mi sen?"

Hoppala! Öğretmen mi? Nereden çıktı şimdi bu soru?

"Öyle bir fırsatım olmadı ki" diyorum mecburen. "Liseden mezun olduğum yıllarda burslar yeterli değildi. Aylıklar yurt parasını bile karşılamıyordu. Baktım olacak gibi değil, ben de hemen askere gittim, sonra da bir iş bulup çalışmaya başladım işte."

Kısa bir sessizlik...

Aslına bakılırsa trenin bir ara hafiften sağa sola yalpalaması dışında değişen bir şey yoktu. Bir anlık bir yalpalama...

Hep dümdüz akıp gidecek sandığımız hayatın ani bir sarsıntıyla nasıl altüst olabileceğini hatırlatıyordu sanki bize.

"Demek üç yıldır bu işlerde çalışıyorsun. Peki, iş saatlerinin dışında neler yaparsın?"

Anlaşılan bugün bize rahat yok diyorum içimden. Şimdiye kadar kimseye bu kadar uzun ve detaylı bir rapor vermemiştim hayatım hakkında. Yalnızlık benim bir nevi gizli silahım aslında, dış dünya ile arama ördüğüm güvenlik duvarı.

Şimdi tek tek aralanıyordu o kapılar. Bir başkası olsa kesin tavır koyar ya da kapardım konuyu. Ama bu teklifsiz teyzeye kanım kaynamıştı.

Hem şimdi özel bir yolculuğa çıkmıştım. İçim rahat, gönlüm ferahtı. İçimden bir ses, "Hadi devam et, anlat bildiklerini, paylaş duygularını" diyordu sanki.

"Boş vaktimiz yok gibi bir şey" diyorum.

"Haftanın altı günü sabahtan akşama işteyiz. Bazı geceler acil sipariş gelir, saat dokuza, ona kadar çalıştığımız olur. Geriye bir tek pazar kalıyor. Atölyedeki cila ustasıyla aynı evde kalıyoruz. Bazen birlikte sinemaya falan gideriz. Öyle geçiyor işte günler..."

İstanbul'da yaşayan, çalışan, sıradan bir gencin hayatı bu aslında… Nesini merak ediyor acaba? Ama sahiden de merakla bakıyor yüzüme.

"Atölyede çalıştığım ilk yıl televizyonumuz yoktu zaten. Sonra elden düşme bulduk bir tane. Aslında ikimiz de televizyon seyretmeye fazla meraklı değiliz. Bazı geceler maç seyrediyoruz ya da film falan.

Boş vakitlerimde daha çok ney üflerim ben, hele hava kararıp da etrafa bir hüzün çökerse… Geçen sene de arkadaşıma Kapalıçarşı'dan bir kudüm aldık. Ben neyimi üflerken o da kudümüyle ritim tutuyor, eşlik ediyor bana."

Teyzenin kâh yorgun kâh meraklı gözleri faltaşı gibi açılıyor birden.

"Ney mi çalıyorsun?"

"Evet efendim" dedikten sonra yüzümü kızartıp düzeltiyorum.

"Biz aslında 'ney üfleme' deriz aramızda."

"Yoksa sen de Şeb-i Arus'a mı katılacaksın?"

Bu defa da bendim şaşıran. Bu kendi halinde yaşlı teyze sırf Şeb-i Arus için tek başına Konya'ya gidiyor olabilir mi? Yoksa benim de orada ney üfleyeceğimi mi sanıyor?

"Ülkenin en değerli neyzenleri üfler orada." Boynumu bükmüştüm biraz. "Beni aralarına almazlar ki..."

"Alsalar çalabilir miydin?"

"Kendimi bildim bileli ney üflerim efendim. On yaşımda başladım. Bunca yıldan sonra sanki onlara katılabilirmişim gibi geliyor bana ama tanıyanım yok, birlikte üfleme deneyimim yok."

Kendi kurduğum hayale kendim bile inanmamıştım aslında.

"Zaten başkalarının önünde denemeye kalkışsam öyle heyecanlanırdım ki hata yapmaktan korkup hemen vazgeçerdim herhalde."

"Hiç çalmadın mı başkalarının önünde?"

"..."

"Neden sustun oğlum, bilmeden yanlış bir şey mi söyledim yoksa?"

"Hayır, hayır, hiç öyle düşünmeyin. Sadece..." Bir türlü lafımı toparlayıp söyleyemiyordum.

"Sadece," diye tekrarlıyorum, "ne diyeceğimi bilemedim birden. Yatılı okulun ilk yıllarında müzik hocamız 'aranızda müzik aleti olan, çalan var mı' diye sormuştu bir keresinde. 'Bir sonraki derse hazırlıklı gelin' demişti sonra. Ben de çok heyecanlanmıştım. Üç yıldır üflediğim neyi, sınıfa götürmüştüm. Sıra bana geldiğinde neyimi kılıfından çıkarıp üflemeye başladım. Önce sınıf arkadaşlarım gülmeye başladı, sonra da hocam mızıka, mandolin, gitar gibi çalgıları kastettiğini söyledi bana. Utancımdan yerin dibine geçmiştim. Hemen kılıfına geri koydum neyimi, bir daha da şimdiki ev arkadaşım dışında kimsenin önünde üflemedim onu..."

Birkaç saniye geçmeden "Askerlik yıllarım hariç" diye de düzeltiyorum.

"Askerdeyken bir üsteğmenimiz vardı, nereden öğrendiyse benim dolabımda ney sakladığımı duymuş, haber göndermişti. Bazı geceler yemek yendikten sonra onun önünde üflerdim neyi. Sonradan iki arkadaşı daha katıldı ekibe, onlar parmaklarıyla tempo tutar, ben üflerdim..."

Gözleri parlıyordu teyzenin. Bir çift göz bu kadar mı değişir kısa bir yolculuk süresinde...

"Peki, şimdi de yanında mı o ney?"

Bir an bocaladım ama bana bu kadar içten ilgi gösteren birine yalan söyleyemezdim ya.

"Evet efendim, yanımda" diye cevap veriyorum sonunda. "Neredeyse on üç yıl geçti aradan, yanımdan hiç ayırmadım neyimi. Hep aynı odada birlikte uyuduk geceleri."

"Peki, rica etsem bana gösterebilir misin?"

Bir kere daha aynı tecrübeyi yaşamak istemiyordum açıkçası. Ancak yanımda oturan kadının yüzündeki yüreklendirici gülümsemeyi görünce dayanamadım. Nasıl isterseniz gibisinden bir şeyler mırıldandım, yavaşça ayağa kalkıp koltukların tepesindeki kapaklı bölmeyi açtım, emektar neyimi kılıfıyla birlikte alıp yine ağır ağır yerime oturdum.

Soluğum kesilmişti sanki. En sonunda, bir gayret kılıfı çıkarıp yaşlı neyi gün ışığına çıkardım.

O sırada koridorun öbür tarafındaki koltuklarda, yol arkadaşına laf yetiştirmeye çalışan yabancı kızın da göz ucuyla beni izlediğini fark ettim. Ne yapacağımı bilemez halde, çilekeş neyimi bir süre usulca okşadıktan sonra derin bir nefes alıp hâlâ adını bilmediğim teyzeye uzatıyorum.

"Daha yakından bakmak ister miydiniz?"

Bir neyi daha önce hiç bu kadar yakından görmediği belliydi. Uzattığım enstrümanın o asil duruşundan hayli etkilenmişe benziyordu. Yeni doğmuş bir bebeği özenle tutarcasına iki eliyle kavradı neyi, tepeden tırnağa süzdü bir süre. Bakışlarında biraz saygı, biraz da şefkat vardı sanki.

"Bu neyi on yaşında çalmaya başladığını söylemiştin, değil mi? Bana sanki daha eskiymiş gibi geldi, ne dersin?"

Yunus Efendi'yi hatırlayınca içim cız ediyor birden. Bayavşar köyüne vardığımda izini bulabilecek miyim acaba? Yılda iki defa mektup gönderirdi bana, zarfta adresi olmadığından cevap da veremezdim. Tam liseden mezun olacağım sene mektuplar kesilmişti. Askerlikte kuram o taraflara çıksaydı mutlaka köye gidip araştıracaktım, ama olmamıştı işte.

Off, işte yine hüzün çöküyor yüreğime.

Keşke tek başıma kalabilsem şimdi, keşke neyimi üfleyebilsem uzun uzun... Bana sorulan soruyu duymuş ama ne sorulduğunu unutmuştum sanki. Dilim tutulmuş gibiydi. Neyse, sonunda kendime gelip ayıbımı örtmek istercesine hızlı hızlı anlatmaya başlıyorum:

"Haklısınız efendim. Ben üflemeye başlayalı yalnızca on üç yıl oldu ama onu bana emanet eden Yunus Efendi'nin söylediğine göre en az yüz yaşındaymış bu ney. Deliklerdeki şu yanıkları görüyor musunuz? 'Kamışın ne kadar eski olduğunu, neyin deliklerindeki yanıklardan anlayabilirsin' demişti bir keresinde Yunus Efendi."

"Peki, sana bu neyi veren Yunus Efendi kim?"

İşte korktuğum başıma geliyor. Üstelik benden başkası da değil o kapıyı açan.

"Tam olarak bilmiyorum ne yazık ki. Ben Bayavşar köyünde babaannemle yaşarken ara sıra bizi ziyarete gelirdi."

Yıllar öncesinin çocukluk yıllarına dönmüşüm gibi tuhaf bir ürperti sarıyor içimi. Bunca zamandır kendi ayaklarımın üzerinde durmuş, kendi kararlarımı tek başına almışken şimdi sanki on yaşında ürkek bir yetim oluvermiştim yine. Yanımdaki iyi kalpli teyze hâlâ elinde tuttuğu neyle, beni dinlemeye devam ediyordu.

Toparlanmaya çalıştım.

"Yunus Efendi'nin yaşını hiçbir zaman bilemedim. Ak sakalları, kemikli elleri, ince uzun parmakları vardı. Boylu poslu bir adamdı. Sanki babaannemden biraz daha yaşlıcaydı. Zaten kim kimden büyüktür, kim kaç yaşındadır, çocukken ne merak ederdik ne de sormak aklımıza gelirdi..."

“Bu neyi neden sana emanet ettiğini söylemiş miydi?”

“Hayır efendim. Sadece...” Sezdirmemeye çalışarak yutkunuyorum, “annemle babam bir trafik kazasında öldüğünde ben daha çok küçükmüşüm. Babaannem büyütmüş beni. Yunus Efendi yaşlandığında bu neyi aslında babama verecekmiş, öyle demişti son görüşmemizde. O hayatta olmadığı için sıra bana gelmiş.”

“Demek bu bir nevi aile yadigârı... Yunus Efendi babanın neyi oluyormuş peki?”

“....”

Boynumu bükmüş oturuyorum koltuğumda, biraz da yorulmuş gibiyim bu ahret sorularından. Teyze baktı ki benden hayır yok, kendisi devam etti konuşmaya.

“Yunus Efendi senin büyükdeden olsa neden babaannenden ayrı yaşasın, öyle değil mi? Yine de bir aile büyüğü olduğu belli. Peki, sonra ne oldu? Yani babaanneni kaybettiğinde nasıl İstanbul’a gelebildin?”

Çocukluk anılarından uzaklaşmak istiyorum artık. Oysa kuyumcu atölyesinde yaptıklarımı anlatırken ne kadar keyifliydim!

“İlkokul beşinci sınıfa geçtiğimde öğretmenim beni bir yatılı okulun sınavına sokmuştu. Hatta babaanneme bu sınav da nereden çıktı diye sormuştum da bana bu konuyla Yunus Efendi’nin ilgilendiğini söylemişti.”

“Sonra da ilkokulu bitirdiğinde babaanneni kaybettin, öyle mi?”

“Evet. Yaz tatilindeydik. Bir gün mutfakta ocağı yakarken düşüverdi yere. Sonra bir daha toparlanamadı babaannecim.”

"Şimdi anladım" diye mırıldandı meraklı teyze. "Demek istediğim, anlaşılan Yunus Efendi senin iyi bir öğrenci olduğunu biliyor, eğitimini bir şekilde uzaktan takip ediyormuş. Baksana, beşinci sınıftayken senin o sınava girmen için hocalarınla bile konuşmuş. Yani babaannen vefat etmeseymiş de sen okumak için zaten İstanbul'a yatılı gidecekmişsin. Ama tabii tam o sırada babaanneni kaybedince yazları da köye dönemez olmuşsun."

Yıllardır aklımı kurcalayan bir bilmece çözülüveriyor birden. Ne akıllı kadınmış bu teyze!

"Ya Yunus Efendi? Öyleyse o neden beni görmeye gelmemiş İstanbul'a?"

"Artık o kadarını bilemem evladım. Ama belli ki Yunus Efendi sana çok değer veriyormuş, seninle ilgileniyormuş. Demek istediğim, gerekli olduğunu düşünse seni muhakkak çağırırdı yanına. Zaten çok yaşlı olduğunu sen kendin söylemedin mi? Bir ihtimal İstanbul'a gelecek gücü bulamamış kendinde."

"Peki, mektuplar?"

"O mektuplara gelince… Demek ki artık sana mektup yazma imkânı kalmamış…"

Başımı usulca öne eğdim. O gördüğüm rüyaları düşünüyorum. Ne yaparsan yap, kendini ne kadar kandırırsan kandır, gerçeklerden kaçılmıyor işte.

"Haklısınız efendim, ben de öyle düşünmüştüm aslında."

Şimdi tek başına olsam neyimi dudaklarıma götürüp usul usul üflemez miydim… Mevlânâ'nın dediği gibi:

Geçmek için aşk derdinin şerhine,
İsterim hicranla yanmış bir sîne

diye ağlamaz mıydım...

Uzak düşen aslından ve yurdundan,
Yâd edip dem vurur geçmiş zamandan

diye içlenmez miydim...

***

"Ee, söyle bakalım, Konya'ya varınca ilk iş ne yapacaksın?"

Puslu bir hayal denizinde dolaşırken tiz bir sis düdüğüyle irkilmiş gibi sıçrıyorum yerimden.

"Efendim... Efendim... Ben..."

"İstersen bana Sezen Hanım diyebilirsin. Ne de olsa emekli bir matematik öğretmeniyim" derken yine sıcak bir gülümseme yayılıyor yüzüne. "Sen efendim dedikçe kendimi okulda sanıyorum."

Duruşundan, bakışından, habire soru sormasından zaten belliydi öğretmen olduğu. Lisedeki edebiyatçı da hep böyle gözünü gözüme dikip otoriter bir sesle konuşurdu ama merhamet dolu da bir yüreği vardı. En sevdiğim hocaydı o.

"Olur, Sezen Hanım" diyorum daha da bekletmeden, "Şey... Trenden iner inmez otobüs terminaline gideceğim. Yola çıkmadan önce telefon edip sordum, zaten her yarım saatte bir Beyşehir'e otobüs kalkıyormuş oradan. İki saat sürermiş yol. Oradan da minibüsle Bayavşar'a geçerim. Herhalde hava kararmadan köye varmış olurum."

"Ya sonra ne yapacaksın? Yine böyle ince ince düşünüp planını yaptın mı?"

"Gerisi kolay hocam, yani Sezen Hanım... Ya muhtara giderim ya da eski okuluma. Bana yatacak bir yer bulurlar nasıl olsa. Yarın da şöyle bir dolaşır, ilkokuldan birkaç arkadaşımı bulurum belki. Tabii en önemlisi, köyün yaşlılarına sorup Yunus Efendi'nin nerede yaşadığını öğrenmek..."

Sezen Hanım, söylediklerimi dikkatle dinledikten sonra yine gülerek bakıyor bana.

"Anladım Cemal. Ayrıntıları güzel düşünmüşsün. Ama ben başka bir şey diyecektim sana. Öbür gün akşam Şeb-i Arus törenini izleyeceğim ben de. Konya'ya onun için gidiyorum zaten. Madem ney çalıyorsun, bu töreni senin de izlemeni isterim. Yarın benim de yapacak işlerim var. Selçuk Üniversitesi'ne gidip çoktandır görmediğim bir arkadaşımı ziyaret edeceğim. Öbür gün öğleden önce işlerini bitirip dönebilirsen kaldığım otele gel, sana da bir bilet ayarlarım. Önce Mevlânâ Müzesi'ni gezer sonra töreni birlikte izleriz, ne dersin?"

Aslında günler önce bu daveti almıştım galiba rüyamda... Babaannem hep 'niyet edersen Allah bir yol açar sana' derdi.

"Çok sağ olun, Sezen Hanım. Köy faslına öyle kaptırmışım ki kendimi, daha sonra Konya'ya gidip Şeb-i Arus'a katılacağımı söyleyemedim size. Peki öyleyse, o gün öğle vakti Konya'ya gelirim, dediğiniz gibi yaparız... Çok sevinirim..."

Sesim heyecandan tarazlanıyor, yanaklarım yanıyor. Define haritası bulmuş bir çocuk gibi seviniyorum. Mevlânâ'yı tek başıma değil, bir öğretmenle birlikte ziyaret edeceğim! Heyecanım Sezen Hanım'a da bulaştı galiba. Zaten o da bir yoldaşa ihtiyaç duymuş olacak ki böyle bir teklifte bulundu bana.

Çantasını açıp not defterinden kalacağı otelin adına, telefonuna bakıyor. Hepsini ufak bir kâğıda yazıp yine o disiplinli öğretmen edasıyla, kucağında duran neyle birlikte bana uzatıyor.

"İşte evladım, otelin adını, telefon numarasını buraya yazdım. Ne olur ne olmaz, kendi telefonumu da üst köşeye ekledim. Gelemeyecek olursan bana haber ver, e mi?"

"Hiç merak etmeyin hocam, bir aksilik olursa muhakkak ararım sizi."

Notu cüzdanıma koyduktan sonra neyimi kılıfına yerleştiriyordum ki yandaki takım elbiselinin seslendiğini duydum.

"Bakar mısın delikanlı, bir dakikan var mı?"

"Buyurun, ne demiştiniz?"

"Yanımda oturan İngiliz kız flütünü görmüş, mümkünse bir bakmak istiyormuş."

Flütümü mü?

Bir an için ne cevap vereceğimi bilemiyorum.

Neyle flütü karıştıran bir adamın eline can yoldaşımı teslim etmek içimden gelmiyor açıkçası. Hadi "üflemek" yerine "çalmak" diyen teyzeye alıştık ama bu kadarı da biraz fazla!

O genç kadının samimi ilgisini gözlerinde okumasam bu isteği tek hamlede geri çevirebilirdim. Belki de çeviremezdim, bilmiyorum...

"Önce bir düzeltme yapayım, izin verirseniz. Bunun adı flüt değil neydir. Bildiğim kadarıyla da adı İngilizcede *flute* değil *reed flute* olarak geçer."

İngiliz kızın *reed flute* tabirini duyduğu anda gülümsediğini görünce benim yelkenler suya iniyor. Ardından takım elbiseli adamın özrü de geliyor zaten.

"Haklısın delikanlı. Ney olduğunu bilmez miyim? Ağzımdan öyle çıkıverdi işte. O da zaten *reed flute* demişti bana, neyse, sana bir şeyler sormak istiyormuş, yardımcı olabilir misin acaba?"

"Memnuniyetle, elimden geldiğince cevap veririm sorularına. Aslında İngilizce de biliyorum ama pratiğim oldukça zayıf, siz tercüme ederseniz daha iyi olur."

Biraz önce Sezen Hanım'ın kucağında duran ney bu kez de İngiliz kızın ellerindeydi. Neyi baştan aşağı inceledikten sonra aralarında konuşmaya başladılar hararetle. Ben de neyimin Kızılderililerin barış çubuğu gibi elden ele dolaştığını görüp için için seviniyorum.

Takım elbiseli o çokbilmiş tavrıyla tercüme ediyor soruları.

"Bu neyi nereden bulduğunu soruyor. Tasavvuf üzerinde kitaplar okuduğunu söylemişti bana. Bu arada neyleri de araştırmış, birçok kaynak taramış ama ilk defa bir neyi bu kadar yakından gördüğü için çok heyecanlıymış."

Bu tür bir ilgiye alışkın olmadığım için olsa gerek, hazırlıksız yakalanmıştım. Bir yandan takım elbiseli adamın umursamaz tavrı canımı sıkıyor, öte yandan İngiliz kızın mavi gözlerindeki sıcak pırıltı hoşuma gidiyor, gururumu okşuyor...

"Bu neyi bir yerde bulmadım ki. Bir aile büyüğümüz seneler önce hediye etti bana. Yüz yılı aşkın bir süre içinde tam üç nesil görmüş bu yaşlı kamış."

"Ne tür bir kamış bu? Özel mi üretiliyor?"

Sorduğu sorular, o küstah bakışlarının ardındaki cehaleti düpedüz ortaya koyuyor işte!

"Hayır efendim, bu kamışlar ney için özel olarak üretilmez. Doğada var olan kamışların en uygunları seçilir yalnızca. Yaşları, nerede yetiştikleri, boyları, çeper kalınlıkları, hepsi önemli..."

Yine araya bir tercüme faslı giriyor, yüz yıl dendiğinde hafiften bir ıslık çalan İngiliz kadın, her anlatılanı can kulağıyla dinliyor. Bir yandan başını anladım der gibi sallarken bir yandan da elinde bir kutsal emanet gibi tuttuğu neyi milim milim inceliyor.

Ne kadar ilginç bir tablo bu!

Bir İngiliz kadın bile biliyordu neyin ne demek olduğunu, ne anlama geldiğini, değerini... Bizim takım elbiseli burnu havada yakışıklının ise dünyadan haberi yok.

Nasıl bulmuşlar acaba bunlar birbirlerini? Nasıl tanışmışlar? Nerede oturur, ne işlerle uğraşırlar?

Çaresiz, arkama yaslanıyor, aklımda cevabını hiçbir zaman öğrenemeyeceğim yüzlerce soru, göz ucuyla onları izliyorum...

Kâmil insan önemli olanın kendi hatalarını düzeltmek olduğunu bilir, kemale ermemiş olanlar ise başkalarının hatalarını bulmaya uğraşır. İmanı güçlü olanlar kendi kalplerini arındırmanın önemini bilirken diğerleri başkalarının kalplerinde, dualarında kusur arar. Bunu alışkanlık haline getirmişlerdir.

Muhammed Bawa Muhyiddin

Çatışan Egolar

Neyin hikâyesini sahibinden dinleyen zoraki ikili bir süre sonra yeniden inişli çıkışlı sohbetlerinden birine başlamıştı.

"Hiç bilmediğin, dinlemediğin bir müzik aletiyle bu kadar yakından ilgilenmene şaşırdım doğrusu. Çocuk da ondan dünyanın sekizinci harikası gibi bahsediyor nedense!"

"O nadide enstrümanı sıradan bir müzik aletine benzetmene de ben şaşırdım. Sen bugüne kadar üç nesil boyunca elden ele dolaşmış böylesine değerli kaç antika parça gördün? Senin alaycı ifadenle dünyanın sekizinci harikası olmasa da bence şu neyi yalnızca ses çıkaran bir çubuktan ibaret görmek de düpedüz haksızlık..."

Yol arkadaşıma biraz fazla mı sert çıktım diye korkup bir an durakladı genç kadın. Açıkçası, Mustafa'nın son aylarda başına gelenleri öğrenmeden onunla bir kez daha ipleri koparmaya niyeti yoktu.

"Biliyor muydun, Farsçada 'Na', 'Nay' kelimeleri aslında kamış demekmiş. Belki de Türkçedeki ney kelimesi buradan geliyor."

Maşallah ayaklı ansiklopedi bizim kız, bir başladı mı durmak bilmiyor mübarek, diye söylendi içinden Mustafa. Şu İngilizler her şeyi amma da ciddiye alıyordu!

Evelyn ise kendini bu yeni heyecana kaptırmış gidiyordu. Tekrar konuşmaya başlamadan önce tabletinde yeni bir dosya açıp gözden geçirdi. Haydaa, şimdi de ders notlarına bakıyor diye için için dalga geçti Mustafa...

"Neyzen kelimesi biraz önce sık sık tekrarlandığı için dikkatimi çekti. O delikanlı ney çalanlara neyzen dendiğini söyledi sana galiba. Moskova'daki sohbetlerimiz sırasında dayın bana o kelimenin de Farsçadan geldiğini söylemişti. 'Zeden' icra eden anlamına geliyormuş Farsçada. Yani neyi üfleyenlere de neyzen denmesine şaşmamak gerek."

"Demek Mevlevilerin en sevdiği müzik aleti, çıkardığı o yanık sesten ötürü ney olmuş, öyle mi?"

"Sanırım öyle Mustafa, o deruni sesteki hüzün, çağrıştırdığı ayrılık acısı, neyi sufizmin sembolü haline getirmiş. Hatta daha da fazlası var...

'Ney' bence *Mesnevi*'de biraz da metafor olarak kullanılmış. Mevlânâ, insanın dünyaya gelmesiyle ruhunun Yaradan'dan ayrı düştüğünü, bu yüzden vuslat acısı çektiğini anlatıyor eserlerinde. Bir bakıma; sazlıktan koparılmış, suyundan, toprağından ayrı düşmüş, gövdesi deşilip delikler açılmış bir kamış gibi hissediyor kendisini de."

Kâh ekrandan okuyarak kâh başka kanallardan duyup bildiklerini hatırlayarak soluk soluğa anlatıyordu Evelyn.

"...Bu nedenle *Mesnevi*'sine neyi anlatarak başlıyor. O kamışın ney olurken geçirdiği evreleri, nefsi terbiye etme ve kul olmayı kabullenme aşamalarına benzetip kâmil insan olmanın zorluklarını hatırlatıyor.

Neyin inleyişi, feryadı asıl vatanından ayrı düştüğü için. İnsan da, bu dünyaya başlangıcı ve sonu olmayan âlemden, bir sınava tâbi tutulmak üzere sürgün edilmiş ve bu dünyada bir ten kafesine hapsolmuş."

O sırada Mustafa, ilk kez fark ettiği minik gamzenin, çilli kızın kâh çocuksu kâh kadınsı yüzüne ne kadar yakıştığını düşünmekle meşguldü. Tek yapabildiği ise görünüşü kurtarmak adına anladım der gibi başını ağır ağır oynatıp yüzüne anlamlı bir ifade vermeye çalışmaktan ibaretti. Sonra bu ruhani sohbetleri Rustam Dayı yerine bu İngiliz kızdan dinlemenin daha kolay olduğunu düşünmeye başladı. O kadar sıkılmıyordu artık. İçindeki kasvet bulutları da biraz dağılmıştı sanki.

"Sandviçleri yemeden önce neler konuştuğumuzu hatırlıyor musun?"

Gündemin birden değiştiğini gören Mustafa yine afallamıştı. Dümen başkasının elinde, yelkenler fora, dingin sularda seyrederken birden fırtınaya tutulmaya, spotların yeniden kendi üstüne çevrilmesine hazır değildi henüz.

"Dayımdan bahsetmiyor muyduk? O arada hesapta olmayan bir şekerleme sırasında gördüğüm rüyaya gelmişti sıra, öyle değil mi?"

"Biraz daha gayret, doğru cevaba yaklaşıyorsun!" dedi Evelyn, birden canlanan yüzünde muzip bir ifadeyle.

"Evet ya, en sonunda kaza-kader derken sohbete ara vermiştik."

"Haklısın Mustafa, son ele aldığımız konu kaza ve kader kavramlarıydı. Büyük resmi unutuyorsun ama! Neden kazadan kaderden bahsettik? Dayın neden sana bir şeyler anlatmaya çalıştı? Sence asıl bu sorulara cevap aramamız gerekmiyor mu?"

"O konuyu konuşmamış mıydık zaten? Nişanlımdan ayrılmam ya da nişanlımın beni terk etmesi... Her neyse."

Evelyn, önündeki karman çorman yumağın hemen çözülmeyecek kadar dolaşık bir halde olduğunu çoktan anlamıştı ama ipin ucunu elden bırakmaya niyetli görünmüyordu.

"Buraya kadar çok iyi geldik dostum. Haklısın, nişanlının seni terk ettiğini en başta zaten kendin söylemiştin. Ama neden? Bence asıl mesele burada. Neden iki yıl sonra seni terk etsin ki? Hem de aniden! Hangi kız durup dururken ayrılır nişanlısından? Sence başka bir erkek söz konusu olabilir mi?"

Kendisini habersiz sözlüye kalkmış tembel bir öğrenci gibi hissediyordu Mustafa. Hatta daha da beteri, projesini savunmak üzere üç hocadan oluşan dişli bir jürinin önüne atılmış zavallı bir kurban gibiydi. Her biri büyük bir keyifle, can yakıcı sorularla doğduğuna pişman ediyordu onu.

Tek farkla... Üç zorlu jüri üyesinin koltuğunda yalnızca tek bir genç kadın oturuyordu. Bakışları masum bir melekle amansız bir cin arasında gidip gelen, tek gamzeli, mavi gözlü, dolgun dudaklı, çilli bir İngiliz! Derin bir iç geçirdi ve gözlerini o parlak mavi boncuklara dikip cevapladı.

"Hayır Evelyn, başka bir erkek söz konusu değildi."

"O halde söz konusu olan şey neydi acaba? Neden çekip gitti nişanlın?"

Sana ne, diye terslemek geliyor içinden Mustafa'nın. Homurtudan haykırışa terfi eden o öfkeli sese kalsa çoktan işini bitirmeliydi bu haddini bilmez ukalanın.

Salak mısın be? Şu kızın nazını daha ne kadar çekeceğiz söyler misin! Artık senden ümidi kestim oğlum. Şu zavallı haline bak... Yerlerde sürünüyorsun, yerlerde!

Harbiden acemi orta oyuncularına döndün. Kim iteklese o yana kafa sallıyorsun... Şamar oğlanına döneceksin bu gidişle!

Bir de öteki ses vardı şimdi. Bir gün öncesine kadar varlığından bile haberdar olmadığı bir başka ses... Üstelik, çok daha pes perdeden gelen ve onu sürekli bambaşka bir yöne davet eden bir ses.

Canım kardeşim, hâlâ anlamadın mı? Kızın kötü bir niyeti yok! Biraz meraklı, hepsi bu... Sana tüm sırlarını teker teker sayıp döken şu masum suratlı kızdan ne zarar gelebilir söylesene!

Bak işte, alt dudağını ısırmaya başladı bile. Biraz daha inatlaşırsan, inat edip biraz daha zorluk çıkarmaya devam edersen, son yarım saatte kazandığın tüm desteği kaybedecek, her şey gibi bu yolculuğu da berbat edeceksin.

Kendine karşı dürüst olamadın, bari şu kıza yalan söyleme.

Unutma! Bu belki de son şansın, ona göre...

"İşin komiği, o kızın adı 'Duygu' idi."

Bu sözler benim ağzımdan mı çıktı der gibi bir süre bakındı etrafına. Baktı olmuyor, kaldığı yerden devam etti Mustafa.

"İşte o benim biricik 'Duygu'm, beni hayatında başka bir erkek olduğu için değil, en zor dönemimde sırf duygusuzluğu yüzünden terk etti. Evet, son buluşmamızda biraz tartışmıştık ama öyle bir kere tartıştık diye insan nişan yüzüğünü atar mı?"

"Bak burada haklısın işte. Ben nişanlı olmadığım halde, topu topu dört beş aylık bir ilişkinin sonunda bile büyük acılar çekmiştim.

Babamla yaşadıklarımdan sonra Londra'da kalamazdım. Cambridge'e dönüp doktora yaparak olan biteni unutmak, içine düştüğüm girdaptan kurtulmak istiyordum. Bunu Bruno da biliyordu. Ondan benimle Cambridge'e gelmesini istedim ama ısrar da edemedim. Ne de olsa Londra'da çok iyi bir işi vardı..."

Birden toparlanıp hay Allah, lafı uzattım diye çıkıştı kendine Evelyn. Esas konu Mustafa'nın nişanlısı değil miydi?

"Demek tartıştınız. Normal şartlarda, en şiddetli tartışmaya bile o anın kızgınlığı geçtikten sonra bir çözüm bulunmaz mı?

Ama nişanlın, kırgınlığı geçse bile geriye dönüşe niyetli değişmiş anlaşılan. Yani o tartışma bir neden değil, başka nedenlerin bir sonucu olamaz mı?"

Mustafa bıkmış bir suratla koltuğuna gömülmüş önüne bakıyordu. Ne deseydi şimdi? Kendisi bir yandan iş ararken bir yandan da sürekli cepten yerken tam bir aymazlıkla yeni bir yüzük isteyen bir nişanlıya başka nasıl bir tepki verebilirdi ki?

Birden hatırladı. Aslında her şey yılbaşında nereye gideceklerini tartışırken başlamamış mıydı?

"Duygu bir şirkette sekreter olarak çalışıyordu. Haliyle sınırlı bir aylık kazancı vardı ve onu da tümüyle giyim kuşama, parfümlere, güzellik malzemelerine harcıyordu.

Özetle restoranlar, gece kulüpleri, seyahatler, hediyeler derken harcamaları hep ben yapıyordum. "Yılbaşında nereye gidiyoruz?" dediği gün başladı asıl tartışma. Daha iki ay önce, ağustos başında, bayramı bahane edip yurt dışında lüks bir tatil merkezine gitmiştik.

Ama o sırada... Malum, bankadan yeni ayrılmışım, yeni bir iş de henüz ufukta gözükmüyor..."

"Demek tatil diye tutturdu öyle mi?"

"Öyle başladı tartışma, sonra iki aydır neden ona hiç hediye almadığıma geldi konu."

"Hmm..."

Mustafa kaşlarını çatmıştı yine. Şu esrarengiz 'hmm'ları bir anlayabilseydi! Genç kadına dik dik baktı:

"Ne oldu yine?"

Evelyn omuzlarını silkip güldü.

"Hiçbir şey olmadı. Anlaşılan maç bitmiş, yaygarası kalmış durumları..."

"Ne demek oluyor şimdi bu böyle?"

"Demek istediğim, anlaşılan kızımız paraya hayli düşkünmüş. Para varken de oyun, yani ilişkiniz bir şekilde sürüp gidiyormuş. Başkasının parasıyla mutluluk aranıyorsa o ilişkide ters giden bir şeyler var demektir. Ne de olsa kendi alın terinle kazandığın paranın bir değeri vardır. Öyle değil mi? Sağa sola o kadar savuramazsın o parayı.

Kısacası, tartışma o günlük bitse bile o tartışmaya neden olan para konusu bir türlü çözülememiş. Yani oyun, harç bitmiş, yapı paydos. Hepsi bu..."

Mustafa'nın gözleri çakmak çakmak olmuştu, burnundan soluyordu.

"Sahiden böyle mi düşünüyorsun? Fazla ileri gittiğinin farkında mısın? Hem zaten neler yaşadığımızı sen nereden bileceksin? Duygu beni sevmişti aslında. Ne olduysa sonradan oldu. Belki de ben biraz sert çıktım o gün, bağırıp çağırdım, kalbini kırdım. Ne bileyim işte!"

"O gün tartışırken fazla sert çıktıysan daha sonra arayıp özür diledin mi bari?"

"Dilemez olur muyum, ne dediysem, ne kadar alttan aldıysam hiçbiri işe yaramadı ne yazık ki. Geri dönmedi bana bir daha."

Ortalığı kaplayan sessizlik, o sessizliği delip geçen tekerlerin uğultusu, hızla değişen ufuk çizgileri, yol kavşakları... Kesişen yollar, çatışan egolar ve hiç bitmeyen önyargılar, suçlamalar, öfkeler, pişmanlıklar...

Bu kez konuşmayacaktı genç kadın. Ne dese ters tepecek ne dese aleyhine delil olarak kullanılacak!

"Öyle değil mi, haksız mıyım? Hep kör talih. Üst üste gelen sıkıntılar... O müfettişler olmasa..."

"Hangi müfettişler?"

"Canım, hani şu bizim şubeye gelen müfettişler! Çalışanlardan biri benim yönetim tarzımdan şikâyetçi olmuş güya, oturup bir mektup döşenmiş merkeze, ardından o iki asık suratlı müfettiş geldi bizim şubeye. İki hafta neredeyse tepemizde boza pişirdiler. Sonra da geldikleri gibi çıkıp gittiler. İşte ne olduysa ondan sonra oldu."

"Bana bunlardan hiç bahsetmemiştin daha önce."

"Sormadın ki söyleyeyim. Hem sonra neden her şeyi sana anlatayım? Konuştuğumuz konuyla bir ilintisi yok ki."

"Ne demek bir ilintisi yok?"

"Yok tabii, benim bankada yaşadığım sorunlardan Duygu'ya ne? Biz yılbaşını nasıl geçirelim, onu konuşuyorduk."

"Duygu senin bankadan ayrıldığını bilmiyor muydu?"

"Bilmez olur mu? Biliyordu bilmesine ama yakın zamanda yeni bir işe gireceğimden o kadar emindi ki... Her zaman, sen çok daha iyi pozisyonlara lâyıksın der, bana ne kadar güvendiğini söylerdi."

"Ve ilk fırsatta, iki ay boyunca tek bir hediye almadığın için seni terk etti..."

"Sen böyle matematik problemi çözer gibi olayları birbirine bağlayınca işin tadı kaçıyor elbette. O iki yıl boyunca neler yaşadığımızı bilmeden geçmişi bir anda silip atıyorsun. Bunu kabul etmiyorum!"

Evelyn ömründe ilk kez gördüğü bir adamla önündeki iki gün boyunca inatlaşıp anlamsızca kendini yıpratmak istemiyordu.

"Haklısın Mustafa. O iki yıl boyunca neler yaşadığınızı bilmiyorum." Güldü. "Nereden bilebilirim ki?"

Bir an için durakladı. Alttan alayım derken aptal rolü oynamaktan da sıkılmıştı.

"Ama lütfen unutma, o iki yıllık geçmişi silip atan ben değilim. Sen söyledin, o kız kapatmış kapıyı. Neyse, bence bu konu yeterince uzadı, burada bırakalım. Baksana, yolun yarısını geçtik bile, Konya'ya yaklaşıyoruz."

Mustafa yine o gönül çelen gamzeyi gördü. Şu kısacık yolculuğu birbirleriyle didişerek geçirdiklerini fark edip çilli kıza, kendine, hayata, her şeye öfkelendi.

Evelyn ise bakışlarını yeniden pencereden dışarı çevirmiş, yol boyu akıp giden manzarayı dalgın dalgın seyrederken bir yandan da düşünmeye çalışıyordu.

Egosuna esir düşmüş, anlamak istemeyen birine farklı şeyler söylemeye çalışmanın bir yararı olabilir miydi? Bunca çile çekmeye, yorulmaya değer miydi?

Benim yerimde Rustam Hoca olsa ne yapardı diye düşündü. Evet, o işini gücünü bırakıp İstanbul'a gelmiş, iki gününü bu adama harcamıştı da ne olmuştu! Bir yararının dokunmadığı belliydi işte!

Hem zaten Rustam Hoca şu nobran adamın gül hatırı için değil, kız kardeşinin ricasını kıramadığı için bu zahmete katlanmış olmalıydı.

Hmm... Evelyn şimdi de öyleyse Rustam Hoca bu adamı neden benim başıma sardı diye düşünmeye başlamıştı. Kendisine üç gün boyunca bile bile azap çektirecek tıynette biri olmadığını biliyordu o güleç, bilge Azeri profesörün. Hem de kendisine bu kadar yakınlık göstermiş, içtenlikle yardımcı olmaya çalışırken…

O halde?

Yoksa hâlâ ümidini kesmemiş miydi yeğeninden?

Gözlerini kısıp son bir saat boyunca neler yaşadıklarını, hangi safhalardan geçtiklerini, nereye vardıklarını ya da varamadıklarını yeniden değerlendirmeye çalıştı zihninde. Hatırladığı kadarıyla, Mustafa her seferinde söylediklerine ilk anda karşı çıkmış, uzun süre kendi bildiğinde ısrar etmiş, saldırgan bir tavır takınmıştı.

Öte yandan, "Rüyamda dayımı görüyordum" diyerek ilk adımı atan da oydu. Daha sonra, "Aslında o beni terk etti" diyerek kendi yalanını itiraf ettiği an canlandı gözlerinin önünde. Peki, kendisi pes edip tüm iletişim kanallarını kapamış, kepenkleri indirmiş, tabletinden okuma yaparken elinde bir bardak portakal suyuyla önüne dikilip mahcup bir tavırla bir nevi özür dilemesine ne demeliydi?

Hmm…

Öyle ya! Adamcağız kıvranıyordu besbelli.

"Rica etsem, bana bir kahve daha getirir misin lütfen?"

Vay be! Ya bu neydi şimdi böyle? Kulaklarına inanamıyordu Evelyn. O laf kimden çıkmıştı? Hayır, kendisi olamazdı o sözleri söyleyen… Yoksa az önce kendi elleriyle kapadığı kapıyı, yine kendi elleriyle mi açmıştı hiç utanmadan?

Hem de pervasız bir ricayla…

Hınzır seni, diye çıkıştı kendi kendine. Yüzünün hafiften kızardığını hissetti. Yanındaki de fark etmiş miydi acaba?

Mustafa ise bir yandan komutanın emrini yerine getirmeye çalışan acemi er gibi ayağa fırlamış arkadaki vagona doğru yürüyor, bir yandan da kendi kendine kızıp köpürüyordu.

Sen ne laftan anlamaz bir sürüngensin yahu! Kız saatlerdir seninle oturduğu yerden dalga geçiyor. Yerin dibine sokup çıkarıyor, bir de hiçbir şey olmamış gibi senden kahve getirmeni istiyor. Sen de 'başüstüne efendim' der gibi başını sallayıp fırlıyorsun koltuktan.

Seni sersem... Bir ufacık gamze uğruna sürekli karizmanı çizdiriyorsun.

Bari kendime de bir kahve alayım da garson rolü oynamaktan kurtulayım diye düşündü Mustafa. Elinde plastik bir mini tepsi, üstünden dumanlar tüten iki kahve ile yerine dönerken şimdi de o ikinci ses başlamıştı konuşmaya.

Farkında mısın, bazen aşırıya kaçsa da aslında söyledikleri doğru. Bunu sen de biliyorsun ama kabul edecek cesaretin yok ne yazık ki. Aslında hepsi bu.

Peki, o kadar üstüne geldikten sonra neden senden bir kahve istedi? Hem de durup dururken!

Yoksa senden hoşlanmaya mı başladı? Yaa, böyledir işte hayat... Bazen öyle karışır ki her şey birbirine, akıl mantık işlemez.

Yerine oturmadan önce 'kesin sesinizi' diye homurdandı pes perdeden. Hafifçe eğilip önce Evelyn'in kahvesini uzattı, nazik teşekkürünü duymazdan gelip kendi kahvesiyle oturdu yerine.

İnanılır gibi değildi ama işte yine en başa dönmüş, sessizce kahvelerini içiyorlardı. Siper savaşlarında ateşkes molası verip yaralılarını revire taşıyan askerlere benziyordu o halleri. Anlaşılan bir kazananı da yoktu savaşın. Zaten hiçbir zaman olmamıştı.

Kaza seni gece gibi sarsa da elinden tutacak olan yine O'dur. Seni emin kılmak için Allah'ın bela ile korkutmasını da bir çeşit yardım bil.

Mevlânâ

Mine

Gözlerimi kapamış arkama yaslanmış, uykuyla uyanıklık arasında bir yerde köyümü düşlüyorum. Dile kolay, evimden ayrılalı on küsur yıl geçmiş.

Boş bir kâseye köyümden ayrı geçirdiğim her gün için bir nohut atsam, köyde geçen her gün için birini geri çıkartsam kalanıyla üç öğün doyabilirim.

İlkokuldaki Sait öğretmenin, daha kolay anlayalım diye verdiği fasulyeli nohutlu örnekler zamanla öyle yer etmiş ki zihnimde! Ne zaman bir hesap yapmam gerekse hatta gerekmese bile kafamda bir ya da iki kâse ve bir yığın nohut belirir.

Bizim köyde dördüncü ve beşinci sınıflar birlikte ders görürdük o zamanlar. Hoca ilk iki saat dörtlere ders anlatıp süre bitiminde bir ödev verir, sonra da beşinci sınıflara aynı tarifeyi uygulardı. Bu sayede, beşinci sınıfa başladığımda çoğu şeyi çoktan öğrenmiştim. Bir keresinde ders bittikten sonra beni yanına çağırıp gözlerimin ta içine bakmış,

"O kara gözlerinin ardında neler yatıyor Cemalim? Tayinim çıktı, bu yaz gidiyorum buralardan ama adam olacaksın sen, gözüm arkada kalmayacak" demişti.

Beşinci sınıfta yeni öğretmenimiz tahtaya bir şeyler yazarken ben de hemen hepsini bildiğimden ara ara camdan dışarı bakar, eve gidip Yunus Efendi'nin emanetiyle, can yoldaşım neyimle geçireceğim saatlerin hayalini kurardım.

Şimdi ise hızlı trene binmiş hayalimde o günleri yaşarken, gerçekte artık hayal bile edemediğim bambaşka bir hayatın yaşandığı o köye gidiyorum.

Yol boyu kâh sohbet ederek kâh düşler kurarak vakit geçirirken önce Sezen Hanım'ın, ardından da o İngiliz kızın neyime gösterdiği ilgi beni hayli şaşırtmıştı. Hele yıllar boyu o neyi başkalarından neredeyse kıskanarak gizlediğimi düşünürsek...

Hoş, neye flüt diyen o takım elbiseli adama kanım pek kaynamamıştı ama olsun. O ikisi koridorun öbür tarafında yine kafa kafaya verip uzun uzun bir şeyler konuşmuşlar; sonrasında ne olduysa olmuş, o sakin sohbet yine ateşli bir tartışma halini almış ve ardından ikisi de somurtup köşelerine çekilmişlerdi.

Ney hakkında onlara bilgi verirken benimle yemeğini paylaşan, üstelik bir de Şeb-i Arus'a davet eden teyzeyi ihmal etmiştim. Sezen Hanım da o mahzun yüzünü camdan dışarı çevirmiş, ağaçları, bozkırları, yanlarından hızla geçtiğimiz köyleri seyrediyordu. Neden böyle üzgün, kırgın bir hali vardı acaba?

"Hocam, siz İstanbullu musunuz?"

Yüzünü ağır ağır bana doğru çevirdi.

"Hayır evladım, benim ailem Balkan göçmeni. Ben daha üç yaşındayken Edirne'ye yerleşmişler. Üniversite yıllarını Ankara'da geçirdim, sonra evlenip eşimle birlikte yine Edirne'ye yerleştik."

Sanki başka birinin bilmemesi gereken sırları ifşa ediyormuşçasına kısık bir sesle konuşuyor. Gözleri mi doldu, yoksa bana mı öyle geliyor. Neyse... Aslında başkalarının özel hayatlarına dair sorular da hiç sormazdım ama... Şu tren yolculukları bir başka oluyordu!

"Yoksa bu sabah yola Edirne'den mi çıktınız?"

Sezen Hanım gülüyor. Gençleşiyor sanki.

"Evet, niye sordun?"

Birden annesiyle havadan sudan konuşan muzip bir çocuk gibi hissediyorum kendimi. Aslında öyle bir duygu yaşamamıştım hiç. Tek bildiğim o filmlerde gördüğüm sahnelerdi. Yoksa hayalimde yaşattığım bir annenin yerine mi koyuyordum Sezen Hanım'ı?

"Çok erken kalkmış olmalısınız diye düşündüm de..."

"Öğretmen olduğumu söylemiştim ya. Emekli olmamın üstünden daha altı ay bile geçmedi. Yıllardır erken kalkarım. Güneş doğmadan başlarım güne. Evi toparlamadan mutfakta bulâşık, yemek işlerini halletmeden çıkmam sokağa. Alışkanlık işte..."

Titiz, programlı bir insan olduğu zaten her halinden belliydi. Artun Ustam da öyleydi. Eline aldığı her parçayı oya gibi işler; masasını temizlemeden, el aletlerini birer birer yerlerine yerleştirmeden atölyeden ayrılmazdı.

"Peki, Konya dönüşü yolculuk yine Edirne'ye mi?"

Sezen Hanım'ın yüzüne yine bir gülücük konuyor. Gözleri parlıyor birden. Sohbetimden sıkılmıyor demek hatta hoşuna gidiyor...

"Hayır, yavrum" diyor sıcak, ahenkli bir sesle, "dönüşte İstanbul'a gidiyorum. Bir süre kızımla hasret gidereceğiz. Bir de torunum var, adı Mine, söylemiş miydim?"

Üç saattir yanımda oturan o durgun emekli öğretmen gitmiş, yerine konuşmaya can atan sıcakkanlı bir teyze gelmiş sanki.

"Demek adı Mine. Bizim işyerinde, apartmanın dördüncü katında bir atölye var. Mine tozlarını çok sıcak fırınlarında eritiyorlar. Bizim takılara mine kaplama yapılacaksa oraya götürürüz..."

Sonra bir iç çekiyorum elimde olmadan, "Hele Nihal diye bir kız var, öyle güzel işliyor ki..."

Birden ağzım kuruyor, kulaklarım alev alev yanıyor. Nereden çıktı bu şimdi? Sezen Hanım da inadına üstüme üstüme geliyor.

"Bu Nihal kızımız kaç yaşındaymış peki?"

Bir an kekeliyorum.

"Nerden... Nereden bileyim efendim, hiç sormadım ki..."

Muzip muzip gülüyor.

"Bence döndüğünde sormalısın. Benden selam söylemeyi de unutma, e mi?"

Peki efendim gibi bir şeyler geveliyorum ağzımda. Bir de şu ellerimi nereye koyacağımı bilsem! Allah'tan korumacı güdülerim harekete geçerek konuyu hemen değiştirmeme yardım ediyor.

"Peki, torununuz Mine... Mine kaç yaşında hocam?"

Torunun adı geçince bambaşka bir havaya bürünüyor Sezen Hanım. Bir yandan "Mart ayında dört yaşına girecek..." diye anlatırken bir yandan da çantasından fotoğraflarını çıkarmaya davranıyor.

"Bak bu altı aylıkken. Bu da iki yaşındayken çekilmiş... En çok da bu resmi seviyorum. Edirne'ye gelmişti annesiyle, bizim evde vermişti bu pozu geçen ay."

Resimlerde çocuğa sarılmış genç bir kadın var.

"Bu da annesi galiba, size öyle benziyor ki!"

...

Anlattıkça anlatıyor, trenin tekerleri olanca hızıyla dönerken Sezen Hanım'ın kim bilir neden takılıp kalmış yüreği sanki ilmik ilmik çözülüyor.

Bir müminde gördüğün ayıp ve kusur sende yok diye kendine güvenme! Ola ki o ayıbı bir gün sen de işlersin.

Mevlânâ

Tek Bir Adım

Tren her silkinişinde bir tepecik aşarak Konya'ya gitgide yaklaşırken onlar da kahvelerini içmiş, zamanın avuçlarından akıp gittiğinden habersiz, kendi dünyalarına dalmışlardı.

Sohbeti kayıp nişanlı üzerinden sürdürerek stratejik bir hata yapmış, özneyi yanlış seçip hedefi şaşırmıştı Evelyn. En azından kendi kendine böyle bir sonuca varmıştı sonunda:

Kendine gel kızım, sana ne tanımadığın erkeklerin zevklerinden, tercihlerinden. Herkesi kendin gibi mi sanıyorsun? Millet eğlence peşindeyse sana mı soracak neyi nasıl yapacağını. Nerede kaldı onca eğitim, felsefe kitapları, tasavvuf?

Gördün mü işte! Karşına senin görüşlerini, tercihlerini ciddiye almayan bir yakışıklı çıktı, feleğini şaşırdın.

Zedelenen egosundan yükselen bu saldırıyı bir süreliğine olsun püskürtebilmek için acilen bir şeyler yapması gerekiyordu.

Her şeyden önce biraz sakin olmalıydı. Düşündü ve yeni bir başlangıç yapmaya karar verdi. Yüzünü yanında somurtmuş oturan erkeğe doğru çevirdi ve olabildiğince alttan alan bir tonla konuşmaya başladı.

"Biraz önce bana dayınla geçirdiğin saatlerden bahsederken en çok kaza ve kader kelimelerinin aklında kaldığını söylemiştin. Bunun dışında dikkatini ya da ilgini çeken başka hiçbir kelime, kavram, konu hatırlamıyor musun?"

Canını sıkan konuların tam kapandığını sandığı bir anda yeniden sorgulanıyor olmak hoşuna gitmemişti Mustafa'nın. Ne anasına ne babasına ne dayısına ne de bu ukala İngiliz kıza hesap vermeye niyeti yoktu.

Öfkeyle başını çevirdiğinde bir çift berrak mavi gözle karşılaştı. Yanağında bir belirip bir kaybolan minik gamzesiyle öyle masum öyle güzel görünüyor, gözleri o kadar sıcak bakıyordu ki başlangıçtaki o sert tepki bir anda yumuşayıverdi...

"Neden soruyorsun bütün bunları? Aynı konuları zaten daha önce yeterince konuşmadık mı?"

"Umarım seni sorguya çektiğimi düşünmüyorsundur. Yola çıktığımızdan beri kendimle ilgili her şeyi seninle dürüstçe paylaşmadım mı? Eğer ilgimden rahatsız oluyorsan lütfen söyle, özür diler, bir daha da asla sana bir şey sormam, olur biter.

Ben zaten bu Konya gezisini tek başıma yapacaktım. Sen de kendini bana rehberlik yapmak zorunda hissetme, dönüşte trende buluşuruz."

Yola çıktıklarında aklı zaten karmakarışıktı. Bu kırgın yaylım ateşi de Mustafa'yı iyice delik deşik etmişti.

Yanındaki genç kızla sohbet ederken yaşadığı sıkıntıları az da olsa dile getirebilmiş, aşina olmadığı ilginç konularda beyin jimnastiği yapmıştı. Yüreğini ağırlaştıran dertlerden bir an olsun sıyırabilmiş, duyarlı bir dinleyiciye kavuşmuşken bu fırsatı kaçırmak istemiyordu Mustafa.

Ama söz ağızdan çıkmıştı bir kere.

Ne demişti Rustam Hoca ilk sohbetlerinde? 'Üç şey geri alınamaz yeğen: Atılan ok, söylenen söz, kaçan fırsat...' Onca lafın arasında bunu hatırlıyordu işte. Özellikle de 'kaçan fırsat' bölümünü!

Yutkundu. İyi de iki gün boyunca Konya'da ne yapacaktı tek başına? Burası İstanbul değildi ki arkadaşlarını arasın, bir kafeye, bara takılsın, Boğaz'a gitsin...

"Açıkçası yolculuğa çıkarken hiçbir plan yapmamıştım, hazırlıksız yakalandım şimdi. Peki, senin programında neler var?"

Evelyn güldü. Gözleri kayboldu, gamzesi derinleşti.

"Merak mı ediyorsun?"

"Evet, ne var bunda? Merak edemez miyim yani?"

Huysuz bir çocuk gibi ters ters konuşuyor ama için için gülümsemekten de kendini alamıyordu.

"Etmesine edersin elbette. Kim sana mani olabilir? İyi de her zaman her şey senin istediğin gibi mi olacak? Arada bir de karşındakinin isteklerine öncelik vermek, bazı şeyleri paylaşmak neden bu kadar zor geliyor sana. Ben de onu merak ediyorum. Bilmediğim özel bir nedeni var mı?"

"Nasıl yani?"

"Daha ne kadar açık olabilirim! Hep kendi tercihlerini öne sürmenden, her olayı yalnızca kendi açından değerlendirme alışkanlığından bahsediyordum."

Mustafa, bocaladığını sezdirmemeye çalıştı. Yahu bu kız ne kadar maskesiz ne kadar cesur ne kadar tok sözlüydü!

"Gerçekten mi? Aslında dayım da ziyareti sırasında buna benzer şeyler söylemişti. Ama o zaman duyduklarım kafamı karıştırmaktan öte bir işe yaramamıştı."

"Biraz önce dayından hiç bahsetmek istemediğini söylememiş miydin? Yoksa yanlış mı anladım?"

"Aynı konular derken eski nişanlımı kastetmiştim ben. Dayımla ilgili ne tür bir sorunum olabilir ki?"

Bu adam ya gerçekten saf ya da adamakıllı zeki diye düşündü Evelyn. Mantığı zeki hatta kurnaz olduğunu, işine geldiğinde lafı ustaca çevirdiğini, konuları bilerek saptırdığını söylüyor, gönlüyse saf olmasını tercih ediyordu.

"Biraz önce dayınla neler konuştuğunuzu sormuştum zaten. Belli bir kişiyi ya da olayı sorgulamamıştım. O uzun sohbetlerden aklında kalan, seni etkileyen hiçbir şey yok mu?"

Bu kez Mustafa gerçekten düşünüyordu. Alnı kırışmış, dayısının neler söylediğini, onu dinlerken aklından neler geçtiğini hatırlamaya çalışıyordu.

"Galiba egomuzdan, onun yarattığı sorunlardan, kibirden, en çok da kıskançlıktan bahsetmişti Rustam Dayı."

Mustafa'nın yüzüne çok yakışan kemerli burnunun alnıyla birleştiği yerde oluşan derin çizgileri inceliyordu genç kadın.

İçinden öfke, gurur, isyan parıltıları geçen o koyu kahve gözlerin ardında neler gizliydi acaba?

"Biliyor musun, aslında biz de profesörle en çok bu konuları tartışıyoruz."

Bir süre düşündükten sonra tabletindeki dosyalardan birini açıp aradığı kelimeyi bulunca soruverdi:

"Şu sözleri Türkçe nasıl okursun?"

"Şu sarıya boyalı olanı mı?"

"Evet, onu."

"Bu kelimeler aslında tam da Türkçe sayılmaz ama okunuşu Seyr u Sülûk."

Der demez de gülmeye başladı Mustafa.

"Neden gülüyorsun?"

"O kelimeleri doğru dürüst hatırlasam daha önce kendim söylerdim. Dayım çok kereler bahsetti bu kavramdan. Ama bir türlü hatırlayamadım o tabiri. Belki de ömrümde ilk kez duyduğum için..."

"Seyr u Sülûk'tan mı bahsediyorsun?"

Evelyn'in iyi niyetli gayreti o karmaşık kelimeleri doğru telaffuz etmekte yeterli olmamıştı. Seyr u Sülûk derken tuhaf sesler çıktı ağzından. Ama Mustafa bu kez dikkatli davranmış, hatasını yüzüne vurmamıştı. Nazikçe cevap verdi.

"Evet, ondan bahsediyorum."

O gizemli gamze çıkmıştı yine ortaya.

"Peki, sence anlamı neymiş o sözlerin?"

"Sanırım yola çıkmanın öneminden bahsediyordu dayım. Manevi gelişmeden, terbiyeden söz ediyordu durmadan. O günlerde canım o kadar sıkkındı ki kimseyi dinleyecek halim yoktu açıkçası. Şimdi olsa belki daha iyi dinlerdim."

Şimdi olsa belki ha, diye söylendi kendi kendine Evelyn. Rol mü yapıyordu yoksa sımsıkı kapadığı çelik kapıları sahiden aralamaya mı çalışıyordu?

"Madem bu konuda benden çok daha fazlasını biliyorsun, söyle bakalım, sen nasıl açıklardın o tabirin anlamını?"

Evelyn gözlerini faltaşı gibi açmıştı.

"Hakikaten öğrenmek istiyor musun?"

"Evet Evelyn, sahiden öğrenmek istiyorum."

"Hmm..."

"Yine ne oldu şimdi?"

"Merak etme, hiçbir şey olduğu yok. Yalnızca konuya nereden girsem, nasıl anlatmaya başlasam, onu düşünüyordum."

"Yoksa olay o kadar karmaşık mı?"

"Hayır Mustafa, ne olayı Allah aşkına? Yani demek istiyorum ki kelime karşılığı olarak o kadar karışık değil. Senin de biraz önce söylediğin gibi, bir seferden, bir yoldan, bir yolculuktan bahsediyoruz. Denizlerde hareket eden taşıtların aslında 'seyrettiğini' söyler Rustam Hoca.

Yani, bir rota belirlemiş, çeşitli aşamalardan geçerek bir hedefe hareket eden yolculuklardan bahsediyoruz. Aslında 'Sülûk' Arapça kökenli bir söz. O da bir bakıma benzer bir anlam taşıyor. 'Tercih edilen yol' anlamında kullanılıyor. Burada mühim olan şey tercihin ne olduğu..."

"O halde Seyr u Sülûk somut bir nesneye, olguya değil, bir eyleme verilen ad öyle mi?"

"Evet Mustafa, tam üstüne bastın. Bir süreçten bahsediyoruz. Varılacak hedefe adım adım sabırla gitmekten bahsediyoruz. Fırtınalar çıksa da dalgalar tekneden aşıp gitse de aynı rotayı korumaktan bahsediyoruz. Sabırdan, kararlılıktan bahsediyoruz."

Mustafa bir an nerede olduğunu unutup gayri ihtiyari bir ıslık çaldı.

"Vay canına, amma da ciddi konulara daldık..."

Evelyn konu açıldığından beri ilk defa ufak bir kahkaha attı.

"Evet ya, ciddi konular... Öyle bir günlük, bir haftalık, bir aylık basit bir yolculuk değil bu. Ömür boyu sürecek bir nefis mücadelesini, manevi yolculuğu tanımlamaya, açıklamaya çalışıyorum."

Bu dost canlısı kızın hayli karışık kavramları içten bir çabayla anlatmaya girişmesi, bir bakıma kendisine bu kadar değer vermesi, Mustafa'ya çoktandır unuttuğu sıcak bir duyguyu çağrıştırmıştı. Şimdi kronik muhalifliğini bir yana bırakmış, anlatılanları alçak gönüllü bir tavırla, samimi bir ilgiyle dinliyordu.

Bu arada da görüntüler sanki birbirine karışıyor gibiydi. Bir İngiliz kızın yüzü beliriyordu karşısında, bir Rustam dayısının.

"Peki, neyin mücadelesi ya da nasıl bir mücadele bu?"

"Biraz önce dayınla neler konuştuğunuzu sorduğumda birkaç konudan söz ettin. Hatırlıyor musun?"

"Evet" diye cevapladı Mustafa, "Egodan, kibirden, kıskançlıktan bahsetmiştim."

"Hafızan hiç fena değil, yol arkadaşım."

'Yol arkadaşım' derken. Sanki sadece tren yolculuğundan değil, ikisinin de içinde olduğu bir başka yolculuktan, daha büyük ve gizemli bir yolculuktan söz eder gibiydi Evelyn.

"İşte bütün bu saydığın kelimeler; kibir, kıskançlık hatta istersen hırsı, öfkeyi, kini de ekleyelim bunlara...

İşte bütün bu tehlikeli zaaflar, ilkel güdüler aslında bizi doğru yoldan ayıran, insanlığımızı lekeleyen kusurlarımız. Tüm bu zaaflardan kurtulmanın, arınmanın yolunda ilerlemektir Seyr u Sülûk süreci...

Bize sürekli neyi yapıp neyi yapmayacağımızı söyleyen, bizleri çoğu kez de yanlışlara sürükleyen nefsimizden söz ediyorum."

Mustafa artık sıkıntı belirtileri göstermiyor, meraklı bir öğrenci gibi dinliyordu.

"Bu olumsuzluklar aslında doğuştan itibaren bizi esir alıyor. Bu yetmezmiş gibi bir de yaşadığımız çağın bize yüklediği ağır külfetler var. Maddiyat, tüketim, sahip olma odaklı değer yargılarıyla her yandan kuşatılmışız. Yaşamın her aşamasında bizi her an baştan çıkarabilecek bu duygularla mücadele etmek zorundayız. İşte bu nedenle asla bitmeyen bir yolculuktan bahsediyoruz."

Bir an için Evelyn'in bakışları uzaklara daldı. Sanki kendi geçmişinden bir anı canlanmıştı zihninde. Dalgın, uçucu bir gülümsemeyle devam etti konuşmaya.

"Taoizm'in kurucusu olarak bilinen Lao Zi adlı Çinli bilgenin çok hoşuma giden bir sözü var: "Dağları aşıp uzaklara gitmek isteyenler, yolculuklarına tek bir adım ile başlar."

Bizler de içsel yolculuğumuza çok mütevazı bir adımla, en azından geçmişimizle yüzleşerek başlayabiliriz.

Hani dervişlerden birine 'Sen eremezsin' demişler. O da, "Olsun, yolundayım ya" diye cevap vermiş. O hesap!"

Bütün sahne ışıklarının sonuna kadar açılıp üzerine çevrildiğini hissetti Mustafa. En ortalık yerde çırılçıplak kalmıştı sanki. Tam o sırada içinden yükselen o kibirli sesi duydu yine.

Anlat, anlat... Gördün mü bak, İngiliz kız nasıl da esip üfürüyor!

Yok maddiyatın ne önemi varmış... Değer yargılarıymış... Sor bakalım elindekini avucundakini sana verecek mi? Bekâra karı boşamak kolaydır oğlum! Tok açın halinden ne anlarmış, bir de onu sor...

Mustafa tam bu sözlere hak vermeye hazırlanıyordu ki derinlerden bir yerden o ikinci ses yükseldi.

Ey gafil! Bugüne kadar hep o şeytani sesi dinledin de oldu? İşinde kaç yılın emeğiyle geldiğin yere şükretmedin de ne kazandın. Sırf kıskançlık yüzünden olmadık işler çevirip başını belaya sokmadın mı? Hep o şeytani sesi dinlediğin için kovulmadın mı işinden?

Seni bin bir hileyle, bin bir tuzakla baştan çıkarmaya uğraşan şeytana daha ne kadar kulak vereceksin? Biraz da beni dinle.

Her işe aceleyle koyuldun da ne oldu? Biraz düşün... Sabretmenin erdemine kulak ver!

Mustafa kulaklarına inanamıyordu.

Bu ses... Düpedüz Rustam Dayı'nın sesiydi bu. Onun söyledikleriydi bunlar.

Hani kös dinlemişti, hani dalga geçmişti? Kelime kelime, cümle cümle nasıl kaydetmiş olabilirdi beynine tüm bu söylenenleri? Nasıl bir mucizeydi bu?

Derin bir nefes al. Bir bakın bakalım etrafına.

Kimdir gerçek dostun, kimdir düşmanın bir düşün!

Sabır...

Hani bu genç kadın dost canlısıydı! Hani iyi niyetli olduğuna inanmıştın? Unutma... Sen sen ol, önce şükretmeyi öğren. *Sen sen ol, yanlış yollara sapma. Sen sen ol, yol arkadaşlarını doğru seç...*

Koltuğunda büzülmüş, başı önüne düşmüş, sırılsıklam terliyordu Mustafa.

Konuştuğu adamın alnında biriken damlaları görünce Evelyn de panikledi. Çok mu ileri gitmiş, çok mu zorlamıştı bu yaralı ruhu?

"İyi misin Mustafa? Bazen tren tutar insanı böyle... İstersen sana su ya da içecek başka bir şey getireyim. Ne dersin?"

İrkilerek kendine geldi Mustafa. Kimdi bu konuşan?

Başını çevirdiğinde o bir çift parlak gözle karşılaştı yine.

Yutkundu...

"Dün gece çok az uyuyabildim, herhalde o yüzdendir" diye mırıldandı. "İyisi mi biraz gözlerimi kapatıp dinleneyim ben."

Evelyn bir süreliğine de olsa yol arkadaşını kaybetmiş gibiydi. Tam kederlenmeye, üstüne çok mu gittim diye kendine kızmaya başlıyordu ki aynı adamın biraz önce anlattıklarını samimi bir ilgiyle, pür dikkat dinlediği o sahne belirdi gözünde.

Yüzü yumuşak bir ışıkla aydınlandı, gözlerini çocuksu bir heyecanla kırpıştırdı ve iletişimin her sekteye uğrayışında yaptığı gibi trenin penceresinden akıp giden manzarayı seyre daldı.

İnsan Denen Meçhul, diye geçirdi aklından. Ne çok etkilenmişti o kitaptan!

Her seyahatin,
yolcuya malum olmayan gizli bir menzili vardır.
Martin Buber

Sürükleniş

Konya'ya gelmek üzereyiz!

Yok eğer, bir de kavuşmak istersen cancağıma, bir gün gelmek istersen yancağıma; o zaman ara beni!

Böyle demişti Yunus Efendim. '*O zaman ara beni!*'

Ne yerde ara beni, ne gökte... Yalnızca gönlünde ara... Olmadı, doğduğun yerde ara... Mevlânâmızın kabrine git Cemalim, beni bir de orda ara.

O rüya dün gibi aklımda. O sözler hâlâ kulaklarımda...

Her zaman gönlümdesin Yunus Efendim. Geliyorum doğduğum yere, elbet gideceğim Mevlânâ'nın kabrine...

* * *

Önce kenar mahalleler, ardından iç mahalleler, en nihayetinde geniş caddeler, yeşil parklar, bahçeler adeta bir geçit töreni düzeninde sıra sıra geçiyor penceremden.

İyice yavaşlayan tren bir süre sonra üstü kapalı istasyona birinci perondan girdi. Yolcu karşılamaya gelenleri üçer beşer geçip nefesi tükenmiş yaşlı bir kaplan gibi hırıldayarak aniden duruverdi.

Yolculukların sonunda yaşanan o tipik kargaşa bir defa daha baş gösteriyor işte. Koltuğundan kalkıp seyahat çantalarını telaşla üst raflardan indirenler; ceketlerini, paltolarını alelacele giyenler; pencerelerden el sallayanlar; gülenler, ağlayanlar; kapıya doğru itiş kakış ilerleyenler…

Hem Sezen Hanım'ın valizini hem de kendiminkini üst raftan indirip toparlandım. İtiraz edecek gibi olduysa da valizini elimde sıkı sıkı tutuyordum. Ardından can dostumu, neyimi de kolumun altına sıkıştırıp iki elimde valizlerle o kalabalığa karıştım. Trenden indiklerinde ilk olarak İngiliz kıza nazik ilgisi için dilim döndüğü kadar teşekkür ettim, sonra takım elbiseli adamla vedalaştım.

Artık tüm dikkatimi Sezen Hanım'a verebilirim.

"Hocam sizi karşılamaya gelen kimse yok mu?"

"Hayır, evladım. Ben en iyisi bir taksiye binip doğrudan otelime gideyim. Ya sen ne yapacaksın?"

İçim içime sığmıyor. Sesimin titremesine engel olamıyorum...

"Ben de üç otobüsüne yetişmeye çalışacağım. Bir an önce gideyim Beyşehir'e."

İstasyon binasından çıkıp taksi durağına doğru sessizce yürüyoruz. Vedalaşırken, "Beni aramayı unutma e mi" diyor Sezen Hanım.

"Hiç merak etmeyin hocam, baktım ki olmuyor muhakkak haber veririm" diyorum elini öperken. Sonra da bindiği taksinin ardından el sallayıp hızlı adımlarla kendi yoluma gidiyorum.

Sevmiştim bu anaç ruhlu, müşfik kadını. Her neyse derdi tasası, belli ki huzura ermek, yaralı ruhuna şifa bulabilmek için gelmiş bu diyara. Beni Yunus Efendi çağırmıştı Konya'ya. Acep Sezen Hanım'ın ya da o İngiliz kızın da bir çağıranı var mıydı?

Yol boyunca kâh keyifli kâh hüzünlü sohbetlerle zamanın nasıl geçtiğini anlamamıştık. Ama yalnızlığı özlemişim. Bu özel yolculuğun heyecanını tek başıma yaşamayı, yüreğimin sesini daha iyi duyabilmeyi hayal ediyorum.

Yalnızlık neredeyse on üç yıldır bir yaşam tarzı benim için. Çevremdeki insanlara gerektiğinde zamanımı ve dikkatimi seve seve versem de iş duygularımı paylaşmaya gelince hep zorlanmışımdır. Ama şu son beş saat içinde Sezen Hanım'a neredeyse en derin sırlarımı anlatmış olmak, yıllardır kabuğundan çıkamamış sıkılgan ruhumu enikonu tedirgin etmişti.

Şu anda tek istediğim şey, beni köyüme götürecek yola bir an evvel çıkmak. Beyşehir'e giden ilk otobüse binip kimseyle göz göze bile gelmeden yalnızca kendi duygularımı yaşamak. Adrenalinin o çelişkili tadını, ağzım kururken avuçlarımın ıslanmasını, hareketlerim ağırlaşırken nabzımın delice atmasını özlemişim.

Sarkis Usta'ya gidip köyümü ziyaret etmek için utana sıkıla dört günlük izin istemiştim. O da "Üç yıldır yaz kış demeden çalışıyorsun evlat, lafı bile olmaz" deyip cebime bir de yol harçlığı koymuştu. Gücüm taksiye yetse bile daha ilk günden harçlığımı çarçur etmeye niyetim yok. En iyisi otobüs garajına giden ilk minibüse atlayıvermek.

İki yanı sıra sıra ağaçlı geniş caddeler, yan yana dizili renk renk apartmanlar, banklarında insanların oturduğu meydanlar, bisiklet yolları...

Fazla trafik yok, şehir garajına çabucak geldik. Saat üçe çeyrek var daha. Biletimi alıp az ötedeki büfeden kaşarlı bir tost ısmarlıyorum kendime. İçine de ince dilimlenmiş salatalık turşusu koyduruyorum. Afiyet olsun oğlum, diyorum, buraya kadar geldin ya, gerisi de gelir inşallah!

Nihayet son yolcular da biniyor ve kır saçlı şoför kornayı çalıp gaza basıyor. Yüreğimin ta içinden Rabbime şükrediyorum.

Yolda giderken etrafı seyretmeye çalışsam da yorgunluktan başım öne düşüvermiş. Beyşehir'e girip ilçenin otobüs terminaline vardığımızda uyandım. On üç yıl önce bir kere geldiğim o terminali hatırlamıyordum bile.

Babaannemi kaybettikten sonra Yunus Efendi eşyalarımı toparlamama yardımcı olmuş, hazır olduğumda beni yanına alıp Beyşehir'e getirmiş, sonra da biletimi kendi elleriyle alıp beni otobüse bindirmişti. İstanbul'un Harem terminalinde de güler yüzlü bir ihtiyar beni karşılayıp gençlik yıllarımı geçireceğim yatılı okula götürmüştü arabasıyla. Şimdi hayal meyal hatırladığım o sahneler uzun yıllar zihnimde canlılığını korumuştu. O anılar zamanla solan renkleri, silinen yüzleriyle, kenarları sararmış eski bir fotoğrafa dönüştü hafızamın bir köşesinde.

Otobüsten inince sorup soruşturuyor, Bayavşar köyüne kalkan minibüsü buluyorum.

Arkasında "O şimdi asker" yazan sarı, eski bir minibüs ilk sıradaki. Basamaktan çıkıp kapısından içeri girerken kalbim mehteran davulu gibi güm güm çarpıyor.

Önümde ardımda oturanlara kaçamak bakışlar fırlatıyorum. Tanıdık bir yüz olabilir mi? Sen de kimsin hemşerim, nereden gelir nereye gidersin diye sorarlar mı?

Ama ne dönüp bakan var ne bir şey soran.

Sürücünün yanında oturan kasketli, cep telefonundan biriyle konuşuyor. Arkasında oturanlar işten güçten dert yanıyor, yanımdaki genç de cepten ha bire mesaj atıyor. Son yolcu da binince hareket ediyoruz.

Bu defa uyumayacağım. Zaten yol da kısa, en iyisi etrafı seyretmek.

Ama sürücünün çok acelesi var, sorsan sanki karısı doğum yapıyor... Savrula savrula gidiyoruz.

O da ne?

Yolun sağ tarafında yükselen duvarları görünce şaşırıyorum. Köyün dört bir yanını iyi bilirdim, bu duvarları hatırlamıyorum. Yanından geçerken dikkatlice bakıyorum, tabelada "Beyşehir Organize Sanayi Bölgesi" yazıyor. Vay canına, komşunun koyun güttüğü, çocukların uçurtma uçurduğu yerler ne çok değişmiş!

Minibüs anayoldan ayrılıp köyün merkezine doğru ilerlerken boğazıma bir yumru tıkanıyor. Üst üste yutkunuyorum. Yolcular çaktırmadan yanağımdan aşağı süzülen damlaları avuçlarımla silmeye çalışıyorum. Allahtan hava kararmaya yüz tutmuş, kimse fark etmiyor gözlerimi, yanaklarımı.

Köy meydanında iniyoruz minibüsten. Burasını tanıyorum. Elbet çok daha fazlasını da hatırlıyorum. O koca çınar ağacının dalları arasına gizlenmiş kahveye doğru yürüyorum ağır adımlarla. Önünden onlarca, yüzlerce kez geçmiş kısa pantolonlu halimle hiç oturamamıştım içinde...

İşte şimdi biraz cesur biraz çekingen o kahveye doğru ilerliyorum. Ne de olsa koca adam oldum, ne var çekinecek! Ama can çıkıyor huy çıkmıyor işte. Öyle derdi canım babaannem...

Yok, şimdi sırası değil sulu gözlülüğün.

İlk kez birileri dönüp bakıyor. Üstünde kot pantolonu, lacivert montu, tekerlekli valizini sürüyerek yaklaşan bu yabancı kimdir acaba diye başlarını kaldırıyorlar gazetelerinden, okey taşlarından, çay bardaklarından.

Masalara göz gezdiriyorum, akranım sayılan iki gencin oturduğu tahta masaya doğru ilerliyorum.

"Selamün aleyküm... "

"Aleyküm selam..."

Gözüme kestirdiğim eski püskü tahta sandalyeye oturuyorum usulca. Çaycı çocuk köye gelen yabancıyı çoktan fark etmiş, bir koşu yetişip 'çay mı istersin, kahve mi' diye soruyor.

"Ver bakalım bir demli çay" diyorum o keyifle. Keşke yanında bir de kurabiye olsa. Babaanneminkilerden... Neyse, başımı kaldırıp masadaki gençleri tekrar selamlıyorum.

"Hoş gelmişsin" diyorlar.

Nutkum tutuluyor yine, neyse ki çabuk toparlıyorum.

"Hoş bulduk arkadaşlar, uzaklardan geliyorum ama ben de Bayavşar'ın köylüsüyüm" diyorum etraftakilerin duyacağı bir sesle. Bu kez beni çaktırmadan izleyen gözlerdeki merak daha da artıyor. Yan masalardakiler sandalyelerini oynatıp bakışlarını bizden yana çeviriyor.

Anlat bakalım, kimlerdensin diye sorar gibiler.

"Adın ne hemşerim" diyor yakınımda oturan kasketli adamlardan biri.

"Cemal" diyorum. "Kerime Hatun'un torunuyum."

Masadaki gençler bir tepki vermiyor. Kerime Hatun kim ola ki der gibi bakışıyorlar. Arka masalardan biri atılıyor.

"Vay Cemalim, kardeşim, hatırladın değil mi? Ben Murat, hani aynı sınıftaydık!"

İşte o an dağılıyorum. Bir yandan gözlerimi elimin tersiyle silerken bir yandan da ayağa fırlayıp boynuna sarılıyorum.

"Murat, kardeşim benim!"

"Bunca yıldır nerelerdeydin yahu" diyor, "hiç mi özlemedin köyünü?"

Şimdi artık okey oynayan bir masa hariç herkes bizi izliyor. Kimi zar atmayı yarım bırakıyor kimi televizyona bakmayı. Şöyle bir halka oluşuveriyor masanın etrafında. Ne de olsa yeni bir heyecan girecek hayatlarına. Köyün eski çocuğunun yeni hikâyesi...

Ansızın yüzü güneş yanığı, cildi kırış kırış, keskin bakışlı bir adam beliriyor yanı başımda. Pek yabancı gelmiyor ama çıkaramıyorum...

"Cemal oğlum, adım Kemal'dir. Senin amcan sayılırım. Rahmetli baban benim en yakın arkadaşımdı, onu kaybettikten sonra Kerime Hatun'a uğrardım hep. Bir isteği, ihtiyacı var mı diye sorardım. Senin kısa pantolonla okula gittiğin günleri bilirim."

Susmasını fırsat bilip ayağa kalkıyor, elini öpüyorum. Sırtımı okşuyor Yunus Efendi gibi kemikli elleriyle. Sonra da soruyor, anlat bakalım bunca sene nerelerdeydin diye.

Herkes de bunu merak ediyor zaten, etrafı bir sessizlik kaplıyor. Kulaklar dikiliyor, başlar uzanıyor.

Ben de böyle olacağını umuyor hatta hayalini kuruyordum bu sahnenin. Hiç nazlanmadım. Okul yıllarımı, askerden sonra neden köyüme dönmeyip İstanbul'a gittiğimi, orada başımdan geçenleri anlatmaya koyuluyorum. Sözüm sık sık kesiliyor, araya girenlerden İstanbul'u görenler kendi maceralarını ballandıra ballandıra anlatıyor, öbürleri de durmadan yeni sorular soruyor, zaman akıp gidiyor...

En sonunda yatsı ezanı da okunuyor.

İlk heyecan geçmiş, masalardakiler birer ikişer evlerinin yolunu tutmaya başlamış. Bayavşarlı Kemal Amca müşfik bir baba tavrıyla evine davet ediyor beni.

"Cemal oğlum, bunca yoldan geldin, yorgunsundur. Hadi artık biz de evimize gidelim. Hatice yengen de çok sevinecek seni gördüğüne. Sıcak çorbasından içer, yemeğini yersin.

Sonra sana bir döşek sereriz, güzelce uyursun. Sabah ola hayır ola..."

İçtiğim çayların parasını bile ödetmiyorlar bana.

Bir gün sonra yeniden buluşmak üzere Murat'la kucaklaşıp vedalaşıyorum. Ayağa kalkıp Kemal Amca'nın peşinden taşını toprağını, tozunu, çamurunu özlediğim o eğri büğrü sokakların karanlığına dalıyorum.

Gece döşeğime uzanıp çiçekli yorganı çeneme kadar çeker çekmez gözlerim kapanıyor. Rüyamda köy kahvesinde altın işlerken çevremde toplanan köylüler de sadekâr Cemal'in usta parmaklarını hayran hayran seyrediyor...

* * *

Sabah uyanıp da tandır sacı üstünde taze pişmiş bazlamanın kokusunu alınca köye döndüğüme iyiden iyiye inanıyorum.

Bir rüya değildi bu!

Çocuk yaşlardan beri yalnız yaşamaktan gelen alışkanlıkla yorganımı, döşeğimi güzelce katladım. Eşyalarımı topladım ve odadan dışarı çıktım.

Kerime Hatun artık yok ne yazık ki ama Hatice Ana var. Başında yemenisi, bazlamaları diziyor tepsiye. Kahvaltıya Kemal Amca'nın iki oğlu da gelmiş. İkisi de çoktan evlenmiş. Yaşları benden büyük ama neticede aynı sokaklarda koşuşturmuş, aynı arsalarda top oynamışız. Bir gün önce kahvede olduğu gibi hararetli bir sohbete dalıyoruz.

Kahvaltı sona erdiğinde, ilerde tutulması zor sözler çoktan verilmiş, belki hiç tuşlanmayacak telefon numaraları değiş tokuş edilmiş...

En can alıcı soru Hatice Ana'dan geliyor.

"Eee, söyle bakayım Cemalim. Madem iki gece bile kalamayacaktın, bunca yolu tepip neden geldin köyüne? Yoksa niyetin memleketten bir kız almak mı? Aklında böyle bir şey varsa söyle de ona göre bakınalım etrafa..."

Oturduğum yerde olgun bir pancara dönmüş olmalıyım.

Yutkunup önüme bakıyor, ne diyeceğimi bilemiyorum. Baktım olmuyor, sustukça niyetim öyleymiş gibi anlaşılıyor, bir bir anlatıyorum içimden geçenleri.

"Ne olur beni yanlış anlamayın. İstemem mi ben de üç beş gün gelip kalayım köyümde. Arayıp bulayım eski arkadaşlarımı. Etrafı dolaşayım şöyle keyfimce.

Ama İstanbul'da işler pek kolay değil. Bir şikâyetim yok çok şükür ama üç yıldır gece gündüz demeden haftada altı gün çalışıyorum atölyede. Ustam bana ancak bu kadar izin verebildi. İşler yoğun, hafta sonu dönmem gerek."

Sanki bir gölge geçiyor yüzlerinden. Onları üzmek istemiyorum ama çarem yok.

"Diyeceksiniz ki öyleyse neden geldin. Çok özledim de ondan. Neden mi onca zaman bekledim? Büyüklerime saygıda kusur etmek istemedim. İstedim ki ne yaptın bunca yıl demesinler, okumuşsun ama hâlâ bir baltaya sap olamamışsın diye sitem etmesinler."

Heyecandan, duygu yoğunluğundan ağzım nasıl da kuruyor. Demli çaydan bir yudum alıp devam ediyorum.

"Ne zaman ki çalıştığım atölyede, yakında usta olacaksın dediler, bir sevinç, bir heyecan, koşup geldim köyüme. Tabii daha da önemlisi, Yunus Efendi vardı hep aklımda."

"O da kim?" diye atılıyor Hatice Ana. "Köyden olsa bilirdik elbet."

Kocası Kemal ise parmaklarının ucuyla alnını sıvazlıyor, hatırlamaya çalışıyor sanki.

"Sen yoksa Kerime Hatun'u ziyarete gelen ak sakallıdan mı bahsediyorsun" diye soruyor.

Heyecandan fırlamışım yerimden.

"Evet ya, ondan bahsediyorum elbet. Hep yanımda taşıdığım neyi bana Yunus Efendi hediye etmişti. Okuluma da beni o yazdırmış. Ama köyde oturmazdı. Ne yapar, nerede yaşar hiç söylemedi bana. Çocukluk işte, ben de akıl edip sormamışım hiç. Ama bir keresinde babaannem onun Beyşehir'den geldiğini söylemişti galiba."

Kafamı, hafızamı zorlayıp düşünüyorum. Yıllardır tozlanmış, kapalı kalmış o kapıları açmaya çalışıyorum.

"Yaşım küçüktü, pek az şey hatırlıyorum ama galiba bazı günler köyde öğle namazını kılıp öyle gelirdi bize."

Kemal Amca'ya bakıyorum şimdi.

"Siz hiç tanışmadınız, camide karşılaşmadınız mı?"

Bağdaş kurduğu yerden hafızasını dip bucak kurcalıyormuş gibi ağır ağır konuşmaya başlıyor.

"Yeğenim, o yıllarda hep tarladaydık biz. Öğlenleri de camiye gidemezdim pek, velhasıl hiç karşılaşmadık herhalde ama uzaktan görmüşlüğüm vardır mutlaka. Bizim emmioğullarından biri sık sık camiye, öğle namazına giderdi. Ona bir sorayım, bakalım ne diyecek."

Cebinden telefonunu çıkartıp işaret parmağıyla acemice basmaya başlıyor tuşlara. Onu seyrederken kalbim deli gibi atıyor. Sabırsızlıkla korku birbirine karışıyor. Bir süre bekledikten ve uzunca bir süre konuştuktan sonra müjdeyi veriyor Kemal Amca.

"Bizim Hüseyin'in aklı sabahları pek yerinde değildir ama bu sefer şansımız yaver gitti. Hemencecik hatırladı Yunus Efendi'yi. Dediğine bakılırsa pek muhterem bir adammış. Arada bir köye gelir, camide namazını kılıp öyle gidermiş Kerime Hatun'u ziyarete. Beyşehir'de oturuyormuş. Cumayı da genellikle Eşrefoğlu Camii'nde kılarmış. Bizimki epeydir hiç görmedim diyor ihtiyarı."

Sonra cami hakkında bildiklerini anlatmaya başlıyor.

"Eşrefoğlu Camii'ni ben de bilirim. Birkaç cenaze namazını orada kılmıştık. Beyşehir'in en meşhur camisidir. Gölün kıyısına da yakındır."

Artık yerimde duramıyorum. Ayıp olacağını bilmesem bir koşu yola koyulabilirim hemen.

"Ah Kemal Amcam... Hem beni evinde misafir ettin hem derdime derman oldun. Hatice Anamın bazlamalarını da afiyetle yedim. Allah sizlerden razı olsun."

Birden ayılıyorum, hiç istemesem de telaşımı belli etmiştim galiba. Yine utanıyorum fena halde. Lafı değiştirmek için atölyede neler yaptığımı anlatmaya başlıyorum. Bu sefer de

Hatice Ana meraklanmış, ahret soruları sormaya başlıyor. En sonunda büyük oğlu araya giriyor.

"Aman anam, şimdi bu konu akşama kadar bitmez, bak, Cemal öğlen olmadan yola çıkacağım diyor. Daha fazla tutmayalım misafirimizi."

Sonra da biraz mahcup, tamamlıyor cümlesini.

"Meryem'e de sözüm vardı, bekler şimdi. Eve dönmem gerek."

Bunun üzerine herkes yerinden kalkıyor, ben de eşyamı alıp kapının önüne geliyorum. Hep birlikte bahçeye çıkıyoruz. Önce Hatice Ana'nın elini öpüyorum, ardından Kemal Amca'ya sarılıyorum sımsıkı.

"Allah sizlerden razı olsun, başımızdan eksik etmesin. Söz veriyorum ilk fırsatta yine geleceğim" dedikten sonra iki kardeşe dönüyorum.

"İstanbul'a muhakkak bekliyorum. Kaydettiniz değil mi numaramı?"

Arkamdan bir tas su dökülmüş, ben de aralık ayının kuru ayazında yola düşmüştüm. Şimdi de bildik evlerin yamacından geçiyorum. Taşların arasından mevsimsiz yeşilliklerin fışkırdığı dar yolda bir süre yürüdükten sonra doğduğum, büyüdüğüm evin bulunduğu sokağa sapıyorum.

Önce ürkekçe bir göz atıyorum ileriye, sonra yürüyüp sağa bakınıyorum. Yok! Bir ateş düşüyor yüreğime.

Olabilir mi? Nasıl olur?

Yok işte, o ev artık yok!

Penceresinin altına gizlenip Yunus Efendi'yi ney üflerken dinlediğim o köşe kaybolmuş, kümes de gitmiş, yerine bahçeyi tümüyle kaplayan, iki katlı, kocaman kapılı, balkonlu bir ev konmuş.

Oysa ne hayaller kurmuştum gelmeden önce!

Atölyede altın işlerken, Galata Köprüsü'nden geçerken, pazar sabahları Salacak'ta çayımı içerken, trende gözlerim kapalı Konya'ya gelirken... Evin etrafında dolanacak, etrafa bakınacak, bekleyecek, çevrede yeterince meraklı toplanıp da, "Sen de kimsin, burada ne yapıyorsun" dediklerinde ağırbaşlı bir gülümsemeyle "Ben mi kimim?" diyecektim.

"Adım Cemal. Bu evde büyüdüm ben, Kerime Hatun'u bilmez misiniz? İşte o benim babaannemdi."

Beni yabancı yerine koyanlara aklımca meydan okuyacaktım.

Şimdi ise süngüsü düşmüş yenik bir asker gibi sürüngen adımlarıyla kahveye gidiyorum. On üç yıl boyunca her gece yatağımda döne döne kurduğum, hayalimde kim bilir kaç kere yazdığım o senaryoyu elimden almışlar, perdeyi tek bir vuruşta yere indirmişlerdi.

Sazlığından ayrı düşmüş bir kamış da böyle mi hissederdi acaba?

Bir ney olsam, inlesem, anlatsam derdimi; bir derman bulsam diye kıvranıyorum, yakarıyorum. Kulaklarımı dikmişim semaya, sanki bir ses, bir nefes bekliyorum.

Amansız bir sessizlik... Yanıt yok...

Fırsat varken dönmemiştim köyüme, hep bir bahane uydurmuştum kendimce. Ama şimdi tüm izler silinmişti geçmişimden. Asıl şimdi yapayalnız kalmıştım yeryüzünde.

Belki de buydu gökyüzünden gelen yanıt.

Sokaktaki taşlara takıla takıla, yeni pabuçlarımın burnunu sağa sola çarpa çarpa kahvenin yolunu tutuyorum. Cesaret edebilsem hemen oracıkta, bir zamanlar yaşadığım evin önünde üfleyecektim neyimi ama sonra korkup vazgeçmiştim bu fikrimden. Ya toplansalardı başıma, "Ey yolcu, neden üflüyorsun neyini sabah sabah, nedir derdin, niyetin" diye sorsalar ne cevap verecektim?

Tüm geçmişi silinmiş, yok hükmünde bir hayatı kime anlatacak, kimi, nereyi, hangi evi şahit gösterecektim!

Tam o sırada gözüm köşeye sıkıştırdıkları bir köpek yavrusuna ellerindeki değneklerle vurmaya çalışan çocuklara ilişiyor. Doğruyla yanlışı bile bilmeden, öğrenmeden daha çocuk yaşta canlılara neden böyle eziyet eder insanoğlu? Ne menem şeytani bir içgüdü bu? O acı ve öfkeyle yürüyorum üstlerine. Ellerinden değneklerini alıp kırıyorum birer ikişer.

Öfkem dinmiyor kolay kolay. Burnumdan soluyorum hâlâ.

Allahım yardım et bana. Merhamet eyle, sabır ver, nurunla aydınlat içimi. Sevginle, şifanla doldur yüreğimi... Babaannemin duaları Yunus Efendi'nin rüyalarımda söylediklerine karışıyor bölük pörçük... Boğazıma bir yumru oturuyor.

Birden Murat geliyor aklıma.

Onunla buluşmaya söz vermemiş miydim? Şimdi bir de onu mu kaybedecektim! Telaşla adımlarımı sıklaştırıyorum. Uzaktan kahvenin sundurması gözüküyor. Gözlerimi kısıp masaları tarıyorum teker teker.

Evet, çok şükür, gözlerini meydana dikmiş, tek başına oturuyor Murat bir masada. Koşar adım yetişiyorum sınıf arkadaşıma, kucaklaşıyoruz yine.

Yüreğim daha hafif şimdi...

"Hayrola Cemal, nedir bu halin? Yüzünden düşen bin parça!"

Bu kadar mı belliydi az önce yaşadıklarımın izleri?

"Sorma kardeşim, dün geceyi Kemal Amca'nın evinde geçirdim. Sabah kahvaltıya oğulları da geldi, bir güzel sohbet ettik, derken ayrıldım onlardan. Seninle buluşmaya gelirken bir de babaannemle birlikte yaşadığım yılların hatırına eski evimi göreyim dedim. Ne fayda..."

Sesim incelip titremeye başlıyor, hızla tamamlıyorum cümlemi.

"Bizim evi yıkıp yerine başkasını yapmışlar Murat! Uçtu gitti anılarım..."

Murat derdimi anlamıştı. Beni yatıştırmak ister gibi acele acele anlatıyor.

"Biz tabii o zamanlar bilmiyorduk Cemal. Meğer bizim köyün gençlerinden bazıları askerlik sonrası Almanya'ya işçi gitmiş, daha biz doğmadan. Artık yaşlanmışlar, bazıları torun sahibi bile olmuş. Kimilerinin işi rast gitmiş, hayli para kazanmışlar. Şu aralar yazlarını köyde geçirmek için sırayla kendilerine ev yaptırıyorlar. Anlaşılan seninki de kurban gitmiş bu değişime. Kışları böyle biz bizeyiz köyümüzde, sen bir de yazın gel gör buraların halini."

Gülümsemeye çalışıyorum. Hayalimde kurduğum onca senaryo arasında bu ihtimal yoktu. Gerçeğin ta kendisi buymuş anlaşılan.

Söylenecek bir şey yok.

Ya da tek bir şey var.

Kısmet...

Çaylarımızı yudumlarken soruyor Murat.

"Dün akşam Bayavşar'a bir geceliğine geldiğini söylemiştin. Değdi mi bari bunca yolu tepip geldiğine?"

"Valla, Murat ne desem ki? Köye dönmek benim için bir hayaldi. Senelerce o hayalle yaşadım. Bu hayalin bir kısmı gerçek oldu aslında. Bak, seni buldum mesela.

Anlatması öyle zor bir duygu ki bu... Bir kökün olduğunu bilmek... İşte Kemal Amca, Hatice Ana, oğulları... Başka kim, nerede kollarını bana böyle açar da misafir eder ocağında? Şimdi düşünüyorum da o evin yıkılması belki abarttığım kadar önemli değil. Belki de o bir semboldü benim için. Özlediğim, andığım, aradığım her şeyi temsil ediyordu sanki. Hazırlıksız yakalandım."

Murat ne diyeceğini bilemeden dikiliyor şimdi karşımda.

Yutkunuyorum, gülümsemeye çalışıyorum.

"Ne yapalım, bize de dünyada bu yükü taşımak nasipmiş. Madem öyle, başımız üstüne der, yolumuza devam ederiz."

Murat'ı düşünüyorum. Hiç köyünden ayrı düşmemiş, hep tanıdıklarıyla, bildikleriyle yaşamış bir insan ne kadar anlar halimden?

Murat hafifçe öksürüp kaşkolunu düzeltiyor.

"Peki, şimdi ne yapmayı düşünüyorsun kardeşim? Bilirsin, aralık ayı bizim için tatil gibidir. Toprağı çoktan havalandırmışız, gübrelemişiz, tohumlarımızı ekmişiz. Artık karın adamakıllı yağmasını bekliyoruz. Senin anlayacağın vaktim bol, dönmeden halledeceğin bir iş varsa ben de yardımcı olayım."

"Kardeşim benim, Allah senden razı olsun. Burada yapacak işim olsa söylemez miyim? Ne yazık ki fazla oyalanmadan Bayavşar'dan ayrılmam gerekiyor. Babaannemi hatırlarsın değil mi?"

"Nasıl hatırlamam, dersten sonra sizin eve giderdik..."

"Doğru ya, hatta ödevleri bile birlikte yapardık bazen. İşte o eve, babaannemi ziyarete gelen bir büyüğümüz vardı. Buraya biraz da onu bulabilir miyim diye gelmiştim. Bu sabah Kemal Amcama anlattım derdimi, o da bir akrabasını arayıp izini sürdü Yunus Efendi'nin. Öğrendim ki Beyşehir'den gelirmiş. Ben de şimdi merkeze gidiyorum. Geceyi de orada geçireceğim Allah izin verirse."

"İyi ya işte, birlikte gidelim öyleyse merkeze. Akşam da birlikte yeriz yemeğimizi, sonra dönerim ben köye nasıl olsa. Ne dersin?"

Murat'ın hevesle yaptığı dostça teklifi reddetmeye gönlüm razı değil ama içimden bir ses farklı şeyler fısıldıyor.

Ya orada işler beklediğim gibi gelişmezse? Ya aniden başka bir yere gitmem gerekse? Ya da karşıma Yunus Efendi'yi tanıyan biri çıkarsa onunla baş başa görüşmem icap ederse? Ne derim o zaman Murat'a? 'Kusuruma bakma Murat, sen istersen dön artık köyüne' demeyi göze alabilir miyim?

"Murat kardeşim. Teklif ettiğin için çok sağ ol ama Kemal Amca bana bir tanıdığından bahsetti. Şimdi gidip acilen onu bulmam gerek. Sonra neler olur ben de kestiremiyorum. Belki de aniden Konya'ya geri dönmek zorunda kalırım.

İyisi mi şimdilik burada vedalaşalım. Dün akşam sana adresimi, telefonumu yazdığım kâğıt yanında, değil mi? Madem durumun müsait, ne olur, ilk fırsatta atla gel İstanbul'a. Bizde kalırsın, gündüzleri etrafı gezersin, akşamları birlikte oluruz. Beni çok mutlu edersin. Sıla hasretimi hafifletirsin..."

Herhalde anlamıştı sözlerimin samimiyetini. Israr etmiyor. Sarılıyoruz birbirimize. İnşallah bir gün yine buluşacağız Murat'la. Ama burada, ama İstanbul'da...

Minibüslerin kalktığı yere kadar geliyor benimle. En son yolcu gelene kadar bekliyoruz kapısında. Sonra ben de biniyorum. On üç yıl boyunca biriktirdiğim hayaller bir günde uçtu gitti işte. Daha bir gün bile geçmeden ayrılıyorum köyümden.

Göz göze geliyoruz çocukluk arkadaşımla, el sallıyor, el sallıyorum, giderek uzaklaşıyor... Küçülüyor, küçülüyor...

* * *

Aradan yirmi dört saat bile geçmeden dönmüştüm Beyşehir'e. Bu koca ilçede Yunus Efendi'nin izini bulmak korkarım çok daha zor olacak. Sağıma soluma bakınıyorum, en sonunda minibüsün şoförüne Eşrefoğlu Camii nerededir diye soruyorum.

Bana eliyle ileriyi gösteriyor.

"Gölün kıyısına git. Eşrefoğlu bir tepenin üstündedir. Kime sorsan sana gösterir."

Sonra da soruyor:

"Buranın yabancısısın galiba?"

"Çocukluğum köyde geçmişti ağam. Beyşehir'i pek bilmem. Hadi hakkını helal et, ben de yola düzüleyim."

Şoförle helalleşip yürümeye başlıyorum.

Bir merak, bir heyecan... Trene bindiğim anda başlayan ve giderek karaçalı gibi dallanan bir tedirginlik var içimde. Bilinmezliğin tedirginliği... Kuru ayaza rağmen terliyor avuçlarım.

Gölün kıyısı uzaktan göründüğünde heyecanım büsbütün artıyor. Adımlarımı hızlandırıyorum. En nihayet kıyı boyunca uzanan yeşil parka vardım işte. Biraz ilerde tepenin üstünde gökyüzüne yükselen zarif minareyi görebiliyorum artık. Lise iki tarih kitabındaki, Selçuklu mimarisi tarzında yapılmış cami resimlerini hatırlıyorum. Aslı çok daha güzelmiş resimlerden. Önüme çıkan türbeyi dolanıp altı-yedi metre genişliğindeki, belki on metre yüksekliğindeki oymalı taçkapıyı görünce işte asıl o zaman nefesim kesiliyor.

Bu kadar eski bir caminin böylesine ihtişamlı bir girişi olacağını nasıl tahmin edebilirdim!

Öğle namazı bitmek üzereydi. Kimseleri rahatsız etmemek için bir süre oturup bekledim. Yavaş yavaş sakinleşmeye de başlamıştım. Ahali camiyi yavaştan terk ederken ben de ayakkabılarımı çıkarıp çekingen adımlarla içeri giriyorum. Daha önce İstanbul'da gördüğüm Osmanlı camilerine hiç benzemiyor burası.

Kubbesi olmayan, dikdörtgen şeklinde bir binanın içindeyim. Her biri oya gibi işlenmiş, onlarca ahşap direği karşımda görünce şaşkınlıktan kendi kendime konuşuyorum.

"Kim bilir kaç tane..."

"Kırk sekiz tane!"

Sesin geldiği tarafa dönüp baktığımda caminin genç imamını görüyorum karşımda. Uzun boylu, kumral sakallı imamın yüzünde 'senin gibi ilk defa gelenlerin şaşkınlığına alışkınız' der gibi muzip bir ifade var.

"Gel seni gezdireyim" diyor dostça gülümseyerek. Tavanı taşıyan o direklerin arasında yürümeye başlıyoruz.

"Bu ahşap direklerin hepsi sedir ağacından yapılmadır. Tepelerindeki başlıklar ise abanoz ağacından doğranmış. Üstlerdeki renkli motiflerde hep kök boya kullanılmış. İşte gördüğün gibi sekiz asır sonra hâlâ hepsi pırıl pırıl duruyor karşımızda."

Bir an için Yunus Efendi'yi unutarak büyük bir dikkatle anlatılanları dinlediğimi fark ediyorum. Artık bir şekilde yola düzülmüşüm, imamın ardından yürümeye devam ediyorum çaresiz. Ağır adımlarla minberin önüne geldiğimizde imam eliyle işaret ediyor:

"İşte bu minberimiz de yine masif ağaçtan, oyma ve kakma tekniği kullanılarak elle yapılmış. Ne çivi ne tel ne vida göremezsin bu yapıda..."

Caminin içinde dolaşmaya devam ediyoruz. Mavi çinilerle bezenmiş mihrabın önüne geldiğimizde birdenbire durup "Şimdi de sen söyle bakalım, nereden gelip nereye gidersin?" diye soruyor.

"Ben aslen Bayavşarlıyım imam efendi. Çocuk yaşta İstanbul'a gitmiştim okumaya ancak şimdi dönebildim köyüme. Bir tavsiye üzerine de caminize geldim."

"Demek gezmek görmek için geldin buralara."

"Tam olarak öyle değil imam efendi. Ben çocukken köydeki evimize, ziyaretimize gelen bir büyüğümüz vardı. Yunus Efendi derdi büyükannem. Aslında onu arayıp, bulmaya geldim Beyşehir'e. Cuma namazlarını burada kılarmış diye duydum."

Kendime olan güvenim her kelimede biraz daha eriyor. Sesim kısılıyor, yüzüme yine ateş basıyor. Keşke benim de bir maskem olsaydı herkes gibi. Her şey böyle tabak gibi okunmasaydı yüzümden, gözlerimden.

"Belki de siz tanırsınız" diye zor bela tamamlıyorum sözümü.

Bir süre düşünüp başını sallıyor.

"Dört sene önce tayin oldum buraya. Ne yazık ki söylediğin ismi şimdi hatırlayamadım. Madem cumaları buraya gelirmiş, ahaliden mutlaka bir bilen bulunur. Bu saatte namaz sonrası sohbet edenler olur avluda. Bir de onlara sor bakalım."

Böyle dedikten sonra sessizce uzaklaşıyor yanımdan. Öyle umut veren bir hali de yoktu ama buraya kadar geldikten sonra pes etmeye de benim niyetim yok.

En azından şimdilik...

Avluya çıkıp etrafa bakınıyorum. Kimi genç kimi orta yaşlı birkaç kişi var ama onların bana yardımcı olacağını sanmıyorum. Derin bir nefes alıp son bir umut, saçına sakalına ak düşmüş nur yüzlü bir ihtiyara yanaşıyorum.

"Affedersiniz efendim, size bir şey sorabilir miyim?"

Babacan gözleriyle bakıyor bana.

"Hayrola evlat, nedir derdin muradın?"

"Bu camiye cuma namazlarına gelen bir aile büyüğümü soracaktım. Adı Yunus Efendi. Uzunca boylu, ak sakallı, zayıf, siz yaşlarda..."

"Adı ne demiştin?"

Sesimi biraz yükseltiyorum.

"Yunus Efendi. Biz kendisine Yunus Efendi derdik beyamca... Bayavşar'a, evimize gelirdi eskiden... Acaba kendisini tanıyor musunuz? Ak saçlı, sakallı, omzu biraz öne eğik..."

Hafızamı kurcalıyor, yeni ipuçları bulmaya çalışıyorum.

"Hani alnında eski bir yara izi vardı..."

"Ahh, Yunus Efendi ha? Nereden tanıyorum demiştin hocayı?"

"Bizim köye gelirdi. Bayavşar köyüne. Babaannemi ziyaret ederdi, Kerime Hatun'u."

"Doğru ya, bilirim, bazen köye giderdi."

Sonra yüzüne koyu bir gölge düşüyor koca adamın.

"Geç kaldın be evladım" diyor boğuk bir sesle. "Daha önce gelip arasaydın ya Yunus Efendi'yi. Seneler önce göçüp gitti bu dünyadan."

Bu haberi almaktan fena halde korkuyor, yıllardır kendimi hazırlamaya çalışıyordum. Yine de boğazım düğümleniyor, yüreğim sıkışıyor, düşecekmiş gibi sağa sola sallanıyorum.

"Peki" diyorum cılız bir sesle. "Peki, bir akrabası falan yok mudur bu yakınlarda, onu tanıyan birileri?"

"Valla evladım, biz sadece camide karşılaşır, sohbet ederdik. Pek ev ziyareti falan olmazdı."

O sırada sakalını sıvazlıyor, sanki geçmişte kayda değer bir şey olmuş da unutmuş gibi kaşlarını çatmış düşünüyor.

Feri kaçmış gözlerine bir ışık düşüyor birden.

"Bak, şimdi hatırladım. Neydi diyordum deminden beri... Vefat ettiği haberi buraya ulaşınca tanımadığımız bir delikanlı gelip bizi Yeni Cami'ye davet etmişti. O zaman da sebebini anlamamıştım, senelerce buraya cumaya gelmesine rağmen cenaze namazını nedense orada kılmıştık."

Telaşla atlıyorum bu yeni ipucuna.

"Yeni Cami nerede acaba beyamca?"

Kırış kırış gözleriyle gülüyor yaşlı adam.

"Sen de az inatçı değilmişsin maşallah. Merak etme evladım, işin o kısmı çok kolay. Şu kapıdan çık, ilerde gördüğün Mevlânâ Caddesi'ne varınca sola sap, yüz adım gitmeden minaresini görürsün."

O an öylesine heyecanlanmıştım ki öpmek için yaşlı adamın eline atıldım. Baktım öptürmüyor elini, Allah sizden razı olsun gibi birkaç kelime söyleyip valizimi çekiştirerek hızlı adımlarla uzaklaşıyorum oradan.

Her defasında bir ümide kapılıyor, kapılar teker teker yüzüme kapandığında bu kez tam tersi bir duygu seliyle yıkılıyordum. Bir süre ne yapacağımı bilemiyor, sonra bir kere daha, sanki ilk defa yola koyuluyormuş gibi yeniden kalkıyordum ayağa.

Beni ayakta tutan tek güç o rüyalardan geliyordu. O inanç, o umut olmasa ne yapardım ben?

O zaman ara beni!

Ne yerde ara beni, ne gökte... Yalnızca gönlünde ara... Olmadı, doğduğun yerde ara... Mevlânâ'mızın kabrine git Cemalim, beni bir de orda ara.

İşte ardına düştüm, geliyorum Yunus Efendi. Bekle beni ne olur...

Çok geçmeden Yeni Cami'nin önüne gelmiştim. Hemen içeri girmeye gücüm elvermiyor. Bir süre avlusundaki banklardan birine oturup bekliyorum. Yoksa içeri girip bir kez daha hayal kırıklığına uğramaktan mı korkuyorum?

Kim bilir?

İstanbul'un ılıman havasına aldanıp ince giyindiğimi fark ediyorum birden. İç Anadolu'nun amansız ayazında titriyorum oturduğum yerde.

Caminin kapısında ayakkabısını bağlayıp çıkanları görünce imamı da kaçırmaktan ürküp ok gibi öne atıldım. Elimde ayakkabılar hemen camiye girdim, valizimi bir köşeye yerleştirip etrafıma bakınmaya başladım. Çok şükür imamı görmüştüm. Hızlı adımlarla ona doğru yürümeye başladım.

"Hayrola hemşerim, derdin nedir?"

Perişanlığımın o kadar belli olduğunu bilmiyordum açıkçası, bir an şaşırıyorum.

"Bana mı söylüyorsunuz?"

"Eh, görebildiğim kadarıyla alı al, moru mor bana doğru koşan bir tek sen varsın camide!"

"Haklısın imam efendi. Ne olur kusuruma bakmayın. Size sormak istediğim bir şey vardı da..."

"Buyur kardeşim, söyle derdini."

"Yunus Efendi'yi tanır mısınız?"

"Mahallemizin kıymetli büyüğü, rahmetli hocamızdan mı bahsedersin?"

Anlamıştım... Doğru yere geldiğimi anladığım an dizlerimin bağı çözülüyor sanki. Bu soğukta alnımda boncuklanan teri elimin tersiyle siliyorum.

"Evet efendim. Sanırım aynı ak sakallı Yunus Efendi'den bahsediyoruz. Ben de onu sormaya gelmiştim."

"Maalesef yıllar önce kaybettik hocamızı. Yeni mi duydun yoksa?"

"Evet efendim, aslında biraz önce Eşrefoğlu Camii'nde onu tanıyan birinden öğrendim vefat ettiğini. Benim de çok sevip saydığım bir büyüğümdü. Ara sıra Bayavşar köyüne gelir, babaannemi ziyaret ederdi. Bakın, bu elimde tuttuğum neyi bile o bana emanet etmişti. Yıllardır İstanbul'daydım, ne yazık ki ancak şimdi fırsat bulup dönebildim köyüme."

Yine kaptırıp gitmiştim... Duraklayıp sordum:

"Siz kendisini tanır mıydınız?"

İmam efendinin gözlerinde hem saygı hem hüzün var şimdi.

"Tanımak ne demek, o hepimizin hocasıydı. Hatta bazı geceler bize ney bile üflerdi. Sakın bu elinde tuttuğun kılıftaki ney, o ney olmasın?"

Dokunmak ister gibi elini uzatmıştı bile. Bu defa hiç nazlanmadım, tek harekette neyimi kılıfından çıkardım.

İmam neyi eline bile almadan tok bir sesle konuşuyor.

"Güzel kardeşim, hoş gelmişsin camimize."

Gözleri buğulanıyor sanki.

"Buyur, şöyle otur kardeşim. Madem neyini sana emanet etmiş hocaefendi, sen de bizim en değerli konuğumuzsun bundan böyle."

Bakışlarını ileriye çevirmiş, kapıdan çıkmakta olanlara seslenmek üzereyken telaşla ona engel olmaya çalışıyorum.

"Aman imam efendi. Ne olur şimdilik bu ziyaret aramızda kalsın. Kimselere haber verme daha. İzninle, önce birkaç şey sormak isterim, olur mu?"

Anlamıştı imam efendi. Bağdaş kurup oturuyoruz yan yana.

"Haklısın kardeşim. Uzak yoldan gelmişsin, önce seni dinleyelim."

"Yunus Efendi'nin hayatta kalan bir yakını, akrabası yok mudur acaba?"

İmam oturduğu yerden gülüyor babacan bir tavırla.

"Olmaz olur mu? Aslına bakılırsa bütün mahalle onun yakınıydı. O yüzden cenaze namazını burada kıldık zaten. Bütün ahali geldi onu uğurlamaya. Hemen karşı apartmanda otururdu kendisi. Bir sokak ötede de bir akrabası yaşıyordu. Artık tam olarak nesidir, o kadarını bilemiyorum ama çok yakınıydı besbelli."

Artık yerimde duramıyordum, daha fazla beklemeye gücüm kalmamıştı.

"Kimdir o kişi imam efendi? Hemen gitsem bulabilir miyim kendisini?"

Telaşımı halimden tavrımdan anlamış olmalı ki ikiletmiyor.

"Hemen arkamızdaki sokakta oturuyor Ahmet Bey. Kısmet Apartmanı'nda. Karısının adı şu anda aklımda değil, hocamızın akrabası o hanımdır bildiğim kadarıyla. İstersen hemen şimdi ziyaretlerine gidebilirsin. Bu saatte evdedirler nasıl olsa."

Yine içim sıkışıyor, yüreğim göğsümü dövüyor sanki.

"Ah imam efendi, sizinle oturup Yunus Efendi'den söz etmeyi çok isterdim. Ne yazık ki hiç vaktim yok. Şimdi bir an önce Ahmet Bey'e uğrayayım. Bir sonraki gelişimde inşallah sizlerle birlikte hocamızı anarız."

"Öyle yapalım kardeşim. Biz zaten her zaman buradayız. Fırsat bulduğunda ziyaretimize gelirsen seviniriz."

Kalbim minnetle dolu doğrulup ayağa kalkıyorum, iki elimle ellerini kavrıyorum.

Vedalaşıyoruz.

* * *

İşte yine tek başımayım…

Şimdi buluşma zamanı diyerek kararlı adımlarla yürüyorum. Ama sonra…

Aslında hep düşlediğim bir andı bu ama ya bir adım sonrası? Her şey iyi de ne diyeceğim bu hiç tanımadığım insanlara?

Ya 'Sen de kimsin' diye sorarlarsa kapının eşiğinden? Ya 'Hoş gelmişsin ama biz de tam çıkıyorduk evden' derlerse? Ya kapıyı hiç açmazlarsa?

Çevik adımlarım hantallaşmaya, avuçlarım yine terlemeye başlıyor. Kim bilecek gelip de kapıdan döndüğümü? Yol yakınken dönüversem Konya'ya olmaz mı?

Peki, Sezen Hanım'ın yüzüne nasıl bakarım sonra? Akrabalarının nerede oturduğunu bile öğrendim ama oraya gidecek gücü bulamadım kendimde, bir korkak gibi kaçtım mı diyeceğim ona?

Bu mudur yani Kerime Hatun'un torununa, bana yakışan? Yunus Efendi güvenip de asırlık neyini emanet etmişken hem de... Hele Artun Ustamın son söylediklerinden sonra...

Kafamda bu karmakarışık düşüncelerle o sokağa çoktan varmışım, parke taşı döşeli kaldırımda şuursuz adımlarla yalpalayarak yürüyorum. Birden üstünde kalın siyah harflerle 'Kısmet Apartmanı' yazan o sarı madeni levhayı görüyorum bir kapının üstünde.

Elim ayağıma dolaşıyor bir an. Durup soluklanıyorum.

"Birini mi arıyordun?"

Sesin geldiği tarafa dönüyorum bir robot gibi. Başörtülü yaşlıca bir kadın dikkatle süzüyor beni.

"Ne dediniz?"

Kadın bu garip halimden şüphelenmiş olmalı. Sesi biraz daha sert çıkıyor.

"Yolunu mu kaybettin yoksa?"

Evet, tam da öyle oldu diyecektim ama ağzımdan "Ahmet Bey" adı çıkıyor birdenbire. "Ahmet Bey'e bakmıştım da..."

"Hangi Ahmet Bey evladım? Adresi falan yok mu?"

Kelimeler sanki kerpetenle çıkıyor ağzımdan.

"Kısmet Apartmanı" diyorum boğuk bir sesle. "Kısmet Apartmanı'nda oturan Ahmet Bey..."

Çantasından anahtarlarını çıkaran kadın o kapıya doğru yürümeye başlamış bile.

"Bizim apartmanda iki tane Ahmet Bey var. Soyadını bilmiyor musun?"

Puslu havada denize açılmış acemi yelkenci gibi şaşalıyorum. Şimdi ne yapacağım?

"Bilmiyorum" diyorum daha da kısılan sesimle. "Ben aslında Yunus Efendi'yi arıyordum da..."

"Öyleyse üç numarayı çal oğlum. Ben çıkarken evdeydiler..."

Artık dönülmez bir noktaya gelmiştim!

Sert görünen yardımsever teyzeye teşekkür ediyorum. Sonra onun peşinden merdivenleri tırmanıyorum. İkinci kata gelince üç numaralı dairenin önünde durup gözlerimi yumuyor ve zile basıyorum.

Yüreğim ağzımda beklerken kapı açılmış, elinde gazetesi, gözlüklü bir adamla burun buruna gelmiştim.

"Kimi aradınız?"

"Ahmet Bey siz misiniz?"

"Evet?" diye sorar gibi cevaplıyor. Bıyıklarına ak düşmüş bir adam... Kapısına dikilen genç adamı ifadesiz bir suratla süzüyor tepeden tırnağa.

Durduğum yerde gittikçe ufalırken içimdeki o robot ses devreye giriyor yine:

"Sizi rahatsız ettim, çok özür dilerim. Adresinizi caminin imamı verdi bana. Yunus Efendi'yi sormaya gitmiştim ona..."

Aralık kapının ardında bir de başörtülü kadın silueti beliriyor aniden. "Yunus Efendi'yi niye arıyorsun bakayım?" diye soruyor hiç bekletmeden.

Sanki konuşma yetisini kaybetmiş gibiyim. Onca yıldan, bunca yoldan sonra tam yerine geldiğimi sanırken şimdi de hiç tanımadığım biri adeta hesap soruyor bana.

Bereket o robot ses bir kez daha yetişiyor imdadıma.

"Adım Cemal efendim. Kerime Hatun'un torunuyum ben."

Zaman durmuş, saniyeler dakikalara, dakikalar asırlara dönüşmüştü sanki. Eşiğinde durduğum o kapının yavaşça açıldığını görüyorum.

Neler oluyor?

Yaşlı kadın şimdi kocasının önüne geçmiş, elini uzatmış, beni kolumdan içeri çekiştiriyor.

"Öyle kapının önünde dikilip durmasana evladım. Gel içeri. Gel bakayım şuraya..."

* * *

Bir kere daha geride bıraktığım yılların özetini yapmıştım. Bu kez çok daha kolay olmuştu. Ne de olsa kendimi az çok evimde hissediyordum artık. Bir süre sonra Ahmet Bey'in mesafeli duruşu, yerini sevecen bir amca rolüne bırakmış, karısı Zeliha Hanım da bana öz be öz oğlu gibi davranmaya başlamıştı.

Çaylar içilmiş, bin türlü soru sorulmuştu. Öte yandan, kimlerle konuştuğumu hâlâ bilmiyordum.

En sonunda bir punduna getirip soruyorum.

"Zeliha Ana, Yunus Efendi sizin ağabeyiniz miydi?"

Ahmet Bey de Zeliha Ana da şaşkınlıklarından bir süre cevap veremiyor.

"Aman oğlum, sen bizim kim olduğumuzu bilmiyor musun?"

Utana sıkıla boynumu büküyorum.

"Ne olur kusuruma bakmayın, imam efendiye Yunus Efendi'nin bir yakını, akrabası var mı Beyşehir'de diye sorduğumda sizin adınızı verdi, ben de geldim. Bunun dışında kimse bana bir şey söylemedi."

Zeliha Hanım'ın yüzünde hüzün ve sevinç, medcezir gibi gidip geliyor.

"Vah yavrum vah... Biz de yıllardır bu çocuk neden bizi arayıp sormaz diye merak ediyorduk. Demek adresimizi bile bilmiyormuşsun."

"Dedim ya Zeliha Ana, hiçbir şey bilmiyordum."

Zeliha Hanım yüzünü bir an elleriyle örtüp dua eder gibi gözlerini kapatıyor, sonra kendince açıklamaya çalışıyor:

"Bir bildiği vardı muhakkak. Yunus Efendi bunu sana söylemeyi unutmuş olamaz. Demek böylesini uygun görmüş. Neyse artık seni de daha fazla merakta bırakmayalım o halde. Uzun sözün kısası, benim annemle Yunus Efendi'nin annesi kardeştiler. Yani ben onun kuzeniyim, teyze kızıyım. İki aile de Beyşehir'de yaşadığından birlikte büyüdük sayılır."

"Ya Kerime Hatun?"

Nedense bu soruya o kadar şaşırmadılar, bu sefer de Ahmet Bey anlatıyor:

"Kerime Hatun ile Yunus Efendi de amca çocuklarıydı Cemal. Bir bakıma Zeliha anan gibi yani, çok yakındılar birbirlerine.

Kerime Hatun'un çocukluğu da burada geçmiş aslında, evlenince Bayavşar köyüne yerleşmiş.

Rahmetli babanla anneni o kazada kaybettikten sonra daha sık köye gider oldu Yunus Efendi. Yüreği hem evlat acısıyla hem de kızı gibi sevdiği gelininin kaybıyla kavrulan Kerime Hatun'u ziyaret eder, onu teselli etmeye çalışır, uzaktan da olsa seni kollardı hep."

Böyle olduğunu çok sonraları ben de anlamıştım. Yıllar boyu biriktirdiğim düzinelerce soru vardı aklımda.

Çekine çekine soruyorum.

"Peki, Yunus Efendi hiç evlenmemiş mi?"

Bu defa derin bir iç çekiyor Zeliha Hanım.

"Ah yavrum, bütün acıklı hikâyeleri bir defada anlatmak yoruyor beni ama sen de haklısın merak etmekte. Yunus ağabeyim Beyşehir'in önde gelen ailelerinden birinin kızıyla evlendi asker dönüşü. Birlikte güzel günler yaşadılar ama nasip değilmiş, hiç çocukları olmadı. Tek can yoldaşı da daha ellisine gelmeden amansız bir hastalığa yakalanıp rahmetli olunca Yunus ağabey pek bir yalnız kaldı bu dünyada.

Şükür ki imanı güçlüydü, mütevekkildi. Yürüyen bir sabır taşıydı sanki. Hiç isyan etmedi ama acısı da büyüktü. Her akşam neyini üflerdi yanık yanık. İnancıyla, ibadetiyle ayakta kaldı canım ağabeyim."

Sanki o an ilâhi bir haber almış gibi birden fark ediyor Ahmet Bey elimdeki kılıfı. Gözlüklerinin ardında iri iri açılıyor gözleri.

"Yoksa bu elinde tuttuğun…?"

"Evet" diye atılıyorum ben de gururla. "İstanbul'a gitmeden bir süre önce bana emanet etmişti neyini Yunus Efendi."

Zeliha Hanım da heyecanlanmıştı şimdi.

"Göster bakayım bana, gerçekten o mudur anlayalım hele."

Herkes nefesini tutmuş, odada çıt çıkmıyor.

Topkapı Müzesi'ndeki Kaşıkçı Elması'nı gösteren bir rehber edasıyla, tabii o elmastan çok daha değerli bir şeye sahip olmanın kıvancı, saygısı, şükranıyla çıkarıyorum neyi kınından.

Bir an duraklădıktan sonra onu yavaşça Zeliha Hanım'a uzatıyorum. Yıllar boyu görmediği torununa kavuşmuş gibi seviniyor kadıncağız. Oturduğu yerde yüzü renklenmiş, sanki kendi kendine konuşuyor.

"Ah yavrum, ah nazlı güzelim, bak gördün mü, geri döndün işte ocağına. Özledin mi bakayım Zeliha yengeni?"

Tam o sırada Ahmet Bey koltuğunda bir kez daha irkilip adeta havaya sıçrıyor.

"Mektup… Zeliha Hanım… Canım, cananım çocuğa mektubu vermeyi unuttuk!"

Yüreğim hopluyor.

Zeliha Hanım da telaşlanıyor.

"Cemalim, evladım, yaşı ilerleyip sağlığı iyice bozulunca bize bir paket getirmişti Yunus Efendi. Eğer bir gün bizi ziyarete gelecek olursan sana o paketi vermemizi tembihlemişti sıkı sıkıya. İçinde minik bir kese, bir de mektup varmış. Öyle söylediydi. Seni bir anda karşımızda görüverince çıkıvermiş aklımızdan. Allah'tan Ahmet Bey hatırladı da… "

Bu sefer şaşkınlıktan donup kalma sırası bana gelmişti. Daha ben kendimi toparlayamadan "Bana bir mektup mu bırakmış Yunus Efendi?" diye soruyor o robot ses yine.

Ahmet Bey ayağa fırlayıp yaşından beklenmedik bir çeviklikle salonun açıldığı koridora doğru koşar adım gidiyor.

Üç dakika, beş dakika… Zaman durmuştu sanki.

Belki bir asır sonra Ahmet Bey elinde kaba kahverengi kâğıda sarılı, yassı, ufak bir paketle geri döndü. Farkına varmadan ayağa fırlamışım. Nefesimi tutmuş bekliyorum. Ahmet Amca paketi bana doğru uzatınca ben de elimi uzattım. Onu parmaklarımla sımsıkı kavrayıp boş bir çuval gibi yığıldım koltuğuma.

Kendimi biraz toparlayınca doğrulup etrafıma bakındım. Zeliha Ana ve Ahmet Amca, yüzlerinde çizgi çizgi bir merak… Beni izliyor. Hiç alışık olmadığım bu ilgi sanki ağır bir yük üzerimde.

Elim bir türlü kucağımda duran paketi açmaya gitmiyor. Kendimi zorlasam da olmuyor.

En sonunda Zeliha Hanım kaş göz ediyor kocasına. İkisi birden usulca koltuklarından kalkıp sessiz adımlarla salonu terk ediyorlar.

Artık yalnızım.

Parmaklarıma kurşun ağırlıklar bağlanmış gibi güçlükle, bir sadekâra yakışmayacak bir beceriksizlikle açıyorum paketi. Tıpkı dedikleri gibi elde örülmüş minik bir kese, bir de zarf duruyor içinde. Bir an için ne yapacağımı bilemeden bakıyorum önümdekilere. Sonra o robot derinlerde bir yerden yine ortaya çıkıp telaşla zarfı açıyor. İçinde ikiye katlanmış birkaç sayfalık bir mektupla bir küçük zarf daha çıkıyor.

O ikinci, küçük zarfı hızla cebime yerleştirip mektubu okumaya başlıyorum:

Merhaba Cemalim, Merhaba Evladım,

Bu satırları okuduğuna göre demek izimi sürmüş, ailene kavuşmuşsun.

Ne mutlu sana... Ne mutlu cümlemize...

Daha önce neden hiçbir şey söylemedim, sana niçin adresimi vermedim diye merak ediyorsundur. Emek harcamadan, ter dökmeden, kolayca elde edilenlerin kıymeti olur mu hiç?

Diledim ki geçmişine sahip çık, çok geç olmadan köyüne geri dön ve kim olduğunu, nereden geldiğini kendin öğren!

Evvela sana asırlar öncesinde yaşanmış bir hikâyeyi anlatmalıyım. Şimdi beni dikkatle dinle:

Pirimiz, üstadımız, Mevlânâ Hazretleri, babasının ölümünden bir süre sonra eğitimini tamamlamış ve şeyhlik makamına oturmuştu.

Şeyhliğinin ilk döneminde bilgeliği, ermişliği herkese malum olsa da, kendisinin henüz cevabını bilemediği sorular zihnini sürekli meşgul ediyor, deruni arayışların sancısını çekiyordu.

Yolunu aydınlatacak o ilâhi aşkı arıyordu...

Bir mucize gerçekleşti. Karşısına Şems-i Tebrizi çıktı ve ikisi birlikte ruhani bir yolculuğa koyuldular.

Artık gerçek kimliğine kavuşmuştu. İlâhi aşkın ateşiyle yanıp tutuşuyordu...

Ne yazık ki bu beraberlik beklendiğinden kısa sürdü. Şems-i Tebrizi'nin yokluğunda Hz. Mevlânâ çok sarsıldı. Nitekim 'Her şeyi anlayan, idrak eden akıl bile, dostların ayrılığı ile yayı kırılmış okçu gibi şaşırır kalır' diyerek yıllar sonra bu duygularını Mesnevi*'sinde dile getirdi.*

O yıllarda Hz. Mevlânâ'nın imdadına Selâhaddin-i Zerkubi yetişti. Zerkubi, nam-ı diğer Kuyumcu Selâhaddin Beyşehir'in bir köyünde doğmuştu. Konya'ya yerleşince Mevlânâ›nın babasının aziz dostu ve halifesi Seyyid

Burhaneddin›e bağlanmış; imanı, ahlakı ve ibadeti ile iyi bir öğrenci olmuştu.

Yıllar sonra bu değerli insan Hz. Mevlânâ'nın ışığına gönül verdi ve onun ardına düştü. Hz. Mevlânâ da Selâhaddin-i Zerkubi'yi çok sever, onunla sık sık birlikte olmaya özen gösterirdi. Zerkubi Efendimizi yürekten sevdiği için olsa gerek, bir süre sonra onu kendi yerine şeyhlik makamına getirdi.

Bu beraberlik bir de düğüne vesile oldu. Mühür kazıyarak, varak dökerek kuyumculuk yapan Selâhaddin-i Zerkubi'nin büyük kızı Fatma Hatun, Hz. Mevlânâ'nın en büyük erkek evladı, Mevlevi tarikatının kurucusu Sultan Veled ile evlendi.

Bir süre sonra da Selâhaddin-i Zerkubi'nin ikinci kızı Hediye Hatun, Sultan Veled'in yakın arkadaşı Hattat Nizam Çelebi ile sözlendi.

Ancak varını yoğunu Hz. Mevlânâ yolunda harcayan Kuyumcu Selâhaddin'in düğüne harcayacak parası kalmamıştı. Dostunun yardımına koşan Hz. Mevlânâ, Selçuk Sultanı I. Gıyaseddin Keyhüsrev'in kızı ve vezir Muiniddin Pervane'nin zevcesi Gürcü Hanım'dan çeyizlik istedi. Hz. Mevlânâ âşığı Gürcü Hanım tez zamanda sırmalı kaftanlar, altın bilezikler, tepsiler, kazanlardan müteşekkil bir araba dolusu çeyizlik yolladı gelinin evine.

Hz. Mevlânâ'nın Rabbine kavuşmasından sonra oğlu Sultan Veled postnişin yani şeyh olduğunda Konya'ya ilk tekke inşa edildi ve Mevlevilik hızla tanınmaya, yayılmaya başladı. Fatih Sultan Mehmet'in İstanbul'u fethinden sonra da Mevlevilik İstanbul'a kadar uzandı.

Bu anlattıklarımın gizlisi saklısı yoktur, zaten bilen bilir Cemalim.

Bilinmeyen ise Hediye Hatun ve kocası Hattat Nizam Çelebi'den dünyaya gelenlerin bu kutlu gelişime engel olmamak, dergâhta ikilik çıkarmamak adına kendi rızaları ile geri plana çekilmeleridir.

Hediye Hatun'dan gelen ailenin en büyük kolu zaman içinde İstanbul'a, oradan Balkanlara göç etti. Bu insanlar kimliklerini gizleyerek Mevleviliği yaşatmaya, dünyaya tanıtmaya çalıştılar.

Aynı yıllarda, ailenin bir diğer kolu da Kuyumcu Selâhaddin'in doğduğu topraklara yani Beyşehir'e yerleşti.

Bu soylu sülale, büyük bir tevazu ve fedakârlıkla kimliğini asırlar boyu hep gizli tutmuş. Bu nedenle de yeni doğan çocuklarına on sekiz yaşına gelene kadar gerçek kimlikleri hakkında bilgi verilmemiştir.

Cemal evladım, Osmanlı'nın son dönemlerinde yaşanan uzun savaşlar nedeniyle bu sülaleden günümüze pek kimse kalmadı. Varsa bile kimlerdir, nerede yaşarlar biz bile bilmeyiz.

Beyşehir'e göç edenlerin hayatta kalan son temsilcileri olarak bir tek Kerime Hatun'la biz kalmıştık. Ne yazık ki babaannen benden önce Hakk'ın rahmetine kavuştu, muhtemelen sen on sekiz yaşına girdiğinde ben de artık hayatta olmayacağım.

İşte bu yüzden aile sırrımızı sana ancak bu mektupla açıklayabiliyorum. Paketten çıkan ikinci mektubu ise Hz. Mevlânâ'nın türbesine gidince açarsın.

Bu arada unutma, ailemizin erkekleri asırlardır neyzen olmuşlardır. Sana emanet ettiğim ney de aile yadigârımızdır. Bir gün inşallah evlatların olur, bir erkek çocuğun doğarsa neyini ona emanet eder, on sekiz yaşına gelen çocuklarına da hikâyemizi kendin anlatırsın.

Zarfla birlikte sana ilettiğim kesede ise Gürcü Hatun'un gelin evine gönderdiği altın sikkelerden var. Zamanımıza kadar elde kalmış sikkelerden beş tanesi bugüne kadar bendeydi. Geri kalan beş sikkeyi de Kerime Hatun Hakk'ın rahmetine kavuşunca sana vermiştim. Bunları gözün gibi koru. Sen de ileride çocuklarına miras bırakırsın.

Cemal evladım, çok şükür ömrümü kul hakkı yemeden, gönül kırmadan Yüce Rabbimin yolundan ayrılmadan geçirmeye çalıştım. Artık huzur içinde Rabbime kavuşma vaktim geldi.

Selâmetle bu dünyadan ayrılıyorum, Allah'a emanet ol...

Yunus Zerkubi

Güneşin duvara düşen nûru, yine güneşe gider.
Sen duvara düşen nûra değil de o nûru düşürene,
yani güneşe git; sana lâyık olan odur.

Mevlânâ

Sır Gömleği

Bir gecede yarım asır yaşlanmıştım. Öyle hissediyordum. Ya da büyümüştüm yalnızca...

Beyşehir'den kalkan bir otobüsle Konya'ya dönüyorum. İstanbul'dan yola çıktığım an canlanıyor gözümde.

İlk defa bindiğim o tren; perondaki, trendeki yolcular; her biri başka bir hayatın içinden kopup gelen, kim bilir ne sebeple aynı yöne giden insanlar...

Treni kaçırmasına ramak kalan o telaşlı, bir o kadar da kederli kadın... Kâh küskün kâh heyecanlı ve geveze iki yabancı... Bir meraklı güzel kadın, bir öfkeli adam... Ve köyüne hasret, Yunus Efendi'nin izinde yollara düşmüş bir garip Cemal...

* * *

Daha bir gün önce nice sırlarla dolu nice itiraflara gebe bu yolculuğun üzerinden henüz bir gün dahi geçmemişken, elimde okumayı yeni bitirdiğim bir mektupla, yabancı bir evin salonunda oturuyordum.

Beni yalnız bırakmışlardı rahatça okuyayım diye ama kolayca okunacak, hemen hazmedilecek bir mektup değildi ki bu. Sanki ağırlığı an be an artan bir sorumluluk yıkılmıştı omuzlarıma. İçim karmakarışıktı. Bundan böyle hayatımı büyük bir sırrı kimseyle paylaşmadan yaşama görevinin ciddiyeti adeta beynimi uyuşturuyordu.

Uzun süre benden ses çıkmayınca Ahmet Amca ile Zeliha Ana salona dönmüş, ıslak gözleri boşluğa dikili bir heykelle karşılaşmışlardı.

"Ne oldu sana yavrucum, kötü bir haber mi var?"

"Yok anacım yok, iyiyim ben" desem de sesim öylesine boğuk ve yabancı çıkıyordu ki.

"Ne yazmış sana Yunus ağabeyim? Yoksa bize söylemediğin bir derdin mi var?"

İşte o zaman, oturduğum yerde bir gayret silkindim. Beklenmedik anlarda hayatıma giren o robot sese meydanı bırakmadan duruma el koydum ve masum bir gerekçe uyduruverdim ayaküstü.

"Ne de olsa kederlendim Zeliha Ana. Babamdan, anamdan bahsetmiş Yunus Efendi mektubunda. Duygulandım, ağladım biraz yoksa çok şükür hiç öyle kötü bir haber almadım."

"Ya kesede ne varmış?" diye söze başlamış, Zeliha Hanım'ın sert bakışlarını fark edince de, "Bu da senin sırrın olsun evladım, bize ne? Öyle değil mi?" diye çark etmişti Ahmet Bey.

Sanki dört duvar bir olmuş, her yönden üzerime geliyordu. Artık orada daha fazla kalamayacağımı anlayınca izin istemiş, ellerini öpüp hayır dualarını almış, son bir gayret, kendimi apartmandan sokağa atmıştım.

Sokağın sert havası yüzüme çarpınca biraz ayıldım. Gerisin geriye yürüyüp gölün kıyısına gittim. Kıyıya usulca dokunup kaçan dalgaları seyrettim bir süre. Biri giderken ikincisi geçiyordu önümden. Sonra bir tane daha, bir tane daha... Hiç yorulmadan, şikâyet etmeden gelip gidiyorlardı biteviye.

Keşke onlar kadar sabırlı olabilseydim. Keşke sorgusuz sualsiz geldiği gibi yaşayabilseydim hayatı. Keşke büyük sırlarla nasıl başa çıkılabileceğini bilseydim.

Keşke Nihal burada olsaydı... Mine atölyesinden alıp götürseydim onu bir çay bahçesine, karşılıklı oturup konuşsaydık, dertleşseydik...

Peki, ona anlatabilir miydim yaşadıklarımı? O uzun kirpikli badem gözlerini dikip dinler miydi beni? Yoksa yine kaçırır mıydı utangaç bakışlarını?

Hava kararmaya yüz tutunca valizimi sürükleyerek yürümeye başladım. Kendime ucuz bir otel bulup tek yataklı, tahta masalı odama çıktığımda başım dönmeye başladı yeniden.

Karnım acıkmıştı, farkında değildim. Akşam olmuştu, farkında değildim. Kaç kere döne döne okumuştum o mektubu, hiç farkında değildim.

En sonunda, sürüsünden ayrı düşmüş bir yavru ceylan misali kıvrıldım kaldım yatağın üzerinde.

Gece yarısı uyandığımda ışığı açıp mektubu satır satır bir daha okumuş, rüya görmediğimi anlayınca elimde tuttuğum o iki sayfayı göğsüme sımsıkı bastırmıştım.

Karanlığın içinden peyda olan melekler saçlarımı şefkatle okşarken gün ağarana kadar mışıl mışıl uyumuşum.

* * *

Şimdi söz verdiğim gibi Konya'ya, Sezen Hanım'la buluşmaya gidiyorum.

O ser verip sır vermeyen tok sözlü kadında beni sarıp sarmalayan bir sıcaklık vardı. Geçmişinden bahsederken kızını anlatmıştı, torununun resimlerini göstermişti. Ya kocası? Var mıydı yok muydu belli değil. Kim bilir ne dertler vardı onun da yüreğinde.

Ya o tuhaf ikiliye ne demeli? Birbirini tanımıyormuş gibi yola çıkmışlar, yolun ilk yarısını durmadan tartışarak geçirmişler; geri kalan zamanda da sanki gökten inme bir mucizeyle sulh oluvermişlerdi. Ortalık tam savaş alanına dönecekken bir anda sütliman kesilmişti. Neler konuşmuşlardı kim bilir? İngiliz kızın sıcaklığı gözlerinden okunuyordu. Hele neyimle ilgilenişindeki o saygı, o içtenlik... O takım elbiseli, mayhoş suratlı adam ise tam bir muamma. Ne desem boş...

Dikkatimi yeniden yola veriyorum. Artık soluk alıp verişim bile farklı. Gördüğüm şeyler aynı kalsa da bakış açım değişmiş sanki. Moralim de her dakika yükseliyor.

Şimdi daha yalnız ve cesur hissediyorum kendimi... Ve elli yıl daha yaşlı. Ya da yüz...

Konya otobüs terminaline vardığımızda bir taksiye biniyorum bu sefer. Sanki bir define bulmuş, bir gecede zengin olmuşum. Paranın ne önemi var, çalışır yine kazanırım diye söyleniyorum kendi kendime. Sonra da cebimde taşıdığım kâğıda bir göz atıp gideceğimiz otelin adresini veriyorum şoföre. Yola çıkınca arkama yaslanıp hayallere dalıyorum.

Sezen Hanım'a verdiğim o sözü muhakkak tutacak, mine işleyişine hayran olduğum Nihal'e ilk karşılaşmamızda yaşını soracağım. Ama öyle pat diye de sorulmaz ki!

Belki önce memleketini sorarım... Ya da kaç zamandır bu işi yaptığını... Ya da...

Otele gelmişiz bile.

Borcumu ödeyip taksiden iniyorum. Kapının önü mahşer gibi. Birbirinden farklı diller, lehçeler konuşan bu insanlar başka başka ülkelerden, farklı yörelerden akın etmişler Konya'ya.

Ustamın sık kullandığı bir deyişle bu 'akla ziyan' kalabalık Şeb-i Aruş için şehre gelmiş olabilir mi diye geçiriyorum aklımdan. Haşin suratlı, yufka yürekli ustamı düşünüp gülümsüyorum. Sonra yine onun yaptığı gibi kaşlarımı çatıp, yok canım diyorum içimden, ne işleri var da bu kadar yolu tepip gelsinler buraya?

Otelin resepsiyonuna doğru yürüyüp bankonun arkasında duran kıvırcık saçlı esmer kıza Sezen Hanım'ın hangi odada kaldığını soruyorum. Suni bir gülümsemeyle beni dinledikten sonra önündeki klavyenin birkaç tuşuna dokunup bir süre ekrana bakıyor. Nihayet kafasını kaldırıp "Evet, Sezen Hanım otelimizde kalıyor efendim ancak oda numarasını size veremiyoruz ne yazık ki" diyor kuru bir sesle.

Gizli bir bilginin peşinde koşuyormuşum gibi mahcup, bir defa daha reddedilmekten korkarak kekeliyorum:

"Peki, otele geldiğimi kendisine haber veremez misiniz?"

Kızın sesinde bu kez umulmadık bir sıcaklık var nedense.

"Memnuniyetle efendim, kim diyeyim?"

"Cemal deyin lütfen, geleceğimi biliyordu zaten."

Numarayı tuşlayıp telefona bir şeyler mırıldayan kıvırcık kız, eliyle ilerdeki beyaz koltukları gösterip, "Şurada bekleyin isterseniz, birazdan kendisi aşağıya inecekmiş" der demez bakışlarını bir sonraki ziyaretçiye çeviriyor.

Bir elimde tekerlekli valiz, öteki elimde kılıfında dinlenen ney koltuklara doğru ilerliyorum. Bir gözüm kapıdan girip çıkanlarda oturuyorum. Çok geçmeden Sezen Hanım'ın asansörden çıktığını görüyorum. Yüzünde ana-hoca karışımı bir gülümsemeyle bana doğru ilerliyor.

Trende göründüğünden daha huzurlu daha dinlenmiş, daha enerjik.

"Hoş geldin evladım. Ben de kahvaltımı etmiş, odamda senden haber bekliyordum. Nasıl, işlerini halledebildin mi bari köyünde?"

"Sağ olun hocam, her şey yolunda çok şükür. Köyde kaldığım gece de Beyşehir'de geçirdiğim gün de çok iyi geçti. Bir okul arkadaşımla karşılaştım, ilk gecemde rahmetli babamı yakından tanıyan bir ailenin evinde kaldım. Sokaklarda dolaştım, hasret giderdim."

Sonra bir perde iniyor sanki gözlerime.

"Doğduğum, büyüdüğüm eve de gittim dün sabah, ne yazık ki iki katlı bambaşka bir ev çıktı karşıma. Meğer eskiden köyde yaşayanlar, ekmeklerini kazanmak için gittikleri gurbet ellerden dönünce kendilerine böyle yeni evler yaptırıyorlarmış."

Sezen Hanım başını sallayarak dinliyor ama aslında bambaşka bir şeyi merak ediyor:

"Sana o neyi emanet eden yaşlı bir adamdan bahsetmiştin trende, onu bulabildin mi?"

Bu sorunun geleceğini tahmin ediyordum ama ne cevap vereceğime bir türlü karar verememiştim. Düğümlenmiş boğazımdan boğuk bir ses çıkıyor.

"Yunus Efendi aslında Beyşehir'de yaşıyormuş. İzini sürüp namaz kıldığı camiye bile gittim, ne yazık ki vefat etmiş yıllar önce."

Sesim büsbütün boğuluyor, susuyorum...

Sezen Hanım, acımı paylaşır gibi şefkatle koluma dokunup "Aklıma gelmedi değil, ne de olsa bir yaşa gelince hepimizin sonu bu, mukadderat işte. Başın sağ olsun evladım" diyor yumuşak bir sesle.

"Peki, ailesine ulaşabildin mi? Kimmiş Yunus Efendi, neyin olurmuş senin, öğrenebildin mi bari?"

"Babaannem Kerime Hatun'la Yunus Efendi amca çocuklarıymış. Beyşehir'de yaşayan bir de akrabası varmış. Adreslerini öğrenip, evlerine gittim."

Bir an için söylediğime pişman olmuş gibi arkama yaslanıyorum, sonra yüzümde mahcup ama bir o kadar da gururlu bir ifadeyle "Bana bir de mektup bırakmış Yunus Efendi" diye tamamlıyorum sözlerimi.

O mektubu sanki anlatmak istiyordum bir başkasına. Öyle hissetmiş olmalıydı Sezen Hanım. Yardımcı olmak ister gibi soruyor.

"Ne yazmış mektubunda?"

"Babamdan, annemden, ailemizin geçmişinden bahsetmiş Yunus Efendi. Bir veda mektubu…"

"Allah rahmet eylesin evladım" diyor Sezen Hanım. "Pek muhterem bir zatmış, nur içinde yatsın."

Sonra bu ağır havayı dağıtmak ister gibi konuyu değiştiriyor.

"Şimdi ne yapacağız biliyor musun?"

"Hayır efendim bilmiyorum, sanırım sizin aklınızda bir şeyler var."

"Eh, çoktan öğlen olduğuna göre… Önce bir şeyler yeriz diye düşündüm. Kuzu tandır kebabına ne dersin? Dün oteldekilere nereyi tavsiye edersiniz diye sormuştum, bana bir adres verdiler, ilk önce oraya gidelim istersen. Sonra da Mevlânâ Müzesi'ni ziyaret ederiz."

O mektubu okuduktan sonra uzun süre kendime gelemeyince ne akşam yemeği yemiş ne de doğru dürüst kahvaltı edebilmiştim. Fena halde acıktığımı fark etmiş olmalıyım ki hiç itiraz etmiyorum.

Valizimi otelin bagaj odasına teslim edip birlikte dışarı çıkıyoruz.

Ey sırları bilen güzel gözlü Allah,
kötü işlerin ayıbını, noksanını bizden gizleme!
İyi işleri de bize ayıplı gösterme de o işe gidelim
sarılalım... Çalışmamız heba olmasın, gayretimiz
soğumasın!

Mevlânâ

Keşifler

Yol boyunca yaşadıkları iniş çıkışlardan, tartıştıkları konulardan, bir o yana bir bu yana savrulan karmaşık duygulardan bitap haldeydiler.

Sözleşmiş gibi bir an evvel otele kapağı atıp bir süre yalnız kalmanın hayalini kuruyordu ikisi de. İstasyondan çıkar çıkmaz sırada bekleyen ilk taksiye bindiler. Sürücü bavulları bagaja yerleştirip motoru çalıştırdığında Mustafa kalacakları otelin adını verdi hemen.

"Konyamıza hoş geldiniz. Şeb-i Arus'a katılmayı düşünüyor musunuz?"

Şimdi bir de bu gevezenin derdiyle mi uğraşacağım diye söylendi içinden Mustafa. Yine de donuk bir sesle yanıtladı soruyu.

"Evet, internetten yer ayırttık zaten. Neden sordun?"

"Yanlış anlamayın efendim, biletiniz var mı diye sormamıştım zaten, kalacağınız otel Mevlânâ Kültür Merkezi'nin tam karşısında, onu söyleyecektim. O bakımdan şanslı sayılırsınız, Mevlânâ Müzesi'ne de beş dakika mesafede..."

"Ne diyor sürücü?" diye sordu Evelyn.

"Önemli değil, kalacağımız otelin yeri çok iyiymiş. Öyle söylüyor. Anlaşılan şehrin tanıtım elçisi gibi çalışıyor bunlar."

Evelyn, Konya hakkında pek bilgi sahibi olmadan çıkmıştı bu yolculuğa. Oysa yeni bir yer göreceği zaman iyi bir araştırma yapmadan, o bölgenin gelmişini geçmişini, özelliklerini öğrenmeden yola çıkmazdı. Bu defa doktorasına odaklandığından, belki önemli bir beklentisi de olmadığından bavulunu toplayıp apar topar binmişti uçağa.

Taksi koca bir şehir boyunca yol almaya başlayınca da epey şaşırmıştı. Nedense en baştan beri zihninde burasını eski, tarihi bir kasaba olarak canlandırmıştı.

"Mustafa, sorar mısın lütfen Konya'nın nüfusu ne kadarmış?"

"İki milyonun biraz üzerinde" diye cevap verdi sürücü İngilizce.

"İki milyon mu?"

"Evet efendim."

Evelyn ne bu kadar büyük bir şehre geleceklerini tahmin etmişti ne de bu orta yaşlı sürücünün düzgün İngilizce konuşabileceğini.

Bu kez soruyu doğrudan sürücüye yöneltti.

"İngilizceyi nerede öğrendin?"

"Bizim burada öğrendim. Konya Selçuk Üniversitesi'nde."

"Demek burası da Cambridge gibi bir üniversite şehri."

"Evet efendim. Öyle de diyebiliriz. Duyduğuma göre şu sıralar öğrenci sayısı seksen bin civarındaymış. Buna ilaveten birisi özel öteki resmi iki üniversite daha eğitime başladı son yıllarda."

Evelyn gülmeye başlamıştı. Mustafa neler oluyor gibi dönüp baktı yol arkadaşına.

"Neden güldün?"

"Bizim Cambridge'imizin toplam nüfusu yüz yirmi bin de ondan gülüyorum."

Bu konular pek ilgisini çekmiyordu Mustafa'nın, aklında başka şeyler vardı.

"Madem Konyalısın söyle bakalım bu akşam nerede yemek yiyelim?"

"En iyi restoranlarımız artık Meram'da. Tepeye doğru sıralanıyorlar. Şimdi gidelim mi?"

"Yoo hayır. Pek aç değiliz, bir an evvel otele gidelim şimdi. Akşam için sormuştum."

Bunun üzerine sürücü öndeki konsoldan üzerinde kendi fotoğrafı olan bir kartvizit çıkarıp uzattı arka koltuğa.

"Adım Ayhan efendim. Kartta telefon numaram da yazılı... Arzu ederseniz sizi dilediğiniz saatte otelden alıp Meram'a götürebilirim."

Mustafa söz verip kendini bağlamak istemese de kartı alıp ceket cebine attı. Otele geldiklerinde ikisi de yeterince yorgundu.

Evelyn lobiden geçerken Mustafa'ya sordu.

"Bu kadar modern bir otelde kalacağımızı ummuyordum, kim tavsiye etti sana burasını?"

"Dayım oteli seçerken dikkatli ol demişti. Ben de değerli misafirimize uygun olabilecekler arasından burayı seçtim."

Umursamaz görünse de besbelli detaylara önem vermiş diye düşündü genç kadın. Hoşuna gitmişti bu keşif. Gülümsedi...

Bir şeyler söylemeye niyetlenip sonra vazgeçti.

Kayıt işlemlerini yaptırıp saat yedide lobide buluşmak üzere sözleştiler. Evelyn'in niyeti odasına çıktığında internete bağlanıp mesajlarına bakmak, en önemlisi de hiç bilmediği bu şehir hakkında biraz fikir sahibi olmaktı.

* * *

Sabah duşunu almış, ıslık çalarak asansörle aşağıya iniyordu Mustafa. Aynaya bir göz attı. Hiç de öyle omuzları çökmüş bitkin bir insan hali yoktu tavrında, bakışlarında.

Kaşları da eskisi gibi çatık değildi. Vay canına dedi kendi kendine. Hah, Rustam Dayı da hep böyle derdi zaten.

Bir gece önce yine aynı taksiye binip bahçe içinde lüks villaların yan yana dizildiği Meram tepesine çıkmış, sürücü Ayhan'ın önerdiği restoranda nefis bir ziyafet çekmişlerdi kendilerine. Evelyn kuzu tandıra bayılmıştı. Hele o yanında getirdikleri süzme yoğurt... Gâvur dağı salatasını da silip süpürmüştü büyük bir iştahla. En çok da yedikleri o salatanın adını İngiliz kıza tercüme ederken zorlanmıştı Mustafa.

Çocuk gibi eğlenmiş, sürekli şakalaşmışlardı. Evelyn'in o baştan çıkarıcı gamzesi ise gece boyu yüzünden hiç eksilmemişti... Mustafa istedi mi ne kadar hoş sohbet ve esprili bir erkek olabiliyordu! Çift kişilikli galiba bu adam, diye gülüyordu içinden Evelyn. Otelin lobisinde küçük porselen fincanlarda köpüklü kahvelerini yudumladıktan sonra da sabah kahvaltıda buluşmak üzere sözleşip ayrılmışlardı birbirlerinden.

İşte şimdi de Mustafa en şık mavi gömleklerinden birini üzerine geçirmiş ıslık çalarak kahvaltı salonuna doğru ilerliyordu.

Çok geçmeden Evelyn de elinde bir bardak taze sıkılmış portakal suyu, pırıldayan gözleriyle masaya oturdu.

"Ne zengin bir açık büfe bu böyle? Ne ararsan var."

"Böyledir bizde. Misafirlerimiz aç kalacak diye ödümüz patlar. Allah aşkına şundan da ye diye bin bir çeşit şeyi yığarız önlerine. Peki, senin aklında neler var?"

Evelyn yarı muzip yarı utangaç güldü.

"Dün akşam yediğimiz o yemekler beni mahvetti. Bu sabah da öyle devam edersem sonra bu bedeni taşıyamam. En iyisi küçük bir kâse mısır gevreği, belki birkaç dilim de meyve koyarım tabağıma. Bir de kahve içtim mi tamamdır."

"Ne yani, şimdi ben pastırmalı yumurtamı, çeşit çeşit peynirlerimi, ballı kaymaklı kızarmış ekmeklerimi yiyemeyecek miyim?"

"Keyfin bilir Mustafa. Bana göre hava hoş."

Mustafa tabağına koyduklarını iştahla midesine indirirken Evelyn de etrafına bakınıyordu. Grup halinde geldikleri belli olan genç kadınlar, çoluklu çocuklu aileler, yabancı turistler.

"Bu insanlar da bizim gibi Şeb-i Arus için mi gelmişler buraya?"

"Öyle anlaşılıyor. Duyduğuma göre yıl boyunca hafta sonları bu törenler devam ediyormuş. Ama asıl Şeb-i Arus şimdi, yani Aralık ayında."

"Peki, bugün nerelere gideceğiz bakalım? Bir plan yaptık mı?"

"Dün akşam yemekten dönerken bizim sürücüyle konuştuk. Birazdan burada olacak, gün boyu da bizi o gezdirecek. Ne dersin, sence de uygun mu?"

"En iyisini yapmışsın, ikimiz de şehrin yabancısı olduğumuza göre... Bu arada hemen çıkmasak olur mu? Sana bir şey göstermek istiyordum."

"Tabii, epey vaktimiz var. Olmadı adama telefon eder biraz gecikeceğimizi söylerim. Ne vardı?"

"Trende konuştuklarımızı hatırlıyor musun? Kaza ve kaderi. Diğerlerini?"

Nereden çıktı bu yine diye düşündü Mustafa. Ama kendini tuttu, bozuntuya vermedi.

"Hatırlamaz olur muyum? Hatta uyumadan önce uzunca bir süre o konuları düşündüm yattığım yerde."

Yalandan kim ölmüş, dedi içinde uluorta söylenen muhalif ses.

"Bunu duyduğuma çok sevindim Mustafa. *Mesnevi*'nin İngilizcesini okurken çok dikkatimi çeken bir bölüm vardı. Dün gece resepsiyondaki görevliden o bölümün Türkçesini rica etmiştim. Arayıp bulmuşlar. Bu sabah da resepsiyondaki kız benim için yazıcıdan çıktısını aldı. Türkçesinin İngilizce tercümesinden daha düzgün olacağını düşündüm... İşte..."

Çantasından ikiye katlanmış bir kâğıt çıkarıp kendisini kuşkuyla izleyen genç adama uzattı.

Mustafa yediklerini hazmetmeye çalışırken yeni bir imtihandan geçmeyi beklemiyordu besbelli. Şaşırdıysa da belli etmemeye çalıştı. Kâğıdı eline aldı ve sessizce okumaya başladı:

Sen bir işe el atar, o işe sarılırsın.

O işteki ayıp ve noksan o anda sana örtülüdür...

Tanrı senden o işin ayıbını örttüğünden canla başla o işe girişebilirsin.

Hararetle sahip olduğun fikrin de ayıbı senden gizlidir.

Sana o fikirdeki ayıp ve kusur belli olsaydı ondan kaçardın. Canın, bu fikirle aramda keşke doğudan batıya kadar uzaklık olsaydı der!

Nihayet ondan usanır, pişman olursun ya... Bu hal, evvel olsaydı hiç ona koşar mıydın?

Şu halde ona girişelim, kaza ve kadere uygun olarak o işi görelim diye önce ondaki ayıbı, kusuru bizden gizlemiştir.

Kaza ve kader hükmünü gösterince göz açılır, pişmanlık gelir, çatar!

Bu pişmanlık da ayrı bir kaza ve kaderdir...

Pişman olmayı kendine adet edinirsen boyuna pişman olur durur, en nihayet bu pişmanlığa da daha ziyade pişman olursun!

Ömrünün yarısı perişanlıkla geçer, öbür yarısı da pişmanlıkla heba olur gider!

Bu fikri, bu pişmanlığı terk et de daha iyi bir hal, daha iyi bir dost ve daha iyi bir iş ara!

Elinde daha iyi bir iş yoksa pişmanlığın neye?

Neyi kaçırdın da pişman oluyorsun?

Mustafa bir yandan okumayı sürdürürken bir yandan da gözünün yeniden seğirdiğini fark etti. İşte yine başladık diye geçirdi içinden. Tam yeni bir güne uyanmış, kahvaltısını etmiş, dışarı çıkıp gezmek üzereyken bu konuları tartışmak, geçmişi hatırlamak gelmiyordu içinden.

Asık bir suratla Evelyn'e baktı.

"Yani?"

Buz gibi bir hava esmeye başlamıştı yine aralarında.

Bir an durdu Evelyn, bakışlarını ileriye çevirdi ve sanki hiçbir şey olmamış gibi çıkış kapısına doğru yürümeye başladı.

"Taksi gelmiş olmalı, bekletmeyelim adamı..."

Ayhan motoru çalıştırdı ve şehrin merkezine doğru yavaştan sürmeye başladı arabayı.

Dün akşam yemekten dönerken pür neşe konuşan, ince ince cilveleşen çift gitmiş, bakışlarını birbirinden kaçıran iki yabancı binmişti arabasına. Neler geçti acaba aralarında diye düşünüyordu ki İngiliz kızın sesiyle kendine geldi.

"Dün bizi istasyondan otele getirirken 'İngilizce konuşmayı üniversitede öğrendim' demiştin, öyle değil mi?"

"Doğrudur, İngilizce Eğitim bölümünü bitirdim."

Evelyn bir an için neyi, nasıl soracağını bilemedi.

"Ee... Madem öyle, neden mesleğine uygun bir iş yapmıyorsun?"

Nasip işte der gibi sağ elini havada salladı Ayhan.

"Koşullar öyle gerektirdi. Askerlik, evlilik, çocuk derken eğitime geç başladım. Üniversiteyi ancak otuz beşimden sonra bitirebildim. O saatten sonra da öğretmen olarak çalışma fırsatı bulamadım. Öteden beri yaptığım taksiciliği sürdürüyorum. Bir şikâyetim yok. Konyamıza gelen konuklara hizmet etmeyi seviyorum."

Evelyn hem adamın çabasından hem de tevekkülünden etkilenmişti.

"Anlıyorum. Ne yapıp edip bu zor şartlarda mezun olmuşsun ya. Bu bile büyük başarı. İşini de seviyorsan mesele yok zaten. Ee, söyle bakalım, nereye gidiyoruz böyle?"

"Şehrin merkezine doğru gidiyoruz şu anda. İsterseniz size kısa bir özet yapayım."

"Çok sevinirim."

"Aslında Konya binlerce yıllık tarihi olan bir şehir. Bizanslılar döneminde bile önemli bir yerleşim merkeziymiş. Söylediğim gibi, şimdi merkeze doğru gidiyoruz. Arzu ederseniz öğleden sonra sizi bambaşka bir yere götürebilirim, Bizans döneminden kalma kiliseler ilginizi çeker mi?"

"Kiliseler mi?"

"Evet ya, kiliseler... İlk Hıristiyanlar Romalılardan kaçıp saklanmak için bu bölgedeki mağaralarda yaşamışlar yıllar boyu. Daha sonra Bizanslılar da Hıristiyanlığı kabul edince kiliseler yapmışlar buralara.

Bu arada Konya'nın en parlak yılları Selçuklu dönemidir. Selçuklu mimarisinin en gözde eserleri o yıllarda başkent olan şehrimizdedir.

Mesela şu anda meşhur Alaeddin Tepesi'ne gidiyoruz. Alaeddin Keykubat en önemli Selçuklu sultanlarındanmış. Günümüzde bu tepe büyük bir parka dönüşmüş, tam ortasında da Alaeddin Camii..."

Çok geçmeden o meydana gelmişler, etrafında bir tur atıp küçük caminin önünde durmuşlardı. Arabasını yolun kenarına park eden Ayhan, dışarı çıkıp anlatmayı sürdürdü.

"Bu zarif yapı ise yedi asırlık İnce Minareli Medrese'dir. Yakın zamana kadar cami olarak kullanılmış, şimdi ise bir müze... İçinde, avlusunda çeşitli kitabeler, heykeller sergileniyor. Ancak Şeb-i Arus nedeniyle bu hafta özel bir sergi var. Çok değerli hat sanatı örnekleri görebilirsiniz burada."

Mustafa sanki orada değilmiş gibiydi. Soruları Evelyn soruyordu hep.

"Hat sanatı derken?"

"Kaligrafi yani..."

"Ha, anladım. Peki, giriş için bir yerden bilet almamız falan gerekli mi?"

Ayhan güldü.

"Olur mu öyle şey? Giriş ücretsiz, siz rahatınıza bakın, dilediğiniz gibi gezin. Ben arabada beklerim. Trafik polisi falan gelirse bir sorun olmasın yani..."

İşte bir kez daha baş başa kalmışlardı. Tam caminin giriş kapısına geldiklerinde Mustafa kenara çekilip başı öne eğik, Evelyn'e yol verdi.

Kabalık ettim, bağışla der gibiydi.

Tren yolculuğu boyunca ne badireler atlattıklarını düşündü Evelyn. Gülümsedi. Kapıdan geçerken o da Mustafa'nın böğrüne çocuksu bir dirsek attı. Tamamdır yol arkadaşım, olur böyle şeyler mi demek istiyordu acaba?

Sergide asırlar önce usta hattatlar tarafından farklı karakterlerde yazılmış renkli, bezemeli çeşitli boylarda Kur'anlar ağırlıktaydı. Farklı hat türlerinin yan yana sergilenmesi Evelyn'in çok hoşuna gitmişti. O hat örneklerinin arasındaki farkları uzun uzadıya incelerken Mustafa da türlü hokkaların, hat kalemlerinin, defterlerinin, kesim aletlerinin sergilendiği alanda geziniyordu.

Yeni restore edilmiş camiden çıktıklarında Ayhan'ı her zaman olduğu gibi sürücü koltuğunda oturmuş bir kitap okurken buldular. Arabasını uygun bir yere park etmiş bekliyordu.

"Nihayet arabaya bir yer bulabildim. İsterseniz şimdi birlikte dolaşabiliriz" diyerek araçtan indi. Birlikte yolun karşı tarafındaki Alaeddin Tepesi'ne doğru yürümeye başladılar.

Ayhan adeta profesyonel bir rehber gibi anlatıyordu:

"Bu tepe eskiden şehrin dışındaymış. Sultan I. Alaeddin Keykubat buraya devrin en büyük camisini yaptırmaya karar vermiş. Taş ve tuğla ile inşa edilen Ulu Cami üç kapalı bölüm ve bir açık avludan oluşuyor."

Tepeye çıktıklarında ellerinde kameralar etrafta dolaşan pek çok turistle karşılaştılar. Ayhan onlara caminin içini gezdirdikten sonra farklı bir kapıdan avluya çıkardı. Avluda kesme taştan yapılmış bir de türbe bulunuyordu.

"Burası şimdi ne amaçla kullanılıyor" diye sordu Evelyn.

"Buraya Sultanlar Türbesi denir, Selçuklu sultanlarının mezarları için inşa edilmiş."

Evelyn hiç hayal etmediği farklı zenginlikleri görebilmenin heyecanıyla demir kafesle çevrilmiş camekânlı bölmenin önünde resim çekiyordu.

Sert rüzgâra ve insanın nefesini kesen soğuk havaya rağmen uzun süre dolaştılar birlikte. Elleri buz kesince yakındaki bir pastaneye girip Evelyn'in çok hoşuna giden ince belli cam bardaklardan çay içtiler.

"Şimdi ne yapıyoruz" diye sordu Evelyn.

"Size bahsettiğim o Rum köyünü görmek ister misiniz?" diye önerdi sürücüleri. Göz göze gelmeyeli çok zaman olmuştu. Bu kez Evelyn attı ilk adımı, bakışlarını dosdoğru Mustafa'ya çevirip sordu:

"Ne dersin Mustafa? Gidelim mi?"

Sanki bu anı bekliyordu genç adam da. Sıcacık gülümsedi.

"Tabii, neden olmasın. Hadi gidelim..."

Yarım saat bile geçmeden Sille'ye varmışlardı. Bir yandan aracı kullanan Ayhan sürekli anlatıyordu:

"Sille'nin tarihi ta Roma dönemine dayanıyor. Şu karşıda gördüğünüz yamaçlardaki mağaralarda ilk Hıristiyanlar saklanırmış. Daha uygun bir mevsimde gelseydiniz sizleri mağaraların içinde gezdirebilirdim. Ama bu soğuk havada denemek ister misiniz bilmiyorum."

Evelyn, Ayhan'ı dinlerken bir yandan da içinde hâlâ çok sayıda insanın yaşadığı köye göz gezdiriyordu. İki katlı cumbalı taş evlerin bir kısmı restore edilmiş. Bazıları kafe, otel ya da pansiyona dönüştürülmüş. Fotoğraf atölyeleri, el sanatları satan dükkânlar yol boyunca yan yana dizilmiş...

Köy meydanında arabadan indiler. Arnavut kaldırımı döşeli köy sokaklarında bir süre yürüdükten sonra neredeyse tümüyle donmuş fıskiyeli büyük bir havuzun önüne gelmişlerdi. İşte tam o sırada o büyük kiliseyi gördü Evelyn.

"Bu kilise açık mı? Gezebilir miyiz?"

"Tabii ki gezebilirsiniz" dedi Ayhan. "Burası Bizanslılar tarafından yaptırılmış. Neredeyse yüz yıl öncesine kadar da burada yaşayan Rumlar tarafından kullanılıyormuş. Geçen sene baştan aşağı restore edildi."

Neredeyse iki bin yıllık, yeni restore edilmiş bir Ortodoks kilisesi keşfetmek Evelyn için hoş bir sürpriz olmuştu. Havanın yavaş yavaş kararmasına rağmen kilisenin içinde, bahçesinde epey dolandılar. Gelgelelim, aman vermeyen ayazı daha da çekilmez kılan acı rüzgârla baş edemeyeceklerini anlayınca koşar adım köyün meydanına geri döndüler.

Ayhan aracına binerken Evelyn ile Mustafa da ufak, sıcak, rengârenk bir eşya kalabalığıyla döşenmiş sevimli bir kafeye sığındı. Bardak bardak bitki çayı içip uzun uzun sohbet ettiler.

Artık tartışmıyor, yarışmıyorlardı.

Bir yandan masalarına getirilen lezzetli atıştırmalıkları tadıyor, bir yandan da bakışıyorlardı. O kimlik çatışmasını geride bırakmış, şimdi iki yakın dost gibi çevreden, hayattan, hayallerden konuşuyorlardı..

Daha doğrusu bir gönül bağının ilk adımlarını atmaya başlayan bir çift gibi…

"İstanbul'u hiç göremedim" dedi Evelyn bir süre sonra.

"Peki, neden daha önceden gelmedin? İstanbul'a da vakit kalırdı. Seni bir güzel gezdirirdim."

Evelyn'in gözlerinde bir pırıltı yanıp söndü.

"Gerçekten mi?"

"Tabii ki gerçek, sana neden yalan söyleyeyim!"

Evelyn, Mustafa'nın koyu kahve gözlerine dikti bakışlarını. Belki de ilk kez bu kadar berrak, bu kadar kendinden emin, bu kadar dürüst bakıyordu bu gözler…

"Daha erken gelemezdim, zira bitmek üzere olan şu doktora tezimin üzerinde çalışıyordum…"

Çayından bir yudum aldı, cümlenin gerisini bir türlü getiremiyordu.

"Ne zaman teslim ediyorsun dosyanı?"

"Aslında pek çok bölümü çoktan onayladı hocam. Sonuç bölümü kaldı bir tek. Noel tatiline girmeden tamamını teslim edip sonra da şöyle güzel bir tatile çıkmayı düşünüyordum..."

Mustafa koruma kalkanlarını sonuna kadar indirmiş, acemi âşıklar gibi ardı ardına tekliflerini sıralıyordu.

"İyi ya işte, Noel tatilini de İstanbul'da geçirirsin. Hatta istersen başka yerlere de gideriz seninle..."

"Öyle mi diyorsun?"

"Ya sen ne sanmıştın?"

Evelyn bir an için oturduğu yerde sarsıldığını hissetti. Gözlerini yumdu, derin bir nefes aldı ve "Bakalım" dedi en sonunda.

"Hele bir bakalım... Neden olmasın!"

Kardeş! Mezarıma defsiz gelme;
Çünkü Allah meclisinde gamlı durmak yaraşmaz.
Öldüğümde mezarımı yerde arama;
O, ariflerin gönlünden başka bir yerde olmaz.

Mevlânâ

Beklenmedik Karşılaşma

Nefis bir pideli tandır ziyafetinden sonra Sezen Hanımla birlikte tepeye tırmanıyoruz. Onu geride bırakmamak için adımlarımı biraz ağırlaştırıyorum.

Ve işte Alaeddin Camii!

Çıplak dallar arasından sade mimarisiyle ne hoş görünüyor uzaktan. Nasıl diyeyim, ağırbaşlı bir duruşu var sanki. İçini gördükten, avlusunda gezindikten sonra Mevlânâ Caddesi'nden aşağıya doğru yürüyoruz.

Hava da inadına soğuk... Baktık olmuyor, bir taksiye atlayıp çok geçmeden Mevlânâ Müzesi'ne varıyoruz. Müzeyi çevreleyen dört kapıdan birine, Çelebiyan'a doğru ilerliyoruz. Kuyruğa girip, sıramız geldiğinde biletimizi alıp içeri giriyoruz. Israrlarımı ustaca savuşturmuş, biletleri yine Sezen Hanım almıştı.

Müzeye girerken soruyor.

"Bu kapıya neden Çelebi Kapısı adını koymuşlar dersin?"

"Herhalde çelebiler girebilsin diye."

"Doğru tahmin ettin. Peki, Çelebi ne demek Cemal?"

"Hani nasıl desem, kibar, görgülü adamlara çelebi denmez miydi?"

"Senin dediğin de doğru aslında. Ama esasında Mevlânâ soyundan gelen erkeklere deniyor Çelebi. İşte bu kapı, Çelebiler avluya rahatça girebilsin diye yapılmış zamanında. Şimdi de turistler kullanıyor aynı kapıyı."

"Demek biz de Çelebi olduk" diyorum gülerek.

O sırada hediyelik eşyalar satan bir dükkânın önünden geçiyoruz, yanında da ufak bir kafe var.

"Hocam şuraya sığınıp birer çay içelim mi, hem biraz içimiz ısınır hem de yanımda getirdiğim bir mektup var, izin verirseniz onu okumak istiyorum."

Sezen Hanım sesimin titrediğini, hafiften kekelediğimi fark etmiş olmalı ki, "Sen mektubunu rahatça oku, ben de şu hediyelik eşyalara bir bakayım" diyerek yanımdan ayrılıyor.

O ana kadar oldukça sakindim aslında. Ya da öyle sanıyordum.

Mevlânâ Müzesi'ne gelip bahçeye girince başlamıştı o titreme. Önüme çıkan ilk masaya oturup derin bir nefes alıyorum, sonra da Yunus Efendi'nin ikinci mektubunu cebimden çıkarıp okumaya başlıyorum:

Cemalim, evladım,

Ne iyi ettin de Hazreti Mevlânâ'nın türbesine geldin. Burası hem huzur mekânıdır hem de huzura erme.

Artık evindesin Cemalim... Gönül kapılarını sonuna kadar aç, ilâhi aşkın ateşini içinde hisset...

Şimdi beni iyi dinle Cemalim:

Alimler sultanı Bahaüddin Veled, ailesi ve oğlu Mevlânâ ile birlikte İran'dan Anadolu'ya göç ettiklerinde uzun süre Karaman'da yaşamışlar. O yıllarda Karaman'a Larende derlerdi.

Gün gelmiş, namı Anadolu'ya yayılan bu bilgeyi devrin Selçuklu hükümdarı I. Alaeddin Keykubat Konya'ya davet etmiş. Bir süre düşündükten sonra bu daveti kabul eden Bahaüddin Veled, müridleriyle birlikte Larende'den yola çıkmış.

Konya'ya gelişlerinde kendisini yollarda karşılayan sultan bu ilim sahibi şeyhe, sarayının gül bahçesini armağan etmiş. Bahaüddin Veled vefat edince Mevlânâ'nın arzusuyla babası bu bahçeye defnedilmiş.

Aradan neredeyse yarım asır geçip de 1273 yılında Mevlânâ vefat edince bu kez de oğlu Sultan Veled babasını aynı gül bahçesine, dedesinin yanına defnettirmiş.

İşte tam o sırada devrin önemli simalarından Alameddin Kayseri, zamanın ünlü veziri Muiniddin Pervane ve zevcesi Gürcü Hatun, Sultan Veled'i ziyaret edip Mevlânâ ve Bahaüddin Veled'in gömüldüğü yere bir türbe inşa etmek istediklerini söylemişler. İstekleri kabul görünce de şimdi avlusunda yürüdüğün dergâhın temeline ilk harç atılmış.

Yaklaşık bir asır sonra da Karamanoğlu Ali Bey, türbenin gövdesini yeşil çinilerle kaplayarak bugünkü görünüşünü kazandırmış.

Her kelimesini yutar gibi okuduğum mektupta Gürcü Hatun'un adı geçince yerimden zıplamışım.

"Aman Allahım" diye haykırıyorum içimden. "Cebimdeki sikkeler bu müthiş, bu yüce hatundan mı kalmış ta bugüne kadar? Ta şu garip Cemal kuluna gelinceye kadar..."

Gözlerimi yandaki hediyelik eşya dükkânına çeviriyorum bir an. Sezen Hanım eğilmiş bir şeylere bakıyor. Ya şimdi geliverse yanıma, bu darmaduman halimi nasıl açıklarım?

Başımdaki uyuşma azalıp, kulaklarımdaki uğultu kesilince, kaldığım yerden devam ediyorum.

Cemal, evladım,

Yılın on iki ayı insanların akın akın ziyaret ettiği bu mekânın yapımı böylece başlamış, asırlar boyu devam etmiş.

Kanuni'nin oğullarından Selim şehzadelik yıllarını Konya'da geçirdiğinden, Osmanlı'nın başına geçtiğinde Mevlânâ'yı unutmamış. Buraya yeni bölümler ilave ettirmiş.

Bu hizmetler asırlarca sürüp gitmiş.

III. Murad zamanında yaptırılan Derviş Hücrelerini ziyaret etmeyi unutma Cemalim. Hücrelerde sergilenen buhurdanlıklara, kandillere bak, şamdanlara bak, ecdadını hatırla...

İlhanlı Hükümdarı'nın Mevlevi Dergâhı'na hediye ettiği Nisan Tası'nı da unutma. O kapta biriken Nisan yağmurları dergâhın ziyaretçilerine dağıtılırmış o yıllarda...

Türbeleri birer birer dolaş Cemalim. Bir Fatiha oku vuslata ermiş aziz ruhlara.

Pir'in Huzuruna çık Cemalim. Mevlânâ'nın ve oğlu Sultan Veled'in ikiz mezarlarını ziyaret et. Mevlânâmızın Yanı başında babası Sultanü'l-Ulema'nın selama durmuş gibi ayağa kalkmış sandukasına bak yakından.

Bir de yanı başlarında sıra sıra yatan erenlere dikkatlice bak Cemalim. İyice bak... Gönül gözünle bak... Ecdadına bir Fatiha oku evladım...

Yunus Zerkubi

Mektubu baştan sonra bir daha okuyorum.

Peki, Pir'in huzuruna varınca neye bakacağım, nereye bakacağım, ne göreceğim ben?

Ya göremezsem? Ya artık orada değilse aradığım? Kim verir cevabını? Kime sorup öğrenirim, kim ciddiye alır da dinler beni?

Düşündükçe açılacağına daha da karışıyor kafam. Birden Sezen Hanım'ın bana doğru geldiğini görüyorum. Elimdeki mektubu alelacele cebime koyup kopya çekerken yakalanan bir öğrenci gibi telaşla ayağa fırlıyorum.

"Dükkânda çok güzel hediyelik eşyalar, kitaplar, videolar var. İstersen çıkmadan bir daha uğrarız... Ne oldu, çayını içmedin mi sen?"

"Sizi bekliyordum" derken yutkunuyorum. Çay içmeyi unuttum diyemezdim ya!

"İyi öyleyse, getir bakalım iki çay da içelim birlikte."

Gözlerini dikmiş, muzip muzip bana bakıyor.

"Okuyabildin mi bari mektubunu? Sakın senin şu mine işleyen genç kızımızdan gelmiş olmasın?"

Nihal'i hatırlıyorum. Ne çok düşlüyorum o ceylan bakışlarını! Yüzüme ateş basıyor yine...

"Hayır hocam, valla öyle değil. Bu okuduğum mektup da Yunus Efendi'den. Kendisi Mevlânâ'ya gönül vermiş bir neyzendi. Bana türbenin ne zaman yapıldığını anlatıyor mektubunda."

Sezen Hanım insafa gelip peşimi bırakıyor. O soruyu hiç sormamış gibi sakin sakin konuşuyor:

"Türbenin inşasına Mevlânâ vefat ettikten sonra başlanmış diye biliyordum. Öyle değil mi?"

"Evet efendim. Dediğiniz gibi. Oğlu Sultan Veled zamanında yapımına başlanmış. Asırlar boyu sultanlar, hükümdarlar, Osmanlı Padişahları yeni bölümler eklemişler. En sonunda da müze olmuş. Ama ben bir an önce çayınızı getireyim, olur mu?"

"İyi olur ya, içimiz ısınır biraz."

İki fincan çay alıp dönüyorum. Sezen Hanım da çantasından bir simit çıkarıp ikiye bölüyor. O çantada ne çok şey var... Tam bir anne. Torunu da olduğuna göre katmerli anne. Çaylarımızı içip son lokmalarımızı da bitirince kalkıyoruz masadan.

Artık gezmeye başlayabiliriz.

Önümüzde giden insan kalabalığını takip ederek çok geçmeden derviş hücrelerinin önüne geliyoruz. Her hücrede farklı eserler sergileniyor. Teker teker dolaşıyoruz her birini. Sonra mutfak bölümüne geçiyoruz. Mescidi, semahaneyi, şadırvanı geziyoruz sırayla.

En sonunda ana binaya giriyoruz.

El yazması Kur'an-ı Kerim'leri ve *Mesnevi*'nin ilk kopyalarını incelediğimiz bölümlerden geçince sandukaların yer aldığı türbe salonunda buluyoruz kendimizi. İnsanlar huşu içinde usul usul dolaşıyor ya da ellerini açmış dua ediyor. Sakin ol diyorum kendime ama kalbim deli gibi atıyor.

Kalabalığı yavaşça yarıp öne doğru ilerliyorum.

Çok şükür!

En başta Mevlânâ'nın ve oğlu Sultan Veled'in sandukaları bütün heybetleriyle tam önümde yan yana dizilmiş. Hemen arkalarında göğe doğru yükselen Sultan-ı Ulema Bahaüddin Veled'in sandukası. Mevlânâmızın değerli babası... Ellerimi yukarıya açıp bir Fatiha okuyorum. Sezen Hanım da yanımda, benimle birlikte dua ediyor.

Bir de yanlarında sıra sıra yatan erenlere dikkatlice bak Cemalim. İyice bak... Gönül gözünle bak... Ecdadına bir Fatiha oku evladım...

Yunus Efendim... İşte, dikkatle, bütün varlığımla, bütün yüreğimle bakıyorum. Gönlün rahat olsun. Ruhun şad olsun.

O anda Sultan-ı Ulema'nın yanı başında duran sandukaya ilişiyor gözüm.

Allahım...

Şeyh Selâhaddin-i Zerkubi!

O işte!

Onun adı yazıyor sandukanın üzerinde...

Başım dönüyor, gözüm kararıyor. Kimdir bu inleyen? Ben... Ben miyim iki büklüm oraya doğru atılan? Allahım... Yardım et bir nefes alabileyim, kuvvet ver sıkışan yüreğime, yardım et ayakta durayım...

Biri kolumdan tutmuş sarsıyor. Ah, Sezen Hanım bu, arkamdan yetişmiş...

"Hayrola evladım, başın mı döndü? Yediğin bir şey mi dokundu?"

"Hocam, ben... Merak etmeyin hocam. Birden heyecanlandım galiba... Çok heyecanlandım..."

"Neden" diye sormuyor Sezen Hanım.

O da üç ay evvel ani bir kalp kriziyle onu terk edip giden kocasının ruhuna Fatiha okuyormuş meğer...

Ah, Sezen Hanım...

Anlamıştım, vardı bir derdiniz... Ama bu kadar büyük bir derdiniz olacağını nereden bilebilirdim!

Ya olduğun gibi görün ya göründüğün gibi ol.

Mevlânâ

Şeb-i Arus

Aralık akşamının keskin ayazında dünyanın dört bir yanından insanlar Mevlânâ Kültür Merkezi'ne doğru dalga dalga akıyor.

Semazenlerin dönerken açılan eteklerini çağrıştıran sade mimarisiyle heybetli bir yapı bu. Sınırları gecede eriyip giden meydanın ortasında büyülü ışıklarıyla davetkâr bir hali var. Girişin yukarısında, dairesel bir taş bandın üzerinde şu sözler yazılmış boydan boya:

Ya olduğun gibi görün ya göründüğün gibi ol

Hem de her dilde, her dilin alfabesiyle yazmışlar... Herkes okusun, anlasın diye...

Sezen Hanım'ın yanında yürürken montumun önünü sıkıca kapadığım halde soğuktan mı heyecandan mı bilmem tir tir titriyorum. Yer yer sertleşen karın üzerinde kaymamaya çalışarak küçük adımlarla binanın girişine doğru yürüyoruz.

Şeb-i Arus töreni neredeyse başlayacak.

Merdivenleri hızlıca çıkıp törenin yapılacağı salona doğru ilerliyoruz. Kat kat yükselen sıralarında binlerce kişinin oturabileceği ferah, dairesel bir salon bu. Sema alanının bir kenarına da semazenlerin postları şimdiden yan yana dizilmiş.

Yerime oturup montumu çıkarınca merakla etrafıma bakınıyorum. İnsanlar zamanla yarışır gibi salondaki yerlerini alıyor.

"Bak kimler geldi" diyor Sezen Hanım gülerek.

O tarafa başımı çevirince yan blokta, birkaç sıra önümüzde yürüyen İngiliz kızla, takım elbiseli adamı görüyorum.

Trendeki hallerinden eser yok. Ne somurtuyor ne atışıyorlar. Hareketlerine, yüz hatlarına bir rahatlık, bir yumuşaklık gelmiş sanki. Selam vermek için kolumu havaya kaldırıyorum ama boşuna. Sanki görünmez bir fanus içinde hapsolmuşlar, fark etmiyorlar beni.

Birkaç koltuk dışında neredeyse tüm salon doldu. Rengârenk bir kalabalık... Her ırktan, her cinsten, her yaştan, binlerce insan...

Gel, gel, ne olursan ol, gel!
İster kâfir, ister mecûsî, ister puta tapan ol, gel!
Bizim dergâhımız ümitsizlik dergâhı değildir.
Yüz kerre tövbeni bozmuş olsan da yine gel!

Anlaşılan Mevlânâ çağırmış, çağrıyı duyan gelmişti.

Çok geçmeden tanıtım anonsları yapılmış, sanatçı Ahmet Özhan şefliğinde İstanbul Tasavvuf Müziği topluluğu yerini almıştı bile. Köyde yaşarken radyodan dinlerdik bazen. Kerime Hatun çok severdi onun davudi sesini.

Yıllar önce ışıltılı ortamlarda popüler bir şarkıcıymış. Sonra usulca maneviyat dünyasına, tasavvuf musikisine geçmiş derlerdi.

Işıklar perde perde kısıldıkça insanlar uzayan gölgelerde belirsizleşip kayboluyor. Soluklar tutulmuş, tüm gözler o büyülü sahneye kilitlenmiş... Gönülleri göğüs kafesinden alıp bambaşka âlemlere uçuruyor notalar.

Şarkılar şifalı bir su gibi gürül gürül akarken o binlerce akıldan, yürekten kim bilir neler geçiyor...

Dualar? Hesaplaşmalar? Pişmanlıklar? Umutlar?

Biri, ikisi ya da hepsi...

Kim bilir?

Sufi sanatçı bir sonraki şarkısına başladığında ön sıralara bakıyorum. Takım elbiseli adam müziğin ritmine, coşkusuna kendini kaptırmış gibi. Saz heyetinin arkasında gürüldeyen koroya acemice ama hevesle eşlik etmeye çalışıyor.

Güneş gibi ol, şefkatte, merhamette
Gece gibi ol ayıpları örtmekte

Bu sözleri daha önce duymuş muydum? Duymuş olsam da hiç bu kadar ürpermemiştim iliklerime kadar. Salonun dört bir yanında yankılanan dizeler ardı ardına kopup geliyor.

Akarsu gibi ol keremde, cömertlikte
Ölü gibi ol öfkede, asabiyette

***

Mustafa oturduğu yerde irkildi birden.

Bırak bu şiirleri, şarkıları. Sen önce adam gibi adam ol. Farkında değil misin, kızın kaşı gözü, gülüşü senin dengeni bozmuş oğlum, kendine gel.

Kendine gel... Kendine...

Bu çok bilmiş alaycı sesi iyi tanıyordu Mustafa. Hayatı boyunca ona boyun eğmemiş miydi? Şimdi ise kulağında bambaşka bir ses, duygu yüklü davudi bir ses yankılanıyordu.

Toprak gibi ol tevazuda, mahviyette
Ya olduğun gibi görün ya göründüğün gibi ol

Mustafa dişlerini sıktı. Trende kovmuştu o şeytani sesi ama yine gelmişti işte.

Bu karanlık ses peşini hiç bırakmayacak mıydı?

Onu bastırmaya çalıştı:

Git artık, seni bir daha duymak, dinlemek istemiyorum...

Dudaklarının kıpırdadığını Evelyn bile görmüştü. Biraz şaşkın ama gülerek bakıyordu genç adama.

Seni artık dinlemek istemiyorum...
Duydun mu beni? Anladın mı?
İstemiyorum...

Çık artık hayatımdan. Defol git!

Ama o yüzsüz sesin hemen pes etmeye niyeti yoktu anlaşılan. Gittikçe kısılsa da beyninde vızıldanmaya devam ediyordu.

O sırada kudümün ritmi hızlanmaya başladı. Yumuşak ağaçtan yapılmış zahmelerin gergin deriye her vuruşunda kafasındaki o mahut ses biraz daha uzaklaşıyor, adeta can çekişiyordu.

Güneş gibi ol hoşgörüde
Ölü gibi ol, öfkede, asabiyette
Ya olduğun gibi görün ya göründüğün gibi ol

Mustafa coşkuyla katılmıştı koroya. Zahmeler göğsünün tam ortasına vuruyor, nakaratın her hecesi yüreğini dağlıyordu.

Nihayet... O ses kesilmişti işte. Bir daha geri dönmemek üzere çıkıp gitmişti hayatından. Artık özgürdü! Şimdi yalnızca tek bir dize yankılanıyordu içinde:

Ya olduğun gibi görün ya göründüğün gibi ol

Evelyn sahneden yükselen Sufi şarkıların sözlerini anlamayışına hayıflanıyordu ama müziğin evrensel ruhunu, oradaki herkesi kucaklayan ilâhi enerjiyi tüm hücrelerinde hissediyordu.

İçinin derinliklerinden tuhaf ışıklar, renkler yayılıyordu sanki. Yeniden doğuyor gibiydi. Yabancı bir ülkede, yanında bir yabancı, etrafta yabancı insanlar, havada yabancı şarkılar...

Ne tuhaf, buna rağmen kendini hiç bu kadar 'evinde' hissetmemişti.

Mustafa ise yorgundu biraz. İçinde karmaşık duygular, zihninde peş peşe akıp giden sorular. Bunca yıl boşuna mı yaşamıştı? Çok mu günah işlemişti? Çok mu yalnızdı?

Her şeye yeniden başlayabilir miydi? Başka bir fırsat daha geçer miydi acaba eline? Öfkesini yenebilir miydi? Olduğu gibi görünebilir ya da göründüğü gibi olabilir miydi?

Alnında biriken soğuk terleri eliyle sildi. Ya elleri neden buz gibiydi?

Konser sona ermiş, etrafı yeniden bir sessizlik kaplamıştı. O sırada başında sikkesi, üzerinde hırkası, etekleri yere kadar uzanan tennuresiyle bir semazen salona girip başköşeye bir post koydu.

Derken kırka yakın semazen sırayla salona girip sema meydanının bir kenarına yay gibi dizildiler. Neyzenlerin yanı sıra kudüm, tanbur, kanun, rebab, ud ve viyolonsel çalan sanatçılar da sahnede yerlerini alınca salondan bir uğultu yükseldi.

Sanki binlerce yürek aynı anda atıyordu.

Uzun siyah cübbeleriyle semazenbaşı, ardından postnişin ağır adımlarla salona girince soluklar tutuldu, bakışlar meydana odaklandı.

Hz. Muhammed'in anılması, ney taksimiyle ilâhi nefesin temsili, sonra usulca ayağa kalkış… Baş kesmeler, selamlaşmalar…

Semazenlerin ardı ardına semaya kalkışı, ilâhi aşkla tutuşan gönüllerin her adıma, her dönüşe yansıması…

Manevi âleme yapılan bir yolculuktu sema. Kendilerini bu yola adamış yolculardı semazenler.

Hayat yolculuğunun içinde çok özel bir yolculuktu bu… Aşkın merkezine doğru bir yolculuk… Bu yolu seçmiş gönül insanlarının yolculuğu…

O büyülü müziğin eşliğinde semazenler dönüyor, dönüyor, dönüyor; yüksek tavanlı devasa mekân ilâhi aşkın ateşiyle tutuşuyordu.

Ya da Mustafa'ya öyle geliyordu.

Ellerinin ısındığını hissetti birden.

O kalbini de ısıtan sıcaklığın bir başka nedeni daha vardı. Gözlerini kapadı, eline usulca dokunan narin parmakları avucunun içinde hapsetti. Evelyn'in ellerini şükranla okşarken, *huzura ersin ruhun, sal kendini, rahatla; korkma, aç gönül kapılarını sevgiye, aşka,* diye kulağına fısıldayan o dost sesi duydu.

Başını eğdi, selam verdi o sese, teşekkür eder gibi.

Şimdi de bir başka ilâhi ses yükseliyordu içinden.

Ya Rabbim… Esirgeyen bağışlayan… Her şeyi yoktan var eden… Bizleri ve tüm âlemi yaratan…

Ne olur ya Rabbim, gönlümdekini hakkımda hayırlı eyle, hakkımda hayırlı olana, gönlümü razı eyle…

"Rustam Dayı, sen misin?" diye fısıldadı.

Âlemlerin içinden âlemlerin üzerine rahmetlerle yağan Rabbim… Hamd olsun... Günahlarımızı bağışlayan… Dualarımızı kabul eyleyen… Çalmasını bilene kapısını açan…

"Annem… Bunlar senin duaların…" diye kekeledi bu sefer de.

Sana açılan yürekleri sevginle, şifanla, nûrunla dolduran Yüce Rabbim... Şükürler olsun sana... Merhamet eyle biz aciz kullarına... Lütfunla muamele eyle... Nankörlüğümüzü hoş gör... Günahlarımızı bağışla...

Neyler, rebablar, kudümler, tanburlar coşmuş, ruhları düğün gecesinin müziği sarmıştı.

Nefsin simgesi siyah cübbelerinden soyunmuş, kefeni temsil eden bembeyaz tennureleriyle tüm meydanı doldurmuştu semazenler. Her dönüşte etekleri dört bir yana savrularak, ölmeden önce öldüm ve sana geldim ey Rabbim der gibi aşkla dönüyorlardı.

Ve sanki Mevlânâ'nın o arif, o âşık, o güçlü sesi yankılanıyordu tüm yüreklerde:

Ne ben benim ne sen sensin ne sen benim
Hem ben benim hem sen sensin hem sen benim

* * *

Avucumda sakladığım sikkeyi sıkmaktan parmaklarım uyuşmuştu. Ziyaretçisi mi yoksa ev sahibi miyim bu muhteşem düğün gecesinin? Bilmiyorum. Ama son nefesime kadar belleğimden silinmeyeceğinden zerrece kuşkum yok.

Yunus Efendi olsa, "O kadar da gururlanma oğul, nasip işte" derdi herhalde.

Sezen Hanım'a ilişiyor gözüm. Nicedir katılıp kalmış yüreği ilmik ilmik çözülüp yanaklarından süzülüyor sanki...

Ön sıralardaki takım elbiselinin ürkek ama umutlu bir hali var, dönmüş İngiliz kıza bakıyor. Genç kız da içleri parıldayan masmavi gözleriyle ona...

İçlerindeki aşk ateşini yaktı her biri.

Hem ilâhi aşkın merkezindeler.

Hem de kendi aşklarının.

Kaza... Kader...

Nasip işte!

Hasan Saraç – Kalamış
Haziran 2014